枸杞花香

王信国 著

新时代天山文丛·第六辑

新疆人民出版社

图书在版编目（CIP）数据

枸杞花香 / 王信国著 .—乌鲁木齐：新疆人民出版社，2023.12
（新时代天山文丛 . 第六辑）
ISBN 978-7-228-21260-6

Ⅰ.①枸…　Ⅱ.①王…　Ⅲ.①长篇小说—中国—当代
Ⅳ.① I247.5

中国国家版本馆 CIP 数据核字（2023）第 255379 号

枸杞花香

GOUQI HUAXIANG

策　　划　陈　漠　　责任编辑　陈　漠
装帧设计　刘堪海　　责任技术编辑　杨　爽

出版发行　新疆人民出版社
地　　址　乌鲁木齐市解放南路 348 号
邮　　编　830001
电　　话　0991-2825887（总编室）　0991-2837939（营销发行部）
制　　作　乌鲁木齐捷迅彩艺有限责任公司
印　　刷　新疆新华印务有限责任公司

开　　本　787mm × 1092mm　1/16
印　　张　17.5
字　　数　220 千字
版　　次　2023 年 12 月第 1 版
印　　次　2023 年 12 月第 1 次印刷
定　　价　70.00 元

目　录

第一章

阿拉套山的冰雪，用晶莹回报六月的阳光，回报雪山脚下开阔地带的草木、河流、农田和一个名叫布拉格的村子。

金阳土生土长在这个村子，即使上大学期间，他的寒暑假期也都是在布拉格村度过。

布拉格村，是坐落在新疆北疆一个小镇边缘的村庄，居住着汉族和蒙古族共一百四十三户人家、八百四十一口人，其中蒙古族占百分之四十左右。村里以种植玉米、葵花等农作物为主，养殖鸡鸭为辅，没有村办企业。村里有四十九户建档立卡贫困户，贫困人口占全村总人口的百分之四十。

金阳从中国农业大学毕业后，第一时间返回布拉格村。父亲去世后，金阳每一次回家，都要去村里的墓地看望父亲。这次他回家后也不例外。他要告诉父亲，他以优异的成绩完成大学学业，已经毕业了。

金阳来到山脚下的布拉格村公墓，坐在父亲的墓碑前。临近黄昏，父亲的墓碑拖出一条长长的影子。这道影子，金阳很熟悉。小时候，金阳每天下午放学写完作业，太阳还高高挂在天上，他就去玉米地或葵花地找干活的父亲。他远远看见，父亲躬着腰在地里除草。他跟着父亲一起除草，在太阳即将下山时，他和父亲踩着夕阳的余晖回家。有时，父亲牵着金阳的手回家；有时，金阳躲在父亲身后，藏在父亲长长的影子里回家。他们的村子和家，就在夕阳落山的方向。

墓碑投射的影子，随着夕阳慢慢往山下滑落，越来越长，直到与大地融在一起时，金阳才边擦眼泪边站起来，轻轻拂去父亲墓碑上的尘土，对父亲说："爸，我毕业了，回来了。我能考上大学，学有所成，是您一辈子的心愿。虽然我大学毕业了，可是，我的工作方向肯定会让您失望。因为，我决定回家种地。爸，您原谅儿子吧！"

那天，金阳对着父亲的墓碑说了很多话，坐了好久，天快黑了才回家。

布拉格村的地势，属东西走向。金阳家住在村西头，墓地在村东头的山脚下。金阳走进村子，还没到家门口，借着微弱的星光，他远远看见他家门口站着一个人，一动不动，像一根电线杆子似的。走近才发现，那个人是他家的邻居何二水。

"何叔叔好！天黑了，您站在门口，有事吗？快进房子。"金阳笑着说。

何二水咳嗽了几下，冷冷地说："金阳，我听说你大学毕业回来了，整个下午我一直找你。你的电话打不通，我只好在你家门口等。"

"何叔叔，下午我去墓地，手机没电了。您找我有事吗？请进房子慢慢说。"金阳想拉何二水进门，但被何二水拒绝了。

何二水点燃一支香烟，猛吸了两口，然后气呼呼地说：“两个月前，我听说你回家看你妈，正赶上我去给镇子上的亲戚家帮忙。回来后，你回学校了，没有见到你。现在你毕业回来了，有些话，我给你说明白。”

金阳不知道何二水要给他说什么，便问：“何叔叔，您要说啥？慢慢说。”

“你爸生前借了我三万块钱，这事你肯定知道。”何二水接连咳嗽了几下，接着说，“这几年你上大学，我知道你们家的情况。可现在你大学毕业了，到还钱的时候了。我现在急需用钱，你还是想想办法，尽快把我的钱还上。明天早上，你给我答复。”

此时，何二水的儿媳妇在门口喊：“爸，回家吃饭。”

何二水不耐烦地对儿媳妇说：“知道了，别喊了！”

金阳说：“何叔叔，进房子喝杯茶再走。”

“我给你说的话，你要记住。还我三万块钱的事，明天早上你给我答复。”说完话，何二水走了。

金阳正在门口发愣，他的妹妹金月推开院子的大铁门，急急忙忙走出来，一把抓住金阳的胳膊，说：“哥，你咋才回来？天黑了，你不回家吃饭，站在门口干啥？”

“妹子，我没干啥。”金阳笑着说，“晚上做的啥好吃的？”

金月挽着金阳的胳膊，边进院门边说：“晚上做了哥最爱吃的汤面条和凉拌黄瓜。”

兄妹俩走进院子。金阳看见母亲拄着拐杖，站在院子的灯光下等他。金阳快步跑过去，扶着母亲的一只胳膊说：“妈，赶快到房子里坐，您不要站得太久了，不然腿又疼。”

母亲说：“站一小会儿没事，我担心何二水找你的麻烦。他听说你从学校回来了，下午来咱家找你好几趟。”

“妈，刚才何叔叔把我堵到门口，他让明天把他家的钱还了。这不怪何叔叔，可能他真的需要用钱。”金阳边说边把母亲扶到房子里，让母亲坐在饭桌前的凳子上，自己也坐下。

这时，金月把三个人的饭菜端到桌子上，坐下来，说：“哥，你毕业了，准备到哪个单位工作？是回到咱们市上，还是留在乌鲁木齐或北京工作？”

金阳听了金月连珠炮式的提问，苦笑了一下，说：“妹子，我决定回家种地。”

“呵呵，哥真幽默！”金月以为哥哥在开玩笑，继续吃饭。

母亲也以为金阳在开玩笑。但是，这个念头只是在她脑海闪了一下。村里的第一书记、“访惠聚”工作队队长姜华在她家入户走访时，无意提到过金阳要回乡种地的事。当然，那时母亲也没有当回事。可是，今天听到金阳亲口说要回家种地的话，不像在开玩笑。母亲一边吃饭，一边在心里不停地琢磨此事。她虽然希望儿子金阳毕业后回家，但不希望儿子回来种地。作为母亲，她心里很矛盾。如果儿子留在外地工作，肯定对儿子将来的发展有好处。毕竟外面天大地大，年轻人大有作为。但是，这样的话，家里大大小小的事情就没有人操持了。如果儿子毕业后回家种地，虽然耽误了儿子的前途，可家里的事有人管了。老伴病故好几年了，自己的身体时好时坏，尤其是两条腿，有一阵子可以走路，有一阵子连站也站不起来，不但不能干活，几年下来治病还花了不少钱。再加上老伴去世前治病欠的钱，儿子和女儿上学的学费，加在一起欠的债，压得她喘不过气来。

母亲胡思乱想的事，金阳心里跟明镜儿一样，可他故意装糊涂。只有金月一副没心没肺的样子，只顾吃饭。

一家人简简单单吃过晚饭，边看电视边闲聊，直到很晚才各自睡觉。这个晚上，金阳失眠了。他粗略地计算了一下，他家的债务有二十余万元之多。对一个靠种地生活的家庭来说，是一笔巨款。可最让他头疼的事，是明天要还何二水家的三万块钱。别说三万块，就是一千块钱，家里也拿不出来。他躺在床上胡思乱想，直到听到隐隐约约的鸡鸣声，才迷迷糊糊睡去。

第 二 章

何二水与金阳家是邻居，金阳父亲在世时，两家关系非常好。有时，谁家做了好吃的，就到谁家吃饭；谁家地里的活儿忙不过来，就主动去帮忙，像一家人似的。金阳的父亲和母亲生病后，去了好几家医院，钱花了不少，可病情没有一点好转。尤其是父亲的病情，随着时间的推移越来越严重。只坚持了两年多就不幸去世了。金阳家欠何二水家的钱，就是给父亲治病时借的。

当时，给金阳父亲借钱时，何二水家的家境在整个布拉格村排前三。与金阳家相比，何二水家就是富翁。五十六岁的何二水，靠做古玩买卖，养殖鸡、鸭、鹅和搞货运发家致富。他有两个儿子、一个女儿。大儿子何金负责货运，有三辆大卡车，何金自己开一辆，另外两辆雇人开。小儿子何银在市里经营小超市。女儿何凤嫁人了。何二水从给金阳父亲借钱到金阳父亲去世，从未向金阳家催过债。直到金阳父亲去世后的第三年，也就是金阳大学毕业的前两个月，何二水的大儿子何金在跑货运时发生了车祸。经过交通部门对事故结果确认，由对方负全责，何金没有任何责任，只是何金的一条腿受了伤。据医生讲，在家休养一段时间就可以正常走路。大卡车也是小伤，经过修理以后，不影响上路运货。何二水却以发生车祸为由，向金阳家索要借他家的三万元。其实，他们家不缺钱。他逼着金阳家还钱，出于什么目的，不得而知。

其实，何二水是个开明大度的人。他家有钱，平时有人张口借钱，他都有求必应。金阳父亲向他借三万元就是个例子。但自从大儿子何金发生车祸后，他对金阳家改变了之前的态度，尤其对金阳，更加苛刻。何二水迟不要钱，早不要钱，偏偏在金阳大学毕业回家创业的节骨眼上来追债，让刚刚走出校园的金阳束手无策，不知如何应对。

金阳父亲生前向何二水借三万元钱时，私下与何二水有个约定。这个约定除了他们两个人和村委会会计周明知道外，其他人都不知道。约定很简单。当时，何二水提出条件后，金阳的父亲非常赞同。

金阳家与何二水家做邻居时，金阳还没有出生。金阳家的院子属东西走向的长方形，长一百八十多米，宽四十多米，院子靠东面盖了房子住人，靠西面是菜园子和空地，与何二水家一墙之隔。

提到院子，何二水家与金阳家相比，简直是小巫见大巫。何二水家的院子很小。何二水考虑，给两个儿子盖房子需要宅基地，尽管两个儿子在城里都买了房子，盖好房子也不一定在农村住。作为与泥土打了一辈子交道的父亲，他有这样的考虑，纯属农村情结。于是，他给金阳父亲借钱时，向金阳父亲提出，将来若实在还不上钱，就给他家划出十五米院子，也就是把两家院子的隔墙朝金阳家院子这边移上十五米。当时，金阳的父亲想都没想，就答应了何二水。

金阳父亲直接答应了何二水的条件是有原因的。他的想法很简单——那么大的院子，他只有两个孩子。儿子考上大学，肯定到外面工作和发展；女儿能不能考上大学，将来都要嫁人。所以留着这么大的院子也没有什么用，还不如换几个钱，解家里的燃眉之急。两家人没有文字合约，只是口头协议。

当时，在何二水与金阳父亲商量院子的事时，村委会会计周明也在场，成为唯一的见证人。周明的出现，也许是何二水故意安排的，也许真的是一个巧合，谁知道呢！反正对金阳父亲来说，有没有见证人都无所谓。

关于院子的事，何二水与金阳父亲口头协议后没过多长时间，金阳的父亲就去世了。其实，何二水与金阳父亲和村委会会计周明三个人是结拜兄弟，他根本没把借钱和院子的事当回事。而何二水突然向金阳家索要三万元，是他通过马路消息得知金阳大学毕业后不在城里工作，而是回到布拉格村种地以后产生的想法，目的是以还他家的三万元为借口，逼迫金阳用十五米的院子抵债。

何二水心里清楚，向金阳家讨回三万元钱，短期内是天方夜谭。因为他知道，金阳家欠外债二十余万元。金阳刚刚大学毕业，工作还没着落；金阳母亲的身体时好时坏，每天离不开药，基本上不能干力气活儿；金阳的妹妹金月正在上大学，家里靠几十亩盐碱地种植玉米和油葵之类的农作物，除了成本费用和雇工费用，也收入不了几个钱。日常生活都捉襟见肘，更别提还债了。

何二水是个非常有头脑的人。他分析过金阳家的情况，想法是逼迫金阳还三万元钱，如果金阳还不上，他和周明就向金阳挑明金阳父亲生前与他关于三万元钱兑换十五米院子的口头协议。

第 三 章

金阳母亲天麻麻亮就起床了。她按照医生的嘱咐，每天早晨通过锻炼恢复腿部机能。如果出现奇迹的话，她的腿或许可以康复。

母亲相信医生说的话，坚持锻炼了半年，效果非常好。从开始的瘫在床上，到扶着墙蹒跚走路，再到现在不扶墙和不拄拐杖慢慢悠悠走路。她心里唯一的想法，是不给儿女添负担。她要让自己好起来，要靠双手还清金阳父亲生前欠的债。

母亲从前院往后院慢慢走路时，看见金阳房子里的灯亮着，以为儿子起床了。她原打算去敲金阳的门看看儿子，最后放弃了。她用了将近十分钟时间，从前院走到后院。其实，从前院到后院只有不到五十米的样子。她清楚地记得，两个月前第一次不拄拐杖，从前院走到后院，五十米的距离走了半个多小时。与两个月前相比，她的进步连自己都吃惊。她给自己制定的目标，是再过三个月，她不但要和正常人一样走路，而且还要下地干活儿。于是，她每天像一个短跑运动员，通过时间来验证自己的进步。

平时，她每天早晨锻炼一个小时。今天破例，她走走停停，锻炼了一个半小时，然后从后院往前走。她正准备敲金阳的门时，被在厨房做饭的金月看见了。金月悄悄跑到母亲跟前，小声说："妈，刚才我以为我哥起床了，去问他早上想吃啥饭，结果，我哥说他不想吃早饭，让我们俩吃。我哥一个晚上没有睡觉，刚睡下没有多长时间，我们不要打扰，让他好好睡一会儿。"

"这孩子，不好好睡觉，又熬夜。"母亲放弃敲门。金月要扶着母亲走，母亲不让扶，慢慢往自己的房间走去。金月返回厨房，继续做早饭。

母亲走到自己的房间。刚坐到床上，她透过窗子的玻璃，看见何二水和周明走进院子。她下意识地站起来，正要走出房子，却看见金月从侧面的厨房走到两个人面前，笑着说："何叔叔、周叔叔来了，快到房子里坐。"

"金月，你哥起床了没有？我和你周明叔叔有事找他。"何二水与周明站在院子里。跟金月说话时，他不停往东面和北面的房子扫视。周明微笑着跟金月打招呼。

金月手里掂着一把菜刀，笑着说："何叔叔，我哥还没起床。我妈起床了，你们先到房子里坐，过会儿我叫我哥起床。"

周明笑着问金月："为啥现在不叫你哥起床呢？"

"周叔叔，我哥刚刚睡下没一会儿。让我哥再睡会儿，我再叫。"金月解释。

周明咳嗽了几下，说："一个晚上不睡觉，他在干啥？"

金月正要说话，金阳从房子里走出来，一边与何二水和周明握手，一边说："何叔叔好！周叔叔好！快到房子里坐。"

金阳与周明握手时，周明说："金阳，昨天下午听说你回来了，太忙没有顾上过来看看你。上了几年大学，真不容易，现在出息了！”

金阳笑着说：“周叔叔过奖了！眨眼间，四年时间过去了，也没啥出息。”

几个人说说笑笑走进房子。金阳在何二水和周明坐下后，分别给两个人递上香烟，母亲忙着倒茶。周明点燃香烟，连吸几口后，吐着白花花的烟云对金阳的母亲说：“嫂子，您的身体还好吗？现在走路腿疼不疼？”

“周明兄弟，我的身体一天比一天好了。慢慢走路，腿不太疼，如果稍微走快一些，还是疼得受不了，只能慢慢恢复。”金阳母亲说。

周明听了金阳母亲的话不停点头。此时，何二水吐着烟云不紧不慢地说：“金阳，你和你妈都坐下来，我有话要说。”

金阳和母亲坐下后，金阳望着何二水说：“何叔叔，您有什么话？请讲！”

何二水叹了口气，说：“金阳，昨天晚上我说过了，不知道你是怎么考虑的？我想听听你的答复。”

金阳低下头，半天没有说话。此时，金阳母亲说：“何大哥，能不能再宽限些时间？你看金阳刚毕业，还没有找到工作，金月还在上学。你再看看我，连路都走不利索。何大哥，你看我们家里这个情况，可能一时半会儿还不上你的钱……”

何二水慢吞吞地说：“大家都难。但是，这钱的问题必须要解决。”

“何叔叔，肯定要解决。不过，今天实在拿不出钱。您看，在半年之内给您还上行吗？我现在给您立字据。”金阳的目光在何二水和周明的脸上游移。

何二水说：“金阳，字据就没有必要立了。农村人的信誉牢牢地系在心上。我和你父亲打了半辈子交道，从来不立什么字据。我只想今天把问题解决了。”

金阳母亲坐在一旁叹气。金阳听了何二水的话，不知道说些什么才能让何二水暂时收回要那三万元钱的想法。

片刻的沉静，静得可以听到时钟的嘀嗒声。

“哥，饭熟了，吃饭！”此时，金月的喊声打破了沉静。

母亲站起来，说：“何大哥、周明兄弟，我们一起先吃饭，等吃完饭再说。”

“嫂子，早饭过会儿再吃，我们先解决问题。”周明一直没有说话，这时，他站起来，先扶金阳母亲坐下，然后站着对金阳母亲说，“今天何大哥来你们家要钱，本来没有我什么事。虽然，你们家欠我八千元钱，但我在借钱时说过，什么时候有，就什么时候还，我说话算数。我今天来你们家，只想问一句，你们家今天能不能把何大哥的三万块钱还上？我想听一句准话，其他事后面再说。”

“周明兄弟，你说先不吃饭就不吃饭，先解决问题。”母亲望着周明说，“至于何大哥的钱，别说今天，就是再过三个月，也恐怕还不了！这是我的准话。”

“好，我知道了，这是嫂子的准话。”周明把目光投向金阳，“金阳，今天能不能还上你何叔叔的钱？我要一句准话。”

“周叔叔，今天的确还不上。”金阳很认真地说。

“那好，现在我给你们讲一件事，也许你们知道，也许你们不知道。这件事，可以解决你们家借的那三万块钱。”周明严肃地对金阳母亲和金阳说。

“周叔叔，什么事可以解决三万块钱？”金阳有些好奇。

周明说：“金阳，你爸生前借你何叔叔三万块钱时，你何叔叔提出用你们家十五米宽的院子抵销，你爸非常乐意。可这件事，还没来得及兑现，你爸就去世了。当时，你爸和你何叔叔口头订协议时，我就在现场，也是见证人。”

金阳母亲听了周明的话后，自言自语:“还有这样的事情？金阳他爸从来没有提起过，我也一点不知道。”

“我也从来没有听说过。”金阳觉得此事有些不可思议，“周叔叔，当时除了您，还有谁在场？”

“就我一个人，再没有其他人。”周明对金阳说，“你不相信？你是不是觉得我在说谎？我都五十多岁的人了，难道我会说假话？”

很显然，金阳的话有些激怒周明。自从周明开始说话，何二水一直坐在一旁抽烟。在他的心里，根本不希望金阳还他的三万元钱。他一方面想知道金阳怎么处理眼前的事，一方面想用金阳家十五米宽的院子难为金阳。这十五米院子可是将近七百平方米的空地。何二水心里在盘算，用这七百平方米的院子，加上自家一千多平方米院子，建一座将近两千平方米的养殖场。何二水只是这样想想而已，他们家的养殖场经过三次扩建以后，养殖场的空间已经饱和。虽然他的大儿子何金出了车祸，可没有任何经济损失。何金开的大卡车经过维修以后，又雇了一个人开车。大卡车并没有停，运输项目继续。

其实，何二水向金阳家索要十五米宽的院子，并不是建什么养殖场，而是另有所谋。

今天，何二水来金阳家的时候，特意叫来了周明。对何二水来说，周明扮演的角色，既是见证人，也是拿下金阳家十五米院子的说客。何二水相信，有周明出马，一定能将院子的事情办好。他用心理战术给金阳加压。可是，当看见周明有些生气的样子时，他又害怕周明把事情搞砸。于是，他笑着说:“周会计，不要生气，金阳的想法是对的。因为提到院子，毕竟是口说无凭的事，所以，一定要给金阳留下足够的时间，慢慢消化和证实口头协议的真假。”

“何大哥，不是我生气，是因为金阳他根本不相信我说的话。从他的语气上可以听出来，他认为我在说谎。把话说回来，如果我说谎了，不但金阳和嫂子不会答应，就连去世的金大哥也不会原谅我。”周明坐在一旁不停地解释。

而金阳和母亲，根本不相信周明和何二水说的话。金阳坚定地认为，关于他们家十五米院子的事，是何二水和周明联合起来骗人。此时，双方一片沉默，谁都不说话。过了片刻，还是何二水打破僵局。他站起来，说：“金阳，你和你妈商量一下。如果你们打算还钱，我下午过来拿。如果你们同意用十五米宽的院子顶三万块钱，那事情就很简单了！你在下午五点前给我答复。”

这时，金阳也站起来，说：“何叔叔，下午五点前我给您答复。”

“周会计，我们走吧！我们吃过早饭来的，金阳他们还没有吃早饭。”何二水边说边推了周明一下，周明懒洋洋地站起来。

“何大哥、周会计，你们吃完饭再走。”金阳母亲笑着挽留。

周明说：“嫂子，我们吃过早饭了，你们赶紧吃。不过，我刚才说的话都是真的，你们好好琢磨琢磨，赶紧把问题解决了。”

目送何二水和周明走出家门，金阳觉得眼前阴云密布。

第四章

吃过早饭，金阳来到自家的后院。

平时没在意，今天站在后院里，金阳才突然发现院子这么空旷。

院子的一角种了蔬菜，堆放了农具及柴草。如果院子里没有八棵枸杞树用翠绿的叶子和红玛瑙般的枸杞果叙述季节的妖娆，院子基本处于撂荒状态。金阳记得，母亲没有生病、父亲在世时，他们家的后院像一个微型的农作物展览馆。每年都会种蔬菜，辣椒、西红柿、茄子、豇豆、大葱、黄瓜、苦瓜、韭菜、南瓜、冬瓜、香菜、油白菜、大白菜、莲花白、土豆、萝卜等，足有二十种之多，还种甜玉米、向日葵等。

春天、夏天和秋天，整个院子被蓬勃的生机和绚丽的色彩填满，就像梦境的花园。蝶舞虫飞，鸟儿鸣叫，美不胜收。父亲和母亲忙完地里的活儿以后，就在后院里侍弄这些灵性的植物。在金阳眼里，虽然家里的日子不富裕，可是父亲是一个非常浪漫的人。从春天到秋天，他在后院里摆一张桌子，再配几把椅子，一家人围着桌子一边吃饭一边谈笑，其乐融融。平时，父亲在院子里干活儿累了，就坐在一旁的凳子上，一边抽烟，一边望着茁壮成长的农作物，还有每年不负约期开花结果的八棵枸杞树，心里乐呵呵的。对于金阳来说，这是他最美好的记忆。只可惜，现在父亲不在了，母亲也重病缠身。曾经的欢声笑语和其乐融融的幸福生活，因为父亲的去世，如今都已不在，整个家庭变得失去生气。想起这一切，金阳心里非常难受。

于是，金阳打算重新把曾经拥有的那份快乐找回来，让家里赶快脱贫，让生活富足而又美好。

对金阳来说，他首先要做的是选择好努力的方向，然后才能按照既定的目标打拼。他打算，在两年之内还清家里的所有债务，让母亲和妹妹过上无忧无虑的幸福日子。而且，金阳还有一个最大的心愿，他一定要治好母亲的病。母亲才五十多岁，他要让母亲的双腿完全康复。到母亲六十岁或七十岁以后，与所有老年人一样，快快乐乐跳广场舞，也可以带着孙子在公园里玩。金阳还想，他要带着母亲和妹妹游览祖国甚至全世界的山山水水和迷人风光，品尝全国甚至全世界的美食。他要让与土地打了一辈子交道的母亲看到与布拉格村不一样的风景。这也是对远在天堂的父亲最好的纪念。金阳相信，父亲看到这一切后一定会很高兴。

可能是触景生情的缘故，金阳一个人站在空阔的院子里，曾经的快乐时光，曾经的美好记忆，一下子浮现在眼前，让他难以控制对父亲无尽的思念。他思念那个省吃俭用供他上大学的父亲，思念那个无论生活多么艰难也一直踏踏实实做人的父亲，思念那个为了家人而不得不低三下四向别人借钱的父亲。在金阳心里，父亲从未离开过他。父亲时刻在看着他，看着他每天增长知识，看着他读完大学，看着他不断成熟和不断坚强。他甚至隐隐能够听到父亲在耳畔说：“孩子，你要照顾好母亲和妹妹，你是我们家的顶梁柱，你要有作为，遇到任何困难都不能灰心，不能气馁。要一直朝前走，一直朝前冲。爸爸相信你，你一定能做到，你一定能挑起家里的重担，成为让你母亲和妹妹依靠的男子汉。孩子，你一定要记住，把日子过得红红火火，让你母亲健健康康生活，让你妹妹顺顺利利毕业，找一个好工作，与你一样，不但为我们家争气，也要做一个对社会有用的人。儿子，爸爸相信你，你一定能够做到！”

金阳正在心里与父亲对话时，突然，妹妹金月喊他，他才清醒过来。他擦去眼泪，说：“金月，有啥事吗？”

“哥，妈妈说，你昨天晚上熬夜了，特意给你泡了一杯枸杞茶，你回来喝还是给你端过来？不然茶凉了。”金月说话，像在呼喊。

金阳说：“不要端过来，过一会儿我回去再喝。我想一个人在后院里待一会儿，你给妈说一声。”

“好的，哥。”金月说完转身离开。但是，她没走几步，又回过头说：“哥，妈还说，你不要为了何叔叔家的三万元钱犯难和操心，实在不行，我们就把院子给他们家。十五米院子划给他们家，我们家的院子也一样大。”

金阳说：“我知道了。你给妈说一声，关于给何叔叔家还钱的事，无论怎么处理，我都有办法，你让妈放宽心。”

“哥，我知道了，别忘了回来喝茶。”金月说完话，回前院去了。

“好，知道了。”金阳回应了一声，来到院子里的枸杞树前。他望着八棵挂满红果果的枸杞树，心里因还钱给他带来的烦恼和忧愁瞬间烟消云散。其他人不知道，就是因为他们家后院里的这八棵枸杞树，金阳不但改变了大学毕业后留在城里工作的想法，而且即将改变他的命运。这事除了他自己知道以外，还有两个人知道，一个是他实习的农科所的徐教授，还有一个人就是他的女朋友秦玉。现在，秦玉已成为他的前女友了。金阳毕业后离开学校的前一天，与在大学相恋近三年的女友秦玉分手了。

金阳自己的选择，只有自己一个人来扛。他选择回家种地的这条路，是陷阱还是坦途，他并不知道。但是，这是他认真考虑后结合现实情况决定的，并不是一时冲动。金阳读了四年大学，三年时间在校学农业理论知识，将近一年时间，他通过熟人的熟人找关系，几经周折，如愿以偿到中国顶级的农科所当实习生。特别幸运的是，他被农科所安排到中国知名农业专家徐教授的实验室实习。金阳在农业大学所学的专业，用老百姓的话说，就是研究什么样的土壤适合种植什么样的农作物，并使其价值最大化。实习期间，金阳不仅仅把眼光放在自家的四十亩土地上，而是放在整个布拉格村近万亩土地上。金阳不但把自己家土地的土壤样品带到农科所，还把村里近万亩土壤的样品也带到农科所研究。金阳把自家和布拉格村的土壤样本带到实习的农科所后，跟着徐教授虚心学习、科学研究，除了完成本专业学习和实习科目以外，完全掌握了布拉格村近万亩土地土壤所含的成分。其实，全布拉格村的土壤只有三种类型：盐碱地、沙土地和黏土地。当然，盐碱地和沙土地占了百分之八九十的比例。什么土质的土壤适合种植什么样的农作物，而且产量最高、经济效果最好？经过多次研究，最后的科学结论是布拉格村的土壤除了适合种植油葵和玉米等农作物以外，最适合种植枸杞和南瓜，以及各种蔬菜。

布拉格村多年种植向日葵和玉米等农作物，是不是经过专家对土壤的论证，金阳不得而知。也许，是经过长年累月种植实践得出的经验。

掌握了土壤的特性以后，金阳在大学毕业前做出了他人生的第二次选择。他毫不犹豫放弃了在城里工作，甚至有可能留在中国顶级的农科所工作的机会，毅然决然决定回家种地。金阳来到这个世界只有二十二年，这是他第二次对自己的人生方向做出选择，第一次是选择大学报考志愿。

金阳总觉得，母亲知道父亲用十五米院子来兑换何二水家三万块钱的事。因为，从刚才妹妹金月说的话可以听出来，母亲已经做好用院子还钱的准备。金阳相信他的第六感，这件事父亲一定告诉过母亲，只是母亲没有给任何人讲过而已。当然，父亲除了讲给母亲，再没有告诉其他人。想到此，金阳从后院隔墙根起步，大步朝他家和何二水家的隔墙走去。他一边大步走，一边数数，走了一百九十多步，在两家的隔墙下停下来。其实，这么大的院子，如果给何二水家划去十五米，根本不成问题。可问题是，金阳并不想这么做。何二水与周明无凭无据提出此事，他非常反感。

金阳一直留在后院。他从后院来到前院时，已经快到中午了。母亲对金阳说："给你泡了一杯枸杞茶，你一直没来喝，现在已经放凉了！千万不要喝凉茶，这样对胃不好。"

"妈，喝凉茶没事，我在学校经常喝凉茶。"金阳笑着说。

这时金月走过来，说："妈，哥，今天中午你们想吃啥饭？快中午了，我要做午饭。"

母亲笑着说："金月，你问你哥，你哥想吃啥饭，你就做啥饭。"

金月噘着嘴，说："我哥肯定想吃拉条子。我记得，我哥一直喜欢吃拉条子。哥，你说是不是？"

"那就辛苦妹妹了，今天中午还真想吃拉条子。"金阳在妹妹金月的头上轻轻拍了两下。

金月笑着去做饭。金阳端起母亲早晨泡的枸杞茶喝了一口，然后对母亲说："妈，枸杞茶里还放了蜂蜜？枸杞和蜂蜜的味道很香很香。"

母亲说:“茶凉了，别喝了。要不倒在另一个杯子里半杯，然后加上热水喝。你年纪轻轻的不注意保护胃，等你上年纪了，就知道胃有多重要。”

金阳笑了笑，接着喝茶。

第五章

吃过午饭，金月收拾碗筷。金阳正准备给母亲熬中药时，何二水和周明又来了。金阳母亲赶快把他们迎进屋子，给两人沏茶。

两个人坐下后，金阳说:“何叔叔，今天下午我真的拿不出三万块钱。如果想解决三万块钱的问题，我早上说过，您给我宽限半年时间，我肯定能给您还上。现在我想说，您只给我宽限三个月时间，我一定把您的那三万块钱和利息全部还上，您看行不行?”

何二水没说话，周明说:“金阳，今天下午来你家，不是商量还三万块钱的事，而是把你们家的十五米院子划给你何叔叔家这件事，不知道你们考虑好了没有？今天下午，我跟你何叔叔过来，只谈院子的事，不谈三万块钱的事。”

听了周明的话，金阳母亲想说什么，但话到嘴边又咽回去了。

金阳对周明说:“周叔叔，三万元钱我们家一定会还上。我们家十五米的院子不会给何叔叔家。一方面，无凭无据，也没有其他见证人。另一方面，我爸从来没有跟我讲过，我根本不知道这件事。我家的院子宽有四十六米，如果给何叔叔家划出十五米的话，面积将近七百平方米。您自己合计合计，用三万块钱抵面积将近七百平方米的院子，肯定不行。”

周明心平气和地说：“金阳，不管怎么说，这件事是你父亲生前与你何叔叔口头协议好的，你也不要再提什么白纸黑字的协议。口头协议也是协议。要说，这件事你一个人说了不算，你还是问问你妈的意思，征求一下她的意见！”

“周叔叔，不管征不征求我妈的意见，我们家的院子都不会给何叔叔家的！”金阳坚定地认为，何二水串通村委会会计来胡搅蛮缠。可是，不给何二水家院子，也拿不出三万元钱，这件事相当棘手。

“嫂子，请您说说。金大哥生前与何大哥说这件事的时候，我真的在场，也是唯一的证人。如果你们还不相信，你们可以问村妇联主任斯琴。当时，金阳父亲与何大哥口头订了三万元顶十五米院子的协议后，作为见证人，我当天就把此事给斯琴讲了。当然，我和斯琴一个办公室，纯属闲聊。”

金阳越来越心烦，甚至不想搭理何二水和周明。但是，欠人家的钱理亏，只能继续应付：“周叔叔，不管有多少见证人，都不重要。要是你们拿出白纸黑字的凭据，我们家可以把十五米宽的院子给我何叔叔家。如果没有白纸黑字的凭据，我是不会同意把院子给何叔叔的。今天您怎么说，我都不会同意。”

这时，一直在旁边沉默的何二水说：“金阳，你先不要表态，还是征求一下你母亲的意见后再说。三万元钱抵十五米院子的事，你母亲肯定有她的想法，你好好听听你母亲的意见，你看行不行？”

“何叔叔，可以。”金阳说话时面无表情。

何二水对金阳的母亲说：“弟妹，那你说说。我相信你说的话，我想听听你的意见。你今天准备是还我的三万元钱，还是用十五米院子给我抵债？”

金阳母亲叹了口气，说：“何大哥，还有周明兄弟，我的意思是你们先回去，等明天上午你们再过来。我们家是还钱还是用院子抵债，会给你们一个满意的答复。不然，今天下午说来说去也没有结果。你们看行不行？”

周明与何二水对视了一下。金阳从他们的目光中看出来，何二水有些不同意。但是，在周明的眼神示意下，他很不情愿地说：“那好，就等到明天上午十一点听你们的答复。我们走了！”

“谢谢何大哥和周明兄弟！”金阳母亲表现出一副感激的神情。

“好吧，嫂子，就按您说的办！我们走了。”周明站起来，脸上带着微笑。

金阳母亲说：“金阳，你去送送你何叔叔和周叔叔。”

送走了何二水和周明后，金阳本想到后院里去，却被母亲叫住。金阳看见母亲心里难受的样子，感到很自责。但是，手里没钱，他也不知道该怎么办。带着愧疚，金阳来到母亲面前，说：“妈，您叫我，有啥事吗？”

母亲一副无可奈何的样子，叹了一口气，说：“金阳，我思来想去，还是把咱们家的院子给你何叔叔家划过去，咱们家实在拿不出三万块钱来。我这么说，也是没有办法的办法。我知道，这样做，咱们家很吃亏。你想不通，也是对的。可为了解决问题，吃亏，也得这么做。”

“妈，我真的不同意。别说把咱们家的院子给何叔叔家，我还想用钱买何叔叔家的院子呢！因为咱们家的后院今后有用处。妈，您想过没有，将近七百平方米的院子，要给何叔叔家，事情没有那么简单。别说七百平方米，就是一平方米，我也不会给！”

母亲有些不解，说:“金阳，你用那么大的院子想干啥?”

“妈，现在我不给你讲，等以后你就知道了。”金阳笑着说。

母亲说:“金阳，你不告诉我算了，但是我们必须解决问题。这件事，不只是还钱和院子的事，还牵扯到咱们家的名声，还有你爸爸的信誉。要我说，要是咱们家有钱，那就还钱。如果没有钱，就用十五米院子抵债。明天上午，一定要说明白这个事。”

“妈，我真的很疑惑，我爸生前真的和何叔叔有口头协议吗?我爸生前给您讲过没有?”金阳很着急。

母亲并没有马上回答，而是不停叹气。然后，保持沉默。金阳从侧面看过去，发现母亲真的老了。母亲才五十出头，头发却已经花白了。母亲满脸憔悴，让金阳心里实在难受。他觉得，既然母亲不愿意回答这个问题，他就不再问了。

正在金阳打算放弃问话时，母亲望着金阳，说:“金阳，我跟你说实话。”

金阳非常期待:“妈，您说!”

母亲望着金阳，实在不忍心说出口。但为了解决问题，她不得不说:“金阳，用咱们家十五米的院子来顶你何叔叔家三万元钱的事，你爸爸生前真的与你何叔叔有过口头协议。当时，周明作为见证人也在现场。这是你爸爸亲口告诉我的，你何叔叔和周明叔叔没有说假话。”

“妈，这不可能，我是不会相信的。”金阳瞪大眼睛，说，“既然我爸爸曾与何叔叔有口头协议，为什么不立字据呢?”

母亲说:“金阳，咱们农村人都这样，只要口头答应了，就算数。立不立字据都是一回事。更何况，你何叔叔在我们家最困难的时候，二话不说就把三万块钱借给咱们，你何叔叔连借条都不让你爸写，难道咱们家也让你何叔叔拿出借条才还钱?如果拿不出借条，只是口头协议就不还钱吗？所以，你爸爸与你何叔叔定的口头协议什么时候都算数。更何况咱们家与你何叔叔家既是邻居，你爸和你何二水叔叔、你周明叔叔还是结拜兄弟。你好好想想！”

“妈，既然这事是真的，那就按照您说的去办。目前，我们家拿不出三万块钱来，只能用院子顶。”金阳说完，去了后院。

金阳坐在后院隔墙下，望着何二水家与他们家院子的隔墙，心情很复杂。按照母亲的说法，这个隔墙要往他们家的院子扩展十五米。金阳想到他们家的院子要少将近七百平方米，心里非常不舒服。金阳早想好了，他们家的后院，他要画一幅画，一幅可以长出金子的画。而且，接下来，整个布拉格村会有好戏上演。以他们家后院的八棵枸杞树为先遣队，金阳很自信，他要把布拉格村变成枸杞之乡，变成享誉全国和全世界的枸杞之乡。想到这里，金阳的心里美滋滋的。

算起来，金阳有三个多月时间没有发微信朋友圈了。就在自己家的后院里，金阳突然想发一条朋友圈。于是，他给八棵枸杞树拍了四张照片。第一张照片是八棵枸杞树的合影，第二张照片是一棵最大的枸杞树的照片，第三张照片是枸杞红果的特写，第四张照片是他家后院的全貌，当然包括八棵枸杞树。

发微信朋友圈时，金阳写了以下这段话：

> 这是布拉格村仅有的八棵枸杞树。每年，它们不负约期，高举成千上万颗红玛瑙般的枸杞果，在我们家的后院开会。它们驻守在布拉格村的某个角落，已经有十一年了。它们像八名勇士，冲锋在春夏秋冬的路上。现在，虽然只有八棵树，但是，它们是八名英雄。不久的将来，它们要带着布拉格村十万百万甚至千万棵枸杞树，像十万百万甚至千万名

勇士，组建成一个无往不胜的乡村发展方阵，为布拉格村开拓一条致富之路。尽管现在只是一个蓝图，但我相信，它很快会变成现实。眼前虽困难重重，但我信心百倍！

整个下午，金阳一直待在后院里。当他想到百万千万棵枸杞树冲锋陷阵的壮观景象时，激动的心情如浪潮般涌动。

此时，夕阳斜斜地照过来，像一条金子打造的丝带。金阳目送着夕阳一点一点跌落西山后，才离开后院。

第六章

吃过晚饭，金阳刚打开电脑，想继续设计他的“布拉格村枸杞、绿色无公害蔬菜大棚种植，鸡鸭鹅养殖发展规划方案”时，布拉格村第一书记、“访惠聚”工作队队长姜华，带着李赞和胡梅梅两个工作队队员来他家入户走访。

姜华是新来的，金阳不认识。但是，工作队队员李赞和胡梅梅金阳都认识。他们两个比姜华早来布拉格村两个月。这是布拉格村又一次进驻工作队。自从工作队来了以后，为村民办了不少好事。工作队的五位队员一直为布拉格村能整村脱贫而辛勤工作。尤其是为布拉格村建立电子档案，为四十九家贫困户建档立卡做了不少事。

金阳与入户走访的三个工作队干部一一握手，金月倒茶。大家坐定，李赞说：“金阳，这位是我们工作队新来的队长，也是咱们布拉格村的第一书记姜华同志。”

“姜书记好！欢迎您到布拉格村工作！尤其欢迎您到我们家走访！”金阳又一次与姜华握手。

李赞接着给姜华介绍金阳："姜书记，这是布拉格村的第二十个大学生，名字叫金阳，是中国农业大学的应届毕业生。"

姜华说："你就是金阳，我知道你。你是应届大学生，你的身份信息我是从档案里看到的。你是布拉格村的人才，也是布拉格村的骄傲。"

金阳笑着说："姜书记过奖了！我只是一个普通毕业生而已，要学的东西还很多，要做的事也很多，请姜书记和工作队多多帮助！"

姜华笑着说："虽然我来布拉格村不到两个月，但是布拉格村一百四十三户人家的情况已基本了解。包括你们家在内的四十九户建档立卡贫困户，我非常了解。我们正在研究和制定方案，对症下药，让所有的贫困户脱贫，让布拉格村全村实现小康的步伐更快一些，让乡村发展的蓝图，早一天在布拉格村变成现实。无论我们工作队，还是村'两委'班子，大家都非常有信心。"

金阳说："非常感谢姜书记和工作队干部为布拉格村的辛勤付出！布拉格村有你们这样全心全意为老百姓服务的好干部，乡亲们的日子一定会越来越好。"

"没有你说的那么好，但是，我们一直在努力。"姜华说。

布拉格村地理位置特殊。一面是大山，除了九千多亩土地，其他都是荒漠和戈壁，土壤不适合种植棉花等价值高的经济作物。由于村子周边都是荒漠，所以养殖业这一块儿也没有发展起来。牛羊养殖成本太高，几乎全部靠买饲料才行。村里除了何二水家大规模搞养殖，其他村民只能零零星星地养一些鸡鸭来增加收入。村里没有企业，就连一些手工作坊之类也没有，只能把土地作为唯一的经济收入来源，再没有其他经济发展的抓手。农民致富的速度不但很慢，而且遇到天灾，一些脱贫的农户又重新返贫。这一现状让工作队的干部和村"两委"班子非常尴尬。如何探索出一条让布拉格村快速致富的路子、找到适合布拉格村致富的好项目，市、镇、村三级领导都在想办法，但办法不多。

2015 年前，布拉格村一百四十三户人家有百分之五十是贫困户。“访惠聚”工作队进村以后，短短一年多时间，百分之五十的贫困户降到现在的百分之四十，现有四十九户建档立卡贫困户。2015 年初，工作队与村“两委”班子联合制定了脱贫计划，要在 2017 年党的十九大召开之前，把布拉格村的贫困户比例降到百分之二十以内。2019 年底，让布拉格村整村脱贫，过上全面小康生活。工作队和村“两委”班子不但这样计划着，而且正朝这个目标不断奋斗。只是，他们的总体计划有一个弊端，那就是思维还停留在传统农业种植模式上，一直没有找到很好的、具体的致富新项目。这不但是全村人束手无策的问题，也是摆在工作队和村“两委”班子面前的难题。如果没有新的经济发展项目，所有大小计划只是纸上谈兵。

姜华听说金阳大学毕业后返乡了，便带着两名工作队队员，通过入户走访方式，了解一下金阳大学毕业后的想法，尤其是针对布拉格村发展前景的建议。姜华对金阳的印象是有见识和大气。

姜华放下茶杯，说：“金阳，你已经大学毕业了，接下来有什么打算？是留在北京找工作，还是回到家乡做一番事业呢？”

金阳毫不犹豫地说：“姜书记，我打算回家种地。”

大家并没有惊讶，因为在场的人都以为金阳在开玩笑。与姜华一起来的工作队队员胡梅梅笑着说：“金阳，别开玩笑了，回家种地，谁相信？你一个中国农业大学毕业的大学生，要回家种地，这简直是天方夜谭。”

胡梅梅比金阳大学毕业早三四年，参加工作的第三年，就到布拉格村“访惠聚”工作队工作。金阳两个月前回家时，与她及其他工作队队员一起参加过社会实践，相互之间很熟悉。金阳认真地说：“胡姐，我不是开玩笑，我真的要回咱们布拉格村种地。我种地，不是当传统式的农民，我要当‘地主’。”

只有金阳的母亲相信金阳说的是实话。还没等其他人说话，金阳母亲用训斥的口吻说：“金阳，我不管你说的是蒸的炒的还是煮的炸的，快把你刚才说的话收回去！”

“呵呵，金阳真幽默，开起玩笑来，连眼都不眨一下。”姜华笑着说。

金阳母亲接着说：“姜书记，你千万不要听金阳瞎说，他跟你们开玩笑呢！他说的话，不是真的。”

“妈，我这不是开玩笑，我说的都是真的。我真的要回家种地。准确地讲，是回家种枸杞。等咱们家地里的玉米和葵花收完，我不但要把四十亩地全部种上枸杞树，还要承包别人的土地种枸杞树。”金阳非常认真地说。

母亲听了金阳的话站起来，指着金阳的鼻子，说：“你这孩子疯了！念书念傻了！说梦话，都不着边际。姜书记，让你们见笑了！”

在场的人不知说什么好。姜华与两名工作队队员离开金阳家时，激动的心情难以言表。姜华隐隐约约有一种预感，金阳回家种地，会给布拉格村带来翻天覆地的变化。

这个晚上，金阳母亲失眠了。妹妹金月对哥哥说的话半信半疑。而胡梅梅和李赞只顾在微信上发布金阳回家种地的信息。姜华和两名工作队队员离开金阳家还不到半小时，几乎全布拉格村的人都知道了金阳回家种地的事。当然，村里有少数人相信，大部分人不相信，极少数人半信半疑。

只有金阳像什么事都没有发生一样，继续在自己的房间里修改枸杞种植方案，直到第二天早晨八点，才关掉笔记本电脑入睡。大概早晨十点左右，他被一阵手机铃声惊醒。电话是一个大学同学打来的，闲聊了几句。金阳挂断电话后，发现有五条短信提示，其中一条是银行的短信：

【中国农业银行】您尾号 4188 账户 07 月 04 日 10：19 完成转账交易人民币 150000.00，余额 151867.38。

金阳看到短信，以为是愚人节提前到了。他绞尽脑汁想啊想，还是没有头绪。他满脑子全是问号：是何方神圣给他十五万元钱？他甚至怀疑是不是谁把钱转错了。如果转错了钱，他只好等银行的人找他核实。

各种假设和猜测让金阳既惊喜又忧伤，直到疲惫不堪时，又昏昏沉沉睡去。

第 七 章

金阳做了一个梦。他梦见他带人种植的八千亩挂满红果的枸杞林里，云淡风轻，阳光正好。红的枸杞果、绿的枸杞叶交织在一起，像一幅迷人的画卷。正在陶醉之时，他看见何二水、周明、姜华等人在挥舞斧头砍他的枸杞树。金阳还看到，村党支部书记周宝平也指挥大家砍枸杞树。金阳跑过去大声呼喊：“请住手，不能砍枸杞树！谁让你们砍枸杞树？你们这是违法犯罪。”可任凭金阳怎么制止，没有一个人理会他。大家疯了一样，仿佛要完成任务似的，没有一个人怠慢、偷懒。大家疯狂地用斧头砍枸杞树，谁都不愿意停下来。金阳不停地呼喊，直喊得嗓门嘶哑，却仿佛没有一个人看见他似的。他疲惫极了，伤心地坐在枸杞树下，清楚地听见何二水边砍枸杞树边鼓动大家加把劲。他还说，谁砍倒一棵枸杞树，就给谁一百块钱。在何二水的鼓动下，越来越多的人加入砍枸杞树的行列。大家像割草机一样，疯狂地砍枸杞树。望着眼前一棵棵挂着红果的枸杞树像一个个冲锋陷阵的勇士似的倒下，金阳心疼极了。但是，他欲喊无声，欲哭无泪，眼睁睁地看着那些他认识的工作队队员、村“两委”班子成员、看着他长大的父老乡亲们肆无忌惮地砍枸杞树而束手无策。让金阳感到更加不可思议的是，他还看见母亲和妹妹金月也在砍，而且砍得那么疯狂，仿佛这些枸杞树和他们有深仇大恨似的。一棵棵枸杞树被砍倒了，同时被砍倒的还有一片片亮堂堂的阳光。那些可以温暖人类心灵的阳光，在乡亲们的斧头下是那样不堪一击。仰望长空，金阳大声哭喊。此时，他越哭喊，越喊不出声来，整个人也动不了，心里憋得难受极了！他不知道怎么办。这个时候，突然，何二水走到他面前，二话不说，举起斧头砍下来……金阳吓醒了。

金阳擦着满脸的汗水，慢慢从梦境中回过神来。他坐起来，长长舒了一口气。

他朝窗外望去，七月的阳光，像梦里一样亮堂堂、火辣辣。金阳伸了个懒腰，然后穿好衣服，来到家里的后院跑步。他围着院子四周的墙跑了大概十圈的时候，累得满头大汗。他坐在地上，大口大口喘气。这时，母亲拄着拐杖一步一步向他走过来。

看见母亲走过来，金阳本想站起来去扶，可是两条腿不听使唤，他爬了两次，还是没能爬起来。他准备继续站起来时，母亲已来到身边。母亲放下手里的拐杖，和金阳坐在一起。金阳边擦脸上的汗水边说：“妈，你咋来了？有什么事吗？”

母亲说：“我过来看看你，也跟你商量一下今天给你何叔叔怎么答复。”

金阳没有说话，躺在地上，望着蓝天，好像没听到母亲说话似的。

“金阳，还是把咱们家的十五米院子给你何叔叔家，赶快把这事了结了，谁让我们家欠人家钱呢！”母亲像早已想好似的，现在只是给金阳下达通知而已。

金阳坐起来，望着母亲说：“妈，今天吃过早饭后，我给何叔叔家还钱。三万块钱，我一分钱都不少，包括利息，也一分钱少不了，全部还给他。我们家的院子说什么都不能给他，因为咱家的院子我有用处。”

母亲说：“金阳，你是不是上学上傻了？怎么大白天说梦话？昨天晚上，你跟姜书记他们讲，你要回家种枸杞，我看你真是疯了！念书把脑子念坏了！没想到，一大早的你又说疯话。你还你何叔叔家的三万块钱，你能拿出来吗？你拿什么还？你这个孩子真是气死我了！亏得你还上过大学。”

“妈，钱的事，您不要管了，也不要管我从哪里来的钱，今天早晨，我必须把何叔叔家的三万块钱还了。即使他们有一百个见证人，我也不会把咱们家的院子给何叔叔家。这件事没有商量的余地，就这样定了。”金阳说话很有底气。

母亲坐在一旁不停地叹气，什么也没说。但金阳可以看出来，母亲有好多话想跟他说。最后，母亲还是打消了说话的念头。

这时，金月来到后院，她与金阳离得很近，可说话仍然像敲锣打鼓似的，大声喊叫：“哥，快吃饭了！今天早晨做了你喜欢吃的韭菜盒子和粉条汤，赶快去，放凉了不好吃。”

金阳没有说话，母亲却念念叨叨：“这个死丫头，说话像个破锣似的，满村子的人都能听见。”

金阳笑着说：“妈，我觉得妹妹的声音很好听，说起话来，字正腔圆，清清楚楚，多好啊！”

“好啥好，一个姑娘家的，每天像没有吃饭的麻雀一样叽叽喳喳，哪有一个女孩的样子。如果不是看她学习成绩好，我早不让她上学，让她回家种地了。”

金阳站起来，边扶母亲站起来边说：“妈，我知道您说的是气话，您怎么舍得让金月种地呢！您不让她上学？您恨不得让金月读完博士才罢休，是不是呀？”

母亲笑着说：“还读什么博士？现在上大学已经上房揭瓦了，整天闹得鸡飞狗上墙！要是上了博士，还不得把房子拆了！”

母亲在前面拄着拐杖走，金阳跟在身后，朝前院走去。

来到前院进到房子，金阳看见母亲泡了一大杯枸杞茶，红红的枸杞在玻璃杯里飘来荡去，像喜庆的红灯笼。金阳端起杯子，咕咚咕咚，半杯茶不见了。

这时，他的手机响了。金阳接完电话，母亲说：“谁打的电话？是不是你何二水叔叔？”

“妈，是工作队的姜华书记，他让我到村委会参加会议。”金阳边说边往自己的房间走去。

母亲说：“金阳，你去村委会开会，你何叔叔来找你怎么办？”

金阳换了件衣服，临出门时对母亲说：“妈，让何叔叔到村委会找我。”

金阳刚走不到十分钟，何二水果然来到了金阳家。他原打算与周明一起来，周明因为要开会走不开。

何二水与金阳母亲打过招呼，开门见山地说：“弟妹，金阳在不在？”

“何大哥，金阳刚出去，到村委会开会去了。”金阳的母亲赔着笑脸说。

“他去开什么会？”何二水有些抱怨，“先不说金阳，你考虑得怎么样了？打算还钱，还是用院子顶？”

一连串的问题让金阳母亲有些头晕，稍做梳理，她说：“何大哥，金阳开什么会我不知道，我只知道，他说今天上午给您还三万块钱。”

“啊，还钱？他有钱吗？”何二水突然慌乱起来，自言自语：“弟妹，金阳今天上午给我还钱，你相信吗？”

金阳的母亲望着神情突变的何二水，吞吞吐吐地说：“啊，我什么也不知道，我也不相信金阳今天能还钱。”

何二水心想，金阳给他还钱，这是他不希望的。他的心愿就是用三万元钱抵金阳家十五米的院子。看到金阳母亲语无伦次的样子，何二水既气又恼。他瞪了金阳母亲一眼说：“弟妹，我想听听你的想法。”

“何大哥，我的想法很简单，就是把我们家的十五米院子划给你们家。”金阳母亲望着何二水，一副很认真的样子。

对何二水来说，金阳母亲多认真都没用，决策权在金阳手里。

于是，何二水没再多说，朝村委会走去。

第八章

这是金阳第一次以村民的身份参加由布拉格村村委会召开的会议。

能容下五六百人的村委会会议室里，黑压压坐了两百人左右，几乎全村每家每户都有人参加。看到这阵势，金阳以为布拉格村换届选举新的“两委”班子。但是，村委会“两委”班子选举还不到两年。正在金阳疑惑时，坐在主席台上的姜华看见金阳来了，一边招手，一边喊:“金阳，快上来，到主席台上坐。”

金阳不停摆手，不愿上主席台。姜华来到金阳身边，笑着说:“金阳，到主席台上坐，过会儿你还要发言，快上去。”

金阳说:“姜书记，我就坐在下面。我没有准备发言稿，不知道发什么言。”

姜华说:“就把昨天晚上你在家里说的那些话，再好好给大家讲一讲，让大家开开窍。”

金阳觉得太突然，即使有再好的应变能力，也被姜华给搞蒙了。

姜华昨晚从金阳家回来，第一时间与村支书周宝平碰了头。他把金阳针对布拉格村今后改变种植结构、快速脱贫致富的发展思路给村支书周宝平讲了后，周宝平一副毫不在乎的样子，但碍于姜华的面子，他提议连夜召开全村村民大会，共商布拉格村脱贫致富大计。姜华看天太晚了，建议第二天上午召集村民开会。

本来，姜华想连夜给金阳打电话说开会发言的事，但周宝平想给金阳来个突然袭击，测试一下应届大学生的应变能力。

看到金阳没有上主席台的意思，村支书周宝平也走下主席台，与姜华一起连拉带扯地把金阳拽到主席台上。村民们看见金阳，都鼓掌欢迎。金阳给大家鞠躬后坐下，村支书周宝平宣布开会。

姜华开门见山地说："乡亲们好！今天召集大家开会，只有一个内容，那就是如何让布拉格村快速脱贫致富。大家有什么好的建议，都可以畅所欲言。"

主席台下一片窃窃私语声，谁也听不清楚在说什么。

"乡亲们！请大家安静一下，有什么好的想法，一个一个讲，不要起哄。"村支书周宝平站起来说。

第二村民小组组长巴特站起来，大声说："各位领导好！人多嘴杂，我建议首先由村里的领导先讲，我们想听听领导的想法。大家说行不行？"

"行，请领导讲话！"主席台下一片喊声。

周宝平说："巴特的建议好！那我们用热烈的掌声欢迎第一书记、工作队队长姜华同志讲话！"

掌声过后，姜华站起来，指着金阳说："乡亲们，我给大家介绍一位刚刚毕业的大学生，也是我们村大学毕业后第一个返乡发展的大学生，他的名字叫金阳。其实，大家不但都认识他，而且还是看着他长大的。请大家欢迎金阳讲话。"

金阳站起来，一副不自在的样子。他笑着说：“各位领导、乡亲们，大家好！我不是像姜书记说的要讲什么话。既然姜书记点名让我说话，那我说几句心里话，说得不好，请父老乡亲见谅！”

从掌声可以听出来，大家都愿意听金阳说话。这些金阳看到了，可他还是有些犹豫。这时，村里种植大户之一的蒙古族村民巴图用粗嗓门喊：“金阳，巴郎子，有什么心里话只管说，大家都等着听呢！”

村委会主任萧云林看到金阳有些放不开，站起来给金阳打气。他说：“金阳，你是大学生，为了咱布拉格村的快速发展，请你把好的、行之有效的建议讲出来，让乡亲们听听，也让村‘两委’班子成员听听，拓宽一下思路。”

“我是赶鸭子上架，今天就当着全村乡亲们的面班门弄斧了！如果说错了，还请大家谅解！”金阳说话时，整个会议室鸦雀无声。金阳说：“我觉得，咱们布拉格村直到现在还没有整体脱贫的原因，一方面是地理位置问题，另一方面是土地贫瘠。而最主要的原因，是咱们村农作物种植品种出现了问题。这是我今天最想说的事情，也是亟待解决的问题。”

巴特打断金阳的话，说：“金阳，既然你说咱们村的农作物种植品种错了，那你说说，咱们村不种玉米和葵花，种什么农作物比现在好？”

“巴特叔叔，您的问题正是我下面要说的。”金阳停顿了一下说，“根据科学检测，咱们村的土壤最适合种植枸杞、金南瓜和蔬菜。我建议，大家把今年种植的玉米和葵花收割完以后，把所有的土地用来种植枸杞和建蔬菜大棚。明年春天，再在枸杞地里套种金南瓜，经济效益肯定比现在好。要是枸杞树全面挂果，只要管理规范，经济效益比现在要高最少五倍。我这还是保守的算法！乡亲们，你们觉得怎么样？”

听了金阳的话，不但主席台下一片哗然，连坐在主席台上的人，除了第一书记姜华以外，村支书周宝平、村委会主任萧云林、村委会副主任何彬、村会计周明、村妇联主任斯琴、村委会文书周巧巧及工作队队员李赞、胡梅梅、杨自强和金花等人都觉得不靠谱。

台上台下都七嘴八舌地议论。站在会议室最后面的何二水是最后一个进会议室的。本来，他是来找金阳解决问题的，但他看到金阳正在主席台上说话，那么多的乡亲和村“两委”班子成员、工作队的干部都坐在那里，他只好站在后面听金阳说话。当他听到金阳让大家不要种植玉米、向日葵，全部改种枸杞、建蔬菜大棚时，心里非常激动。何二水觉得，他没有看错金阳，这是一个干大事的年轻人。而在表面上，他代表一部分思想僵化、观念保守的村民。当听到金阳把好好的地不种植农作物，而要种什么枸杞树时，他再也忍不下去了，像唱山歌一样放开嗓门喊：“金阳，你在胡说八道什么？咱们村这么多地，是经过一辈又一辈人在盐碱滩和戈壁滩上开出来的，你想种什么枸杞树，又要把那些地撂荒，你安的什么心？”

金阳正要说话，被村委会副主任何彬抢过话头。何彬是何二水堂哥的大儿子，自担任村委会副主任两年来，无论大事小情都与何二水站在一起，雷打不动。这时，他接住何二水的话头，力挺何二水的观点，在何彬看来，这是义不容辞的事。他说：“刚才我何叔说得真好，他心里装的全是布拉格村和所有乡亲们。我也想问金阳，按照你的想法，咱们村的地全种上枸杞树，难道是要让乡亲们喝西北风？”

“何彬，你是村干部，说话要注意影响。”姜华严肃地对何彬说。

巴特站起来来到主席台前，盯着金阳说：“金阳，按你的说法，把每家每户的地都种上枸杞树，那我问你，枸杞树苗从哪里来？树苗的钱从哪里来？种枸杞树要多少人工？人工的工钱从哪里来？还有套种的金南瓜，能不能种成功暂且不说，即使种成功了，那么多的金南瓜谁要？销路在哪里？你想过没有？”

对金阳来说，巴特提出的一连串问题，也是自己即将面对的问题。想种枸杞，这些问题是实实在在的，而金阳能提出种枸杞和套种金南瓜，他肯定早就想好了。于是金阳毫不含糊地说：“只要大家愿意种枸杞和套种金南瓜，枸杞树苗不是问题，钱可以申请扶贫项目贷款。至于金南瓜的销路，更不要发愁了，有多少销多少。”

“金阳，你说话太不靠谱了。你迟早是拿工资的人，说了一大堆不靠谱的话，到时候，你拍屁股走人了，那我们咋办？”巴特说。

“巴特叔叔，今天当着大家的面，我给您说句心里话。我大学已经毕业了，不会去任何单位上班拿工资，我决定回家种地！就种枸杞、种大棚蔬菜，还要养殖鸡、鸭、鹅。”

金阳话音刚落，台上台下炸开了锅，大家纷纷议论：“大学毕业了，回家种地？哄三岁小孩是吗？”

“人往高处走。从来没有听说，考大学是为了回家种地！真没有出息！这样的事太荒唐了！”大家七嘴八舌地议论着、猜测着、感叹着，各种情绪都有。

金阳想说什么，却欲言又止。

何二水直接走上主席台，对村支书周宝平说：“周书记，您刚才也听到了，现在的年轻人，想一出是一出。我想问您，作为布拉格村的支书，您相信金阳说的话吗？我大概看了一下，几乎每家每户都来人了，有些人家甚至来了两个人。让大家放下手里的活儿来开这样的会，简直乱弹琴！”

周宝平说：“老何，您也活了快一个甲子的年纪了，话不能这么说。布拉格村要发展，要摘掉穷帽子，让大家过上幸幸福福的小康生活，必须打破现在的局面，蹚出一条让布拉格村人持久富裕的路子。我们必须试一试！没有实践，任何人都没有发言权，包括你老何。至于金阳回家种地的事，我觉得是好事。”

“试一试，谁都可以！可是，有把握吗？试到最后，竹篮子打水一场空，谁负责任？请问谁负得起责任？”何二水摆出一副辩论的架势，越说越起劲。

村支书周宝平与何二水说话时，一大半村民走出会议室，剩下的一小半人，一些人在窃窃私语，一些人在观望主席台。说白了，是在看热闹。

何二水看到村支书周宝平被他的问题绕晕了，索性不等他回答，直接来到金阳面前说：“金阳，现在我们不谈种枸杞和金南瓜的事，马上处理你们家欠我三万块钱的事。我想知道，你怎么处理？”

金阳站起来，笑着说：“何叔叔，我现在还您三万块钱，连利息一起还您。”

何二水瞪大眼睛盯着金阳说：“金阳，你是不是说梦话？”

金阳以为，何二水说他说梦话，是不相信他不但可以拿出三万元钱，还可以拿出利息。其实，金阳想错了，何二水并不是他想的那样。毕竟，何二水与人打交道，也不是喝凉水长大的。金阳想不到，何二水说金阳说梦话，是因为他不需要金阳还三万元钱。他的目的，是看金阳能不能把十五米院子划给他。

金阳一直在微笑，说：“何叔叔，我没有说梦话，现在就去银行取钱。”

“金阳，我说你说梦话，就是说梦话！”何二水一字一句地说，“因为，我不想要三万块钱，我要你兑现你父亲生前的承诺。”

此时，姜华与周宝平交换了一下眼神，会议在乱哄哄的气氛中结束了。

金阳与何二水的对话，姜华与周宝平都听到了。姜华对何二水和金阳说：“老何、金阳，有什么事，咱们去办公室说，会解决好的。”

金阳与何二水都没说话，点头表示同意。

第九章

来到村委会的小会议室，村支书周宝平招呼大家坐下，金阳、何二水、第一书记姜华、村委会主任萧云林、副主任何彬、村会计周明及工作队的四名队员陆续坐下，村妇联主任斯琴和村委会文书周巧巧给大家沏茶。

布拉格村村委会新建的两层办公楼投入使用两年了，能容纳五六百人的大会议室金阳去过几次，而小会议室，他还是第一次来。他扫了一眼会议室，所有办公用品都是新的。他不需要问人都能猜出来，这些办公用品肯定是第一书记姜华所在的单位捐助的，因为村委会没有什么钱。村里既没有企业，也几乎没有其他任何经济来源。

村支书周宝平点燃一支烟，突然像想起什么似的，又把点燃的香烟掐灭。他把掐灭的香烟放在烟灰缸里，对何二水说："老何，刚才在大会议室里，你暴躁得像要吃人一样，现在你说说，到底是什么事让你那么激动？"

何二水的情绪比刚才在大会议室的时候平静了很多。他说:“周书记，金阳父亲生前向我借了三万块钱，你知道吗?”

“我当然知道。金阳父亲生前不只借了你家的钱，还欠咱们村四十三户人家或多或少的钱。这些人的名单，金阳父亲生前还在村委会的布告栏里张贴过，全村人都知道。你老何有啥想法?”周宝平说话慢腾腾的，可字字句句都很有力度。

“老何，我听了半天，你原来是向金阳讨要你的三万块钱来的?为了不给金阳家压力，我们不是都说好了，金阳家啥时候有钱啥时候还吗?你老何怎么变卦了?”村主任萧云林的质问，让在座的人都齐刷刷地把目光投向何二水，只有村会计周明和村妇联主任斯琴的目光相互对视着。

“萧主任搞错了!我今天不是向金阳要那三万块钱的，我今天是当着大家的面让金阳履行他父亲生前许下的承诺。”何二水说话很平和，可他内心燃着一团火。

“什么承诺?”周宝平和姜华问何二水。

何二水不紧不慢地说:“金阳父亲生前承诺，用他们家十五米院子抵我的三万块钱，就是把我家的隔墙往金阳家的院子移十五米。本来，金阳父亲口头承诺后准备过几天兑现，可是第三天，金阳的父亲就住进医院，三个月后病逝了，这件事就搁到现在。”

“是口头协议?有没有纸质协议?”姜华盯着何二水的眼睛问。

“没有纸质协议，只有口头协议。我们乡下人打交道，都是口头协议，谁在纸上写那玩意?”何二水说。

其实，凡在布拉格村生活的人，听了何二水的话都觉得有一定道理。在农村，人与人打经济交道时，都是心里觉得合适，口头上就答应了。因为农村人的信誉全装在心里，不会写在纸上。给金阳家借过钱的人，没有一个人要求金阳父亲打欠条。即使金阳父亲把欠条打了，也没有人会拿走欠条，而是当着面把欠条撕了。农村人就是这么朴实。可倘若出现经济纠纷官司，就非常尴尬了。

听了何二水的话，周宝平一边点头表示同意，一边皱着眉头说："老何，你和金阳父亲生前的口头协议，我相信不是你说谎话，我只想知道，你们订口头协议时，有没有证人？"

"有，肯定有。"听到村支书提证人，何二水变得激动起来。

"谁？"周宝平和姜华同时问道。

何二水正要把手指向周明，周明站起来说："老何说的是真的。金阳父亲生前与老何订口头协议时，我在场。"

"他们订的是什么口头协议？什么时间？在哪里订的？"姜华望着周明说。

周明咳嗽了几下，用舌头舔了舔嘴唇，说："时间大概在金阳的父亲去世前三个月的样子。在老何家里，金阳父亲向老何借三万块钱后，对老何说，这次家里为两个人治病、两个孩子上学，借了村里人不少钱，可能一时半会儿还不上。于是老何提议，如果金阳父亲同意的话，就把他们家的院子给老何家十五米。就像老何刚才说的，用金阳家十五米的院子，抵借老何的三万块钱。当时，金阳父亲二话没说就答应了，还提出立字据，老何说都是乡里乡亲的，还立什么字据。更何况，他们还是邻居和结拜兄弟。"

"三万块抵十五米的院子，遇到我也会二话不说同意的。你们都想一想，哪有这么好的事？"村委会主任萧云林带着调侃的口吻说。

周明对萧云林说："如果萧主任不相信，我还有见证人。"

"谁？"萧云林、周宝平和姜华同时问。

"村委会文书周巧巧。"周明指着周巧巧说。

姜华说："周巧巧，当时你也在场吗？"

周巧巧说:“好像是金阳父亲最后一次住院的前两天的晚上，周会计突然接到镇政府办公室的电话，让第二天早晨九点半之前把最新领低保的村民名单报上去。周会计怕第二天早上盖村委会的章子来不及，就打电话给我，让我连夜去村委会盖章子。”

“周文书，直奔主题吧！”工作队队员胡梅梅笑着提示。

“不好意思！”周巧巧接着说，“我给低保人员报表盖章子时，周会计说，过几天他带我到何二水家去吃羊肉，何二水请客。我说不逢年不过节，何二水家最近也不办喜事，他请什么客？周会计说，何二水捡到便宜了，他用三万元抵了金阳家十五米的院子，差不多七百平方米。我问此事确定？周会计说，金阳的父亲与何二水已经说好了，过几天就移动两家人的隔墙。”

“周巧巧，这件事你给其他人说过没有？”姜华问。

“给我爸、我妈、我哥，还有我们家的邻居，就是村卫生室的周医生说过。”周巧巧认真地说。

周宝平拿出手机，按下免提键。手机打通了。周宝平说:“周医生，想问你一个事，不知你听说过没有？”

接电话的人是村卫生室的周医生:“周书记，什么事？请讲！”

周宝平说:“金银林生前，用他家十五米院子抵何二水家三万块借款的事，你听说过没有？”

周医生没有马上说话，好像在想周书记说的事。大概过了十几秒钟，周医生说:“周书记，这件事我听周巧巧说过，都过去好长时间了。”

周宝平说:“周医生，这件事周巧巧在哪儿给你说的？”

“记得有一天晚上，我给周巧巧的父亲打针时，周巧巧说，周明会计给她说，那天白天，金银林给何二水家十五米院子，然后，金银林就不用还借何二水的三万块钱了。当时，我觉得金银林是不是生病生傻了？如果是真的，那何二水捡便宜了。”周医生说话时，何二水不停皱眉头。

“好，周医生，打扰了！”周宝平挂了电话。

周宝平与周医生的对话，在场的人都听到了。金银林就是金阳的父亲。周宝平用目光扫视一遍在场的人，然后，把目光停留在金阳脸上，示意金阳说说自己的想法。

金阳说：“刚才听了大家的话，我相信我爸生前可能与何叔叔订过口头协议。但是，从我爸与何叔叔订口头协议到爸爸住医院，再到爸爸去世的时间里，我一直守护爸，可我爸没有给我说过这件事，直到昨天何叔叔到我家找我时，我才知道有这样的口头协议。”

姜华说：“金阳，那你打算怎么处理这件事？”

“还钱，不给十五米院子！”金阳说得毫不含糊。

何二水说：“金阳，我知道你拿不出三万块！即使你能拿出来三万块，我也不要钱，我只要你们家的十五米院子。而且，今天就要。”

“我今天还钱！十五米院子不能给你们家！”金阳重复说。

场面僵住了。将近五六分钟，都没有人说话。有的人低头玩手机，有的人看天花板，还有人起身上卫生间。

最后，第一书记姜华打破尴尬的氛围，说：“今天，本来组织村民商量如何改变咱们布拉格村的种植结构，寻找一条适合村经济发展的好路子，没想到在大会议室无果，在小会议室又冒出三万元抵十五米院子的事。我建议何二水与金阳家的事今天到此为止，三天以后到村委会解决。金阳，老何，你们同意吗？”

何二水很不情愿地点了点头。金阳说：“就按姜书记说的办。”

姜华补充说：“尤其是老何，三天之内不要再去找金阳了。我知道，你们家前段时间发生过不幸的事，可你大儿子何金身体并没有大碍，你也不至于靠金阳家还的三万元过日子。你对金阳步步紧逼，究竟为什么，我不知道。但是我相信，你不是那种对人赶尽杀绝的人。”

何二水点头同意。大家各自散去。

第 十 章

三天后，除了在村委会小会议室开会的人以外，又多了几个村民小组的组长，分别是第二村民小组组长巴特、第三村民小组组长何吉祥、第四村民小组组长周燕、第五村民小组组长萧云霞。当然，第一村民小组组长是何二水。这五个人不但是村民小组的组长，还是村民代表。

这次村“两委”班子和工作队召集会议，不是讨论何二水与金阳家的借款偿还纠纷，而是商议布拉格村如何从这个秋季开始，走一条与以前不一样的快速发展之路。其实，就是要改变布拉格村多年不变的农作物种植模式。

会议由村支书周宝平主持，村委会主任萧云林介绍参会人员和会议议程，第一书记姜华讲话。姜华的讲话给参会的人出了一道题，他说:“同志们，大家上午好！今天会议的主要内容，上次金阳已经说过了，就是把布拉格村现在种植的玉米和葵花，改为种枸杞、建蔬菜大棚，希望同志们高瞻远瞩，放开思路，说一说各自的想法。首先，请金阳再次详细谈谈他的想法，大家欢迎！”

金阳说：“各位领导好！今天在座的都是我们布拉格村各个领域的领头人。我上次说过了，今天再重复一遍。我大学毕业了，现在回家种地，说白了，就是种枸杞树，建蔬菜大棚。不但要把我家的四十亩地全部种上枸杞树，就在昨天晚上，我把萧云森，也就是咱们村委会主任萧云林哥哥家的六十亩地承包了，总共一百亩地，全部种枸杞树。如果谁家还有土地要往外包的话，有多少，我承包多少。在布拉格村种植枸杞，前景非常好。还有，布拉格村搞养殖业也得天独厚。村子背靠连绵的阿拉套山，靠西是广阔的草木稀疏的戈壁滩，靠东是植被点缀的盐碱滩，如果养鸡鸭鹅，会省去百分之八九十的饲料，而且目前鸡鸭鹅的市场销量很不错。”

“金阳，你的想法你自己认为很好，但是枸杞苗、前期资金、管理技术、销售等一系列问题怎么处理？”巴特旧话重提。

金阳说：“首先，我回答巴特叔叔的问题。我上大学实习期间，随我们国家权威的农科专家去过宁夏枸杞种植基地，与枸杞苗木栽培项目的负责人和技术人员交流过。无论枸杞苗木，还是管理技术和后期销售，他们都可以提供帮助。至于资金问题，可以申请国家脱贫项目无息贷款。巴特叔叔，您还有什么顾虑？”

巴特摇了摇头。

听了金阳的想法，大多数人觉得云里雾里，不靠谱。反应最强烈的人是第四村民小组组长周燕。她管理的村民小组有三十二户，大家都说四十多岁的周燕吃苦耐劳，乐意为大家跑腿，是个热心肠的人。唯一的缺点，是遇事太较真。听了金阳的话，她站起来说：“金阳，你是大学生，你有文化，说得头头是道。可是，我们从盐碱滩和戈壁滩开垦出的土地，这么多年主要种植玉米和葵花，收入还算可以，你鼓动大家把好好的地种上什么枸杞树，这不是把好好的地撂荒了吗？”

姜华说：“周组长，你认为种植枸杞不靠谱？”

“姜书记，不但我觉得种植枸杞不靠谱，我们小组的村民都觉得不靠谱。大家认为，还是种植玉米和葵花好。”周燕说。

接下来，其他三个村民小组组长对布拉格村种植枸杞的看法与周燕基本一致，唯有何二水的看法与他们不同。他的态度很明确，金阳提出的布拉格村种植枸杞，也许是一条可行的路。尽管头一两年的收入不理想，但是，按金阳的说法，在枸杞地里可以套种金南瓜，如果销售顺利的话，收入也是不错的。他个人认为，金阳年轻有为，大学刚毕业，有文化、见识广、有想法，对布拉格村的土壤情况很了解，他不在城里找工作而跑回家种地，肯定有一定的把握和道理。

对何二水三百六十度的态度反转，除了村会计周明，所有人都非常意外和惊讶。按照常理，何二水与金阳家因为院子的事快闹到水火不容的地步了，何二水对金阳提出的关于种植结构调整的观点应该第一个跳出来反对。没想到何二水不但不反对，反而持肯定和赞赏的态度。

尽管对于金阳提出的方案，村支书周宝平委婉地保留自己的看法，四个村民小组组长当场否定了，但是，村“两委”班子还是勉勉强强做出了一个决定，成立布拉格村枸杞、大棚蔬菜种植和鸡鸭鹅养殖合作社，由金阳担任社长。合作社成员由金阳自行组织，村委会除了政策支持，不干涉合作社的任何决策。办公地点暂时设在村委会，由村会计周明兼任合作社办公室主任，负责合作社社员的信息登记工作。凡愿意进行枸杞种植、建蔬菜大棚、开展鸡鸭鹅养殖的农户，自动成为合作社社员，由合作社统一申请贷款，购买枸杞苗、鸡鸭鹅种苗，建蔬菜大棚，并提供技术管理和产品销售等服务。

姜华说：“我很看好金阳的想法，请在座的村‘两委’班子成员，在自己负责的村民小组多做工作，尤其是五个村民小组组长，要挨家挨户去做工作，不要只挂组长的名，不履行组长的职。再过一个月就开始秋收了，秋收以后就可以实施枸杞种植。我给大家透露一下，金阳已经行动起来了。他联系了宁夏枸杞种植基地的枸杞苗木栽培项目负责人，正准备协商提供前期一百亩地的枸杞苗木事宜。散会后，大家都行动起来。想参加合作社的农户要在十天之内报名。”

散会时，所有人望着金阳。大家觉得，布拉格村唯一回乡种地的大学生金阳既熟悉又陌生，都想知道他到底能蹚出一条什么路。

第十一章

半个月过去了，没有一个村民来合作社办公室报名。

这种现状，不知别人怎么想，却在金阳的预料之中。金阳的想法很简单，只要他这个第一个吃螃蟹的人能把肥美的大螃蟹吃得有滋有味，吃得让那些看客流口水，而且迫不及待想尝尝螃蟹的味道，他的目的就达到了。剩下的事情，就是把布拉格村的整体发展装在种植枸杞、大棚蔬菜和鸡鸭鹅养殖这个大篮子里，让布拉格村的每一户人家，尤其是村里还没有脱贫的建档立卡贫困户喜笑颜开，分享全面过上小康生活的喜悦。金阳坚定地认为，离这一天不会太远。也许，很快会到来。

一天早晨，金阳来到自家的玉米地里。其实，玉米地与葵花地是同一块地，共有四十亩，其中二十亩玉米，二十亩葵花。在种葵花的地头上还种了三十平方米的土豆，自家留着吃。

金阳家的四十亩土地位于村子东面数千亩土地的最边缘。说白了，金阳家土地的旁边就是盐碱滩。挨着金阳家土地的是萧云森家的六十亩土地。金阳觉得，仅仅用他们家的四十亩土地发展枸杞种植，面积太少了。如果在其他地段承包土地，太分散不便管理。想让承包土地与自家的土地连成一片，只有承包萧云森家的土地。他抱着试试看的想法找萧云森的弟弟萧云林商议，没想到一拍即合。

其实，萧云林一直为哥哥萧云森的六十亩土地头疼。自己种吧，忙不过来，雇人种地吧，除去化肥、种子、机耕、水费、雇工费等杂七杂八的开销，不但不赚钱，还要赔钱。萧云林心里明得像镜子一样。布拉格村的土地，如果只是种植玉米和向日葵等农作物，运气好，不遭天灾的话，只能辛辛苦苦挣些微薄的工钱。如遇天灾，那就输得彻彻底底。金阳的提议在萧云林看来，帮他除去了一块心病。

萧云森上有父母，下有三个孩子。两个儿子大学毕业后，都在市里工作，最小的女儿秋季开学上大三。萧云森的儿子在市里买了房子，全家搬到市里去住了。第一年，萧云森农忙时回村里种地，老伴在城里为两个老人和大儿子儿媳做饭，二儿子住单位宿舍吃单位食堂，女儿在上海读书，寒暑假有时回来，有时留在学校不回家。

一天，萧云森干活时伤了一条腿，一时半会儿干不了活，只好回城里养伤。他的六十亩土地由担任村委会主任的弟弟萧云林帮他管理。这样过了两年，直到金阳向萧云林提出承包萧云森的土地，萧云林打电话征求哥哥萧云森的意见，萧云森的意思很明确——地不种了。一方面，他的腿伤康复后，儿子给他联系了在一个小区门口值班的工作；另一方面，他的年纪也大了，回村子种地已经不可能了。于是，萧云森委托弟弟萧云林全权处理他的六十亩土地。就这样，萧云林代表哥哥萧云森与金阳签了二十年的土地转让经营协议。

金阳站在自家地头上。二十亩玉米再过十天半个月就可以收割，二十亩油葵也在玉米收完后接着收割。他家的地因为家里的特殊情况疏于管理，荒草与农作物共同分享阳光和水分。可以肯定，产量不尽如人意。

从他家的地往西走去，就是他刚刚承包的萧云森家的六十亩地。这些地种的全是油葵。看来，萧云林平时很忙，没有好好管理萧云森的油葵，荒草长得与金阳家地里的不分伯仲。

金阳站在地头，一眼望去，布拉格村靠东面的数千亩土地连成一片，百分之九十以上的地种了玉米和油葵。金阳心想，这数千亩土地以后都要种上枸杞。村子西面的数千亩土地要种满大棚蔬菜。他家地头朝东延伸的盐碱滩，他要建很大的养殖场——这个想法，谁都不可阻挡。在他看来，未来的布拉格村，将会成为全国闻名的、响当当的枸杞之乡。他要用数不清的红玛瑙般的枸杞果果给布拉格村代言，向全国甚至全世界发声，布拉格村父老乡亲的生活要像枸杞果果一样红红火火！

目前，金阳只能确定一百亩土地的枸杞苗木。因为，还没有一个村民表示愿意种植枸杞，也没有一个村民愿意加入合作社。面对眼前的一百亩土地，金阳盘算了一下，苗木不用担心了，灌溉设施也可放心，技术管理更没有问题。当然，现在想枸杞的销路为时过早，想了也白想，最关键的是资金和人力问题。

金阳早想好了他的资金来源，除了不知名的好心人给他打到卡里的十五万元，还有三个渠道可以集到资金。其一，申请大学生创业基金贷款；其二，申请建档立卡贫困户无息贷款；其三，金阳想了半天，没有其三。唯一的其三就是借钱。这个想法比中彩票更加不现实。因为父亲生前借遍了所有可以想起的人，直到现在，二十余万元的债款还清清楚楚排列在他的脑海，让他一刻也不能忘记。

金阳离开玉米地回家，走出几十米又折了回来。他站在地头比较高的地方，拍了一张他家和萧云森家土地的照片，准备发朋友圈。发这张图片时，他配了一段文字：

这是我家的四十亩地和我刚刚承包的六十亩地。等我们家的玉米和油葵收割后，也等六十亩土地的主人收割完油葵以后，这一百亩地会成为我的一张宣纸。我要在这张纸上画满枸杞树，在每一棵枸杞树上画满玛瑙一样的枸杞红果。我还要把布拉格村的每一寸土地当成宣纸，全部画满枸杞树和枸杞红果，画满绿色无公害大棚蔬菜，画满鸡鸭鹅养殖场。我要用数不清的枸杞红果照亮布拉格村的今天和明天。我要通过一座座蔬菜大棚和养殖场里的绿色食品，增加人们舌尖的美味。尽管笔杆很沉，颜料稀缺，但是，我要蘸着自己的汗水和血液画下去。为天堂的父亲画一道人间最亮丽的风景线，让操劳一辈子的母亲安安静静坐下来，不再为欠债而整晚整晚失眠，观人间万象，赏布拉格村呈现的花好月圆。我要为自己画一处可以低头听鸟鸣、抬头望云卷云舒的精神伊甸园。

金阳发完微信离开玉米地时，看见十余只麻雀在一个个低垂着的油葵头上跳来跳去。它们的用意金阳很清楚，每一只麻雀都有各自的使命，其目的只有一个，就是探视油葵是否成熟。如果成熟了，它们也会加入收获的行列，与村民一起分享秋天的阳光和果实。

从家里走到东面的地里，如果不紧不慢步行要走半个小时。他专门计算过时间。金阳这样做，是有所考虑的。一个月后，他每天要去他们家的地里，开始他的枸杞“水墨画”创作。但是，为了节省时间，他想在地里搭建一座彩板房，直接住在地里。这个想法是他早就计划好的。

金阳离开葵花地时，太阳离西山还有一竿子高。他走在坑坑洼洼的沙土路上思量着，如果枸杞基地发展起来的时候村委会还没有把村子通往村东和村西田地的路修好的话，他就自己掏钱修路。布拉格村通往村外的路在南面，是国家前几年实施村村通公路时修建的。虽然个别路段需要维修，可把村里的玉米和油葵往外面运输还是可以的。而村里通往东西两边地里的路一直都是沙土路。汽车可以走，但是运输农作物却摇摇晃晃，看上去让人胆战心惊。前两年工作队驻村以后，首先要为村里办的好事就是修东西两边的路。后来因为经费问题一直撂下，再没有人提起过。金阳大概估计了一下，两边的路加在一起有六七公里长，要是一辆汽车装满玉米或油葵走西边或东边三四公里路，至少要十几分钟。恰恰在这三四公里路的尽头，纵横着布拉格村将近九千亩土地。

深一脚浅一脚地走在沙土路上，金阳心里百感交集。他索性一屁股坐在了沙土路上。虽然临近黄昏，可一阵风吹过去，他的脸上烫烫的，后背不停渗出汗水。远处，一只鹰在天上盘旋。金阳估摸，鹰盘旋的下方，是村文书周巧巧家的鸡舍。

那只鹰盘旋在天空，像一颗待发的子弹。但是，它不会朝周巧巧家的鸡舍射击。那只鹰只是朝周巧巧家的鸡舍瞄准了几次，饱饱眼福而已。

第十二章

一个月过去了，既没有村民报名枸杞种植，也没有人报名鸡鸭鹅养殖。会计周明作为兼任的合作社办公室主任，正在办公室自言自语时，姜华走了进来。

“姜书记请坐！”周明笑着说。

姜华并没有坐，他说:“周会计，这几天有没有进展？”

周明苦笑一声，摇摇头。姜华什么也没有说，背着双手走出办公室。望着姜华的背影，周明有些纳闷：这个姜华为什么对村民报名种植枸杞这件事这么上心？他几乎是两三天问一次，今天是第十一次来问，比金阳都还上心。快一个月过去了，金阳只过问过两次，这两次还是两人无意间碰在一起问的，从没有打电话或找上门来问。

正在周明琢磨时，萧云林站在村委会办公楼二楼的小会议室门前喊:“所有人五分钟之内，到小会议室开会。”

周明拿上笔记本和笔赶到二楼小会议室时，这里只有姜华和萧云林。周明坐下，陆续有人走进会议室。第一个走进来的是村支书周宝平，接着，村妇联主任斯琴、村文书周巧巧、第二村民小组组长巴特、第三村民小组组长何吉祥、第四村民小组组长周燕、第一村民小组组长何二水等人鱼贯而入。不到十分钟，除了第五村民小组组长萧云霞去市里办事，村“两委”班子成员、工作队队员、村民小组组长都到了。

会议由周宝平主持。他说：“今天召集大家开会，不是研究种植枸杞的事，是关于收割玉米和油葵的事。每个小组组长要负起责任，一定要圆满完成秋收任务。今天，第五村民小组组长萧云霞没有来，散会后，何彬副主任给萧云霞传达一下会议内容。”

“好。”何彬说。

姜华问萧云林：“萧主任，收割机联系好了没有？”

“姜书记，咱们村的两台收割机已经检修完了，又在其他地方联系了三台收割机。我们啥时间通知，他们啥时间到。”萧云林说。

姜华说：“再过一个星期，收割机就可以下地了。五个村民小组组长不要等收割机下地后才行动，要提前通知所有农户把收割机无法到达的地方人工先收割，同时把每户的晒场提前准备好，早一天收割完，早一天放心。”

大家一边点头，一边记笔记。姜华说：“萧主任，收割机下地时，先收金阳和你哥哥家的玉米、油葵。地里的农作物收割完，金阳从宁夏订的枸杞苗木运到后，他就能开始种枸杞苗，我们尽可能地在时间上给他提供方便。”

萧云林说：“姜书记放心，等收割机下地时，我亲自安排。”

姜华突然又想起了什么，说：“今天参加会议的各村民小组组长，回去宣传一下，金阳的一百亩地栽种枸杞苗木需要人手，看有没有去干活的人？至于工钱，按天计算，还是计件发，直接与金阳商议。”

参加会议的四位组长同时说：“好的。”

姜华接着说:“另外，告诉大家一个好消息，咱们村通往东面田地和西面田地的路，等地里的农作物收割完以后就可以动工铺修路面了。”

“姜书记，这是天大的好事，乡亲们知道了，肯定非常高兴。”周明兴高采烈地说。

其实，修布拉格村通往东面田地和西面田地两条柏油路项目，一直由工作队负责。这个项目也算是布拉格村的帮扶单位给村民办的第一件好事实事。可是，修路的设想，上一任村党支部第一书记、驻村工作队队长胡铭代表工作队在全体村民大会上夸下海口，结果在他的任期内，拿布拉格村乡亲们的说法，只造了一个烟幕弹。胡铭书记离开布拉格村时，用鞠躬的方式向所有村民致歉。

姜华接替胡铭来布拉格村担任村党支部第一书记、驻村工作队队长时，的确压力很大。上任那天，还是在全体村民大会上，姜华的低调给布拉格村村民留下了近似软弱和颓废的印象。于是，姜华从来到布拉格村的第一天起，就把大部分精力放在为布拉格村修路这件事上。虽然只有短短六七公里路，可它一头系着村里的数千亩土地，一头系着乡亲们期望过上小康生活的希望。这一切，姜华心里像明镜似的。姜华做事的风格是，没有十拿九稳的把握，不会轻易到处去说，也不会在村“两委”会议上公布。

姜华一个部门接一个部门地跑，一个领导接一个领导地找，直到三天前，布拉格村来了三个人。姜华给所有人讲，这是他的朋友。其实，那三个人来自三个部门，是为修公路的事而来。他们在姜华的陪同下，在村里通往东西两面田地里坑坑洼洼的沙土路上折腾了一上午。过了中午，他们连饭都没有吃就离开了。

送走三个人后，姜华这个四十多岁的男子汉，平躺在沙土路上放声大哭。他的哭声传出很远很远，但没有人听见。只有谁家的狗叫了几声，但很快又归于平静。农村就是这样，大多数时间，都是人声沸腾，鸡鸣狗叫；可有时，村里的寂静让人觉得像穿越到另外一个时空。本来，姜华想在六七公里路竣工以后再痛痛快快哭一场，可他是性情中人，还是没有忍住。

修路的事真正被上级部门敲定是两天前的事。本来，姜华想第一时间告诉布拉格村的每一个人，可他一直犹豫，直到去项目办签完字以后，才决定把这个好消息告诉大家。

这天，村委会小会议室里传出热烈的掌声，把村委会后面树林里毫无防备的鸟儿吓得慌乱而逃。

在大家为修路的消息热烈鼓掌的时候，只有何二水面无表情地望着会议室里像打了鸡血的每一个人。在他的心里，工作队就是一个摆设。工作队的人说的话，都是糊弄老百姓的。他们五个人整天不是到东家串串门，就是到西家谝谝闲传，除了每天按时吃三顿饭，没有多少别的事情。

最先发现何二水与众不同的人是姜华。姜华原以为何二水只是不相信他说的话，他怎么会想到，何二水是根本不相信他这个人，包括所有工作队的队员。不相信一个人说的话和不相信一个人的性质千差万别。姜华停下鼓掌，望着何二水，本想问问何二水怎么了，可还没等他开口，巴特抢着说:“何组长，听了修路的消息你咋没有一点反应，一副木乃伊的架势？你是不是高兴傻了？”

“巴特，你别嬉皮笑脸，你才傻了。”何二水狠狠瞪了巴特一眼，用教训人的口吻说:“我就想不通，你们整天乐呵啥？随便一句话，就把你们逗得像抽风，真想不通！你们这是在开会，还是表演节目？”

“何组长，你咋了？生谁的气？大家都为修路的事高兴，唯有你拉着一张脸，是不是啥事情想不开了？”巴特开始用开玩笑的方式，挖苦何二水。

这时，村支书周宝平说:“老何，你今天到底咋了？是不是还为六年前我没有给你出具无息贷款的证明生气？那件事，是我不对！但是，都过去六年了，你还对我不依不饶？当时，大家都知道，在布拉格村，谁家有钱谁家没钱不是明摆着嘛，所以就没有给你出证明。后来，我发现自己误解了你，给你道过歉了，你还想怎么样？”

村支书周宝平说话时所有人停下鼓掌，屏着呼吸在听。大家觉得不可思议，一秒钟前，会议室里欢天喜地，一秒钟后，却变得怒气冲冲、唇枪舌剑。

看到村支书周宝平有点恼羞成怒的样子，何二水站起来说:“周宝平，你虽然在六年前给我道过歉，但是，我还是要说，你不适合担任村支书。你回头看看，你担任布拉格村的村支书快七年了，为父老乡亲干过什么有益的事？你给村里带来过什么？现在，村里除了贫穷，还是贫穷。你好好想想！”

这时，巴特插嘴:“老何，你别把话扯远了，今天不说过去的事情。”

“巴特，你别说话，让我把话说完。”何二水接着说，“周宝平，你搞错了！我的担忧与六年前没有给我出具证明八竿子打不着。我是听到姜书记刚才讲修路的事，又一次想起工作不力的前任第一书记胡铭。我没有胡说八道，大家都是见证人。那个胡铭书记走了就算了，又来了一个姜华书记！我也不怕得罪人，大家算一算，姜华书记来咱们村两个多月了，能看得见摸得着的事办成过几件？所以，刚才大家像捡到金元宝似的使劲鼓掌时，作为布拉格村的村民，我心里非常不舒服，像被什么东西堵住一样。唉，没想到，你周宝平在其位不谋其职，每天瞎混日子不说，胡搅蛮缠很有一套！”

何二水的话，让在场的所有人突然沉默下来。姜华也低头思考起来。工作队进驻布拉格村两年多来，除了完善村民信息台账、为村里的贫困户建档立卡外，唯一做的看得见摸得着的事是为村委会的小会议室争取了一张大会议桌和二十四把椅子。其实，布拉格村的乡亲们最迫切盼望的是能把村里到田地里的路修好，让大家都富裕起来。他们平时安分守己，春末和夏秋季节种地，冬天待在家里打打麻将打打扑克牌、喝个小酒、聊些闲话等，日子不算富有，但还过得去。尽管乡亲们别无所求，但是无论何人，既然作出了承诺，就一定要兑现。

可是，胡铭却没有兑现，或者说工作队没有给乡亲们兑现承诺。在场的人回望过往，很多事像电影画面一样在脑海闪现。

听了何二水的话，姜华没有解释，也没有反驳。这一次他非常自信，路一定可以修，而且在收割完农作物的第一时间就开始修。

可工作队队员胡梅梅听了何二水的话以后很不痛快，她说："何叔叔，您的话太武断了吧？如果布拉格村的人都像您一样，那工作就无法开展了。刚才姜书记已经告诉大家了，过几天，最晚在九月中旬，地里的农作物全面收割完就可以修路了。何叔叔，作为一名党员，又是村民小组的组长，您应该和村'两委'站在一起，要支持和理解工作队的工作嘛！"

"胡梅梅，不能这样说你何叔叔。在任何时候，我们的组织都允许任何人发表意见。即使意见不同，我们也要认真听取。不能在分析问题时夹杂个人情绪。别忘了，自己是一名工作队队员！"姜华说。

"姜书记，有些事必须要说。"胡梅梅的声音有些哽咽，"就像刚才何叔叔说的那样，姜书记替换了胡铭书记快三个月了，我平时也听到村民说了不少闲话，在背后议论姜书记隔三岔五往家里跑。给村里不办事就算了，还经常见不到人影，连在村里待着也不想待。其实，大家都不知道，姜书记经常往市里跑，并不是回家享清闲，也不是去开会。你们以为，姜书记这些日子在闲逛吗？"

“胡梅梅同志，既然姜书记隔三岔五去市里，不是回家，也不是开会，那他去干啥？”第三村民小组组长何吉祥大声问。

“问得好，姜书记到市里干啥去了？”胡梅梅扫了一眼何吉祥，又扫了一眼何二水。她心里清楚，何吉祥是何二水的侄子，在帮何二水说话。胡梅梅说：“姜书记从进驻布拉格村第二天起，一直求爷爷告奶奶地跑修路的项目。他一次又一次、一个又一个，不知找了多少部门和领导。为了早一天把村里那六七公里路修好，姜书记像一个叫花子，到处求人。终于在两天前签订了修路项目。现在你们知道了吗？不像你们想的那样，以为工作队既可以呼风唤雨，又是开银行的！”

胡梅梅说完话，大家还没有回过神来，何二水就说：“胡梅梅同志，你的话听起来很感人。不过，不要把话说那么早，直到现在，修路的事还八字没有一撇呢，你也别空口说白话！”

村支书周宝平指着何二水说：“老何，你说话越来越离谱了！你不‘众人拾柴火焰高’也就算了，怎么还扮起泼冷水的角色？”

“周宝平，你生气也好，不生气也罢，说来说去，修路又是一句空话。不信，走着瞧。”何二水像自言自语般说道。

起初，针对修路的事，只有何二水和何吉祥不看好。可在没完没了的争辩中，大部分人的看法也动摇了，都站到了何二水一边。包括与何二水水火不容的村支书周宝平，还有村会计周明、村文书周巧巧，甚至连工作队的金花也觉得，修路的事像在云里雾里。

散会时，修路的事成了一道填空题。若要让以何二水为代表的反方佩服得五体投地，那只能看姜华能不能通过实际行动写上正确答案了！

第十三章

在布拉格村准备收割玉米和油葵的间隙，村民们茶余饭后议论的话题，主要是金阳回家种枸杞和工作队为村里修路的事。当然，何二水用金阳家的十五米院子抵三万元借款的事，也是大家所关心的。

关于修路的事，村民们猜来猜去，是真是假，只不过是时间问题。无论工作队的人怎么保证怎么肯定，只要村里的农作物收割完了就会真相大白。所以，让全村人感兴趣的还是何二水与金阳家的纠纷问题。

金阳父亲生前向何二水借了三万元钱，这一点谁都知道。别说借三万元，就是借三十万元，对何二水来说都是小菜一碟。凡是给金阳父亲借钱的人都做过承诺，不主动要债，金阳家什么时候有钱什么时候还。何二水家与金阳家只一墙之隔，一家属于村里数一数二的富人，一家却欠债二十余万元。让大家没有想到的是，何二水竟然反悔。

最初，何二水看到金阳大学毕业了，几次上门讨要他的三万元钱。他断定金阳家拿不出钱来。可他万万没想到，金阳像变戏法似的可以还钱。于是，何二水改变主意，找来很多证人，让金阳兑现其父生前对他承诺用十五米院子抵三万元钱的口头协议。起初，金阳坚决不同意，他家的院子别说十五米，就是一寸也不会给何二水家。结果世事难料，在一长串见证人面前，金阳只能按照何二水提出的要求去办。

这天，金阳兑现父亲生前对何二水的承诺，几乎全村一百四十三户人家都有人在场。村“两委”班子成员、工作队队员除了第一书记去市里以外，其他人也都参加了兑现仪式。量院子的尺寸，由村会计周明和工作队队员李赞负责。其实过程很简单，以两家人的院子隔墙为起点，往金阳家的院子量出十五米，并打上记号，用白灰画出一道线后，兑现仪式就算完成了。至于在白线上建隔墙的事，大家说好了，那是何二水家的事，与金阳家没有关系。

要说，只要十五米白线画好，金阳家欠何二水三万元钱的事就算一笔勾销。可是，这事没有那么简单。何二水当着所有人的面向金阳提出，白线虽然已经画好了，可他暂时不想砌隔墙。因为在三个月之内他有权选择，想要十五米院子就要院子，想要三万元钱就要钱。至于利息，他说话算数，无论任何时候都不要利息。

一片唏嘘声中，金阳当场给何二水立了字据。尽管何二水当着全村所有人的面为难他，可在金阳看来，何二水的得寸进尺和不讲理，对他也不是什么坏事。起码，他可以把三万元钱留下，因为他种植一百亩枸杞的资金缺口还很大。尽管前几天，他一边自己争取，一边托同学申请的大学生创业贷款已经到手。另外，在姜华书记和村“两委”班子的帮助下，他申请扶贫项目无息贷款的手续也已经办好了，贷款问题两三天之内可以解决。但是，这两项贷款的数目与匿名的好心人打在他卡上的十五万元加在一起，用来支付从宁夏购买的枸杞苗木费用、运输费用、人工费用等，还有很大缺口。

金阳家的四十亩玉米和油葵的收入，由于管理不到位，再除去各种成本，他请村主任萧云林帮他估算过，按照目前市场上玉米和油葵的价格，今年金阳家地里的收入在一万二千元至一万五千元之间。地里微薄的收入，恐怕与金阳没有任何关系。因为母亲千叮咛万嘱咐，她要用地里庄稼收入的钱还两家人的欠债，一家是六千元，另一家是四千五百元。这两笔钱是父亲生前母亲亲自借的。母亲说，等收了玉米和油葵一定要还。如果还有剩余的钱，全部留给金月做上学的生活费。

金月高考时的分数特别高，她完全可以上理想的大学。可懂事的金月为了不给家里增添负担，准备报师范专业，可以省去学杂费。哥哥金阳看透了妹妹的心思，让她报考中央财经大学，不要为生活费操心。金月听金阳的话，上了中央财经大学。两年过去了，金月边上学边在学校周边的一家餐馆打杂，每天晚上工作三个小时，还可以在餐馆吃晚饭。金月上大学，不但没有花家里一分钱，在寒暑假回家时还给母亲带回了买药的钱。

在兑现院子抵三万元欠债的仪式上，何二水向金阳提出的无理要求，在一些人看来，比金阳毕业后回家种什么枸杞更加荒唐。而这件事，在村会计周明看来并不荒唐。因为他知道何二水的秘密。这个秘密，全布拉格村除了何二水本人，只有两个人知道。其中一个人是周明，另外一个人，周明也不知道，只有何二水知道。在周明看来，如果他是何二水，他也这么干。按照金阳家的现状，何二水提出的条件，金阳家只有答应。周明的嘴巴严得很，他答应过何二水不给任何人讲，甚至要让这个秘密烂在肚子里。

这件事过去十年以后，周明还能回想起何二水酒后吐真言时的从容。可等他把全部秘密讲完以后酒醒了，完完全全酒醒了。同时，他瞬间尿了。要不是周明强行拉起来，他几乎给周明下跪了。当时，何二水像一条癞皮狗似的一遍一遍叮嘱周明，千万千万保密，要把这个秘密烂在肚子里。还别说，周明在何二水的秘密这件事上算得上是一个君子，真正的君子。

十年过去了，周明守口如瓶。当然，何二水的家庭经济情况，比周明家要强很多，何二水对周明也照顾有加。起初，周明与何二水之间纯属为了保守秘密而维持友情。随着时间的推移，两个人以心换心，和金阳父亲一样，结成了拜把子兄弟。

周明很佩服何二水的胆识和智慧。多年以来，从布拉格村发生的有标志性的事件中，无论何二水参与过的还是没有参与而提出看法的，几乎都正确。周明认为，如果何二水没有胆识和智慧，他也不会成为布拉格村数一数二的富裕户。

布拉格村的首富是巴特的叔叔朝克塔。朝克塔有三个儿子，大儿子左眼有轻度残疾，在布拉格村种地；二儿子经营超市；朝克塔与小儿子在市里开了三家餐馆。朝克塔家是布拉格村第一个迈入小康生活的家庭。

周明心里打鼓。关于修路的事，姜书记宣布已经确定了，而何二水认为不靠谱。起初，周明相信姜书记。经过思想斗争和多年的事实依据，周明又相信了何二水。但他在心里非常不愿意相信何二水，因为相信了何二水，意味着村里修路的事就又一次泡汤了，收割农作物时，大车小车又要颠簸了。

周明回想与何二水曾经的过往，想着想着，忽然想起来他要找何二水说事。他说的事，是村支书周宝平交代的。大概意思是，去问问五个村民小组的组长，有没有人报名给金阳种植枸杞。至于前段时间说的有没有村民报名种枸杞、参加合作社的事已经失败，再没有人提了。

村支书周宝平交代的事情，周明分别找过其他四个村民小组的组长。跟报名参加合作社一样，没有一个人愿意给金阳种枸杞苗木。本来，周明不想找何二水问此事。如果村支书周宝平问起来，他随便回一句没有人报名就行。可后来一想，万一被村支书周宝平知道了也是一个麻烦。于是，他只好找何二水走走过场。

周明从村委会出来，走了不到一百米，就到了去何二水家的十字路口。周明刚拐弯，远远看见何二水的大儿子何金正拄着拐杖锻炼走路。周明止住脚步，望着何金走路的样子差一点叫出声来。才四五天工夫，何金居然象征性地拄着拐杖，走路和正常人一样。四五天前，周明去何二水家的时候，何金双手紧紧握着拐杖才能勉勉强强走路。看来，再过三五天，何金就可以扔掉拐杖走路了。这对何二水来说，绝对是一个天大的喜事。正在周明全神贯注看何金走路时，何二水从自家大门里走出来。还没等周明说话，何二水站在门口喊："周明兄弟，快到房子里来，你站在那里干啥？"

"何大哥，我找你有事。"周明边走边说，没有走几步，就到了何二水的面前。他握着何二水的手说："何大哥，恭喜你！咱侄子何金走路很利索，再过几天，就可以扔掉拐杖继续开上大卡车跑运输，这太让人高兴了！"

何金停下锻炼，说："周叔叔来了。"

"何金，我找你爸有事。你的腿恢复得很快，再过半个月，你就能重新开车了，真的太好了！"

"托周叔叔吉言，但愿半个月以后，我能重新开车跑运输。自从我出事后，最操心我的人是我爸和我妈。"何金边走边说，"何叔叔，您和我爸说事，我再走一会儿。"

"好的，慢点儿啊！"周明突然发现，何金在家里治疗腿伤的时间里，皮肤变得很白净。发生车祸前，何金开的是带拖挂的大货车，一年四季东南西北跑，风里来雨里去，脸黑得像在铁锅里卤过似的。现在看上去，像换了一个人。

何金继续走路锻炼。何二水把周明让进屋里。与周明每次来一样，何二水给周明递烟、泡枸杞茶。然后，两人坐在沙发上抽烟喝茶聊天。

“周明兄弟，要秋收了，村委会肯定很忙，你这个大会计亲自上门，有什么吩咐？”何二水边弹烟灰边问。

“二水哥，在你面前，我哪敢吩咐！村委会的工作，这几天肯定忙。但今天找二水哥，也算是工作。”周明的眼睛本来就小，笑起来，眼睛眯成了一条缝。

何二水说：“你找我，啥工作？”

“嘿嘿，村支书安排的工作。”周明掐灭香烟头，说，“他让我问你，你负责的村民小组里有没有人报名给金阳家种枸杞？”

何二水说：“你今天来找我，就因为这件事？你直接打电话就完事，怎么还亲自跑一趟。看来，你落实村支书安排的工作很扎实嘛！”

“二水哥说笑了，谈不上扎实，纯属传话筒的角色。”周明边说，边把后脑勺靠在沙发上。他仰起脸，无意间发现在沙发上方的墙上挂了一幅装框的书法。周明突然从沙发上坐直身子，然后站起来，转身观赏起这件四尺书法作品。周明观赏书画作品，有一个习惯，首先看落款。周明往左手边移了两步，看到落款是市书画院吴也院长的草书横幅。书法内容是宋代著名诗人辛弃疾的词《青玉案·元夕》。周明刚才进门时忙着和何二水说话，进房子后就坐沙发上了，背对着挂书法作品的墙，没有发现。

何二水与周明有同样的爱好，就是喜欢书画。尽管他上学时写过毛笔字，可现在早已不写了，也没有画过画。何二水的老家是陕西，在八百里秦川生活了十九年后，20 世纪 70 年代末期被父母带到新疆谋生。随父母同时到新疆的还有只上过小学、比何二水大两岁的姐姐，还有正在上初中的弟弟何三水。何二水初中没毕业就辍学了。尽管来到新疆后，他的父亲让他继续上学，重新上初三。何二水中途辍学几年，但年龄大几岁也没关系，当时的学校对年龄要求不是太严。可何二水就是不想上学，父亲只好放弃了他，只供何三水上学。几年后，何三水考上了师范学校，毕业后当老师、当校长，之后又在市教育局当领导，吃了一辈子公家饭。这都是后来的事。

当时，已十九岁的何二水人高马大，在父亲眼里是一个好劳力。何二水来到布拉格村后，开始了与土地打交道的生涯。但是，何二水在老家上小学和初中时有书法课，他坚持临摹颜真卿的《多宝塔碑》和柳公权的《玄秘塔碑》字帖。从上小学四年级起，何二水不但喜欢书法，还喜欢山水画。上初中时，语文老师要求学生用毛笔小楷写作文，何二水写得像模像样。后来到新疆，为了谋生，就彻底荒废了。但是，虽然不写毛笔字也不画画了，他还是喜欢。平时，通过在市教育局当领导的弟弟和在银行工作的侄子，还有在文体系统工作的侄女，他认识了不少本土知名书画家。当然，也包括本土最知名的书法家、市书画院院长吴也。同时，也零零星星地获得过书画家的墨宝。比如，让周明非常喜欢的这幅用木框装裱的四尺书法横幅作品，就是在三天前通过教育局弟弟的关系，请书画院吴也院长写好，在市里装裱后拉回来的。

与何二水不同，周明直到现在还在写毛笔字。当然，画画就谈不上了。周明的老家在甘肃省通渭县。这是全国最贫困的县之一，可非常有名。其名气，来自中华传统文化书画艺术。在通渭县，生活富裕也好，生活贫困也罢，几乎家家户户的房子里都挂有字画。这个县有很多人从事与书画有关的营生，比如书画创作、书画装裱、书画销售等。由于继承和弘扬中华传统文化蔚然成风，周明的老家通渭县被文化和旅游部授予“中国书画艺术之乡”称号。周明就是在这样的墨香氛围中出生、成长起来的。可惜，他高中毕业后到新疆谋生，算起来已经三十年了。无论时光如何变化，周明对书法的情结始终没有改变，而且，从未放弃临帖临碑。周明不靠书法改变人生，他的想法很简单，就是用书法消遣。这也许就是一个人一辈子割舍不断的某种执念吧。

周明特别喜欢篆书和草书。在他看来，这两种字体代表两种人生态度。篆书代表儒雅、正气和渊博的学识，能让人在传统文化韵味中体味生命之美。而草书的行笔和框架，像胸怀天地、胆识过人、有勇有谋的智者，在速度与激情中，注解唯美和温情的人生。篆书类字帖，周明最喜欢《毛公鼎》。草书类字帖，他最喜欢怀素的《自叙帖》。何二水家客厅里挂着的这幅四尺草书书法作品，就是怀素的《自叙帖》笔意。通过吴也收放自如、行云流水、情感饱满的表达，词意缠绵隽永，字势龙飞凤舞。观赏这样的书法作品，周明觉得非常享受。

“东风夜放花千树。更吹落，星如雨。宝马雕车香满路。凤箫声动，玉壶光转，一夜鱼龙舞。 蛾儿雪柳黄金缕。笑语盈盈暗香去。众里寻他千百度。蓦然回首，那人却在，灯火阑珊处。”站在书法作品前，周明开始吟诵书法内容，并激动地说:“好词！好字！”

“周明，你懂，那就给我说道说道，可以吗？”看着周明激动的样子，何二水笑着说。

“二水哥过誉了，我也是一知半解。不过，我是这样理解的。”周明笑着说，“字写得好，词也好！此词从极力渲染元宵节绚丽多彩的热闹场面入手，反衬出一个孤高淡泊、超群拔俗、不同于金翠脂粉的女性形象，寄托着作者政治失意后不愿与世俗同流合污的孤高品格。全词采用对比手法，上阕极写花灯耀眼、乐声盈耳的元夕盛况，下阕着意描写主人公在好女如云之中寻觅一位立于灯火零落处的孤傲女子。整首词构思精妙，语言精致，含蓄婉转，余味无穷。”

听了周明的见解，何二水站起来，拍着他的肩膀说：“兄弟，我们认识几十年，我突然发现你这么有才，把一幅书法作品的内容讲得头头是道。你真是太有才了！”

“二水哥，过奖过奖，我哪有才啊！刚才说的都是书本上背下来的。”周明突然想起自己来何二水家的目的，赶紧说：“二水哥，咱们光聊书法，你还没有告诉我有没有人愿意给金阳家种枸杞呢，等一会儿我要给村支书汇报。你也知道，村支书这个人大事办不了，办小事敲锣打鼓造势。”

“这样的村支书早该换了，只占窝不下蛋。”何二水笑着说，“你还别说，金阳这个娃娃人缘真不错！我给我们小组的村民说明情况后，几乎每一家都答应去给金阳家种枸杞。我粗略估算了一下，我们小组有三十二户愿意帮金阳。”

“啊，这么多？”周明笑着说，“别说金阳人缘好，这是你二水哥动员的。那三十二户乡亲，还不是听你的。”

何二水说：“周明兄弟，没有你说的那么玄乎。我有多大面子，我自己知道。”

“太好了，三十二户人，我可以回去交差了！”周明边说边站起来，向何二水告辞。

何二水说：“兄弟，如果村支书问，你就说我们小组没有人报名！千万别告诉他，有三十二户人愿意帮金阳。”

“二水哥，为啥？”周明走出房子，站在院子里问。

何二水说：“不为啥，就是不能告诉村支书。”

周明边点头边走出何二水家的院子。大门外，何金汗流浃背地坐在一根木头上喘气。何二水走过去，拍了一下何金的肩膀，说：“儿子，悠着点，慢慢来，心急吃不了热豆腐，走路千万小心。”

何金擦了把汗水，仰着头说：“爸，刚才我没拿拐杖试了一下，来回走了五十多米。虽然慢一些，但腿没有疼。”

“啊，真的？太好了！”儿子的话让何二水颇感欣慰，一旁的周明听了何金的话，一把握住何二水的手，高兴地说：“二水哥，大侄子的腿好了，太好了！”周明看见何二水的双眼泛着泪光。

何二水紧紧握着周明的手说：“谢谢兄弟，谢谢兄弟！”

何金说：“周叔叔，马上天黑了，在我们家吃完饭再走吧？”

“大侄子，饭不吃了，我等着你开着大卡车，给我们家拉玉米和油葵！”周明松开手，笑嘻嘻地离开了何二水家。

第十四章

连续两个多月布拉格村没有下雨。

与往年相比，今年的农作物提前一个星期收割。为了打赢秋收胜仗，全村人铆足了劲，一切准备就绪。甚至，有些农户已经开始收割地头收割机够不着的农作物，尽管还需要几天收割机才能下地。

金阳家的地在边缘，不存在收割机盲区的问题。这几天，他看到母亲的身体越来越好，心情也好起来。他一直在想，给他银行卡上打十五万元钱的匿名人究竟是谁？他在他的朋友圈里一个一个地梳理，锁定了三个最有可能帮助他的人。第一个是他的大学同学兼前女友秦玉，第二个是他实习单位农科所的徐教授，还有一个人是他大学的老师杨朵副教授。

金阳用起排除法。他听说秦玉家很有钱，秦玉的爸爸在一家厅级单位当处长，秦玉的妈妈是一家集团公司的董事长。就在金阳大学毕业离开学校的前一天，秦玉因不同意金阳回农村，提出与金阳分手。金阳觉得，秦玉给他卡上打钱是不可能的事情，可以排除。他大学的老师杨朵副教授，是新疆生产建设兵团人，比金阳大不了几岁，大学毕业后留校任教，三十岁出头，评上了副教授。出于同为新疆老乡的原因，她在金阳上大学期间给他资助过几次生活费。金阳认为，他的大学老师杨朵副教授给他资助生活费可以，而资助十五万元钱不太可能，可以排除。剩下的就是农科所的徐教授。与杨朵副教授一样，徐教授也在他实习期间资助过他，但那都是千儿八百的事情，不可能一次性资助十五万元。金阳决定大学毕业后回家种枸杞，与徐教授有直接关系。原因之一，是徐教授的团队经过土质检测，再结合布拉格村的地理位置与自然条件等诸多因素科学论证，得出布拉格村最适宜枸杞生长，而且可以结出优质的枸杞果实，并且适合种植金南瓜及大棚蔬菜的结论；原因之二，金阳告诉徐教授他毕业后回乡种枸杞的想法后，徐教授高兴地承诺，如果金阳真的回家乡种枸杞，他可以无偿提供技术指导，而且为金阳协调中国最优质的枸杞苗木。因为，徐教授是宁夏多个枸杞种植基地的技术顾问。但是，金阳认为，徐教授无偿资助十五万元也不太可能。

还有一件事让金阳百思不得其解。那是在他办理扶贫项目无息贷款时，在政策规定范围内，银行给金阳多贷款十万元。金阳提出疑问时，工作人员笑着提醒他，如果贷款数目少了，可以核实。如果贷款数目多出来了，尽管拿去使用，到时按贷款数目还清本金就可以了，反正不收利息。

再过三四天，布拉格村的农作物便会开始收割。估计二十多天后，金阳就可以种枸杞苗木了。金阳想，虽然耐寒耐旱的优质枸杞苗木，通过农科所的徐教授已经与宁夏一家枸杞种植基地联系好了，种植技术他也不担心，但现在最让他头疼的是种植一百亩枸杞苗木的人力和经费。

正在金阳为种植枸杞资金缺口伤脑筋时，农科所徐教授打电话过来。还没等徐教授说话，金阳抢先说:“徐教授好！您的身体还好吗？”

“金阳好！我的身体还好，谢谢你的惦念！”徐教授笑着说，“金阳，你准备好了没有？把你那边的情况给我讲一下，我看能不能帮你什么忙？”

“谢谢徐教授，非常感谢！”金阳很激动，但为了不再给徐教授添麻烦，他只好说:“徐教授，我们村的农作物估计二十多天以后就收割完了，犁完地就可以种植枸杞苗木。种植枸杞苗木的人也找好了，就等苗木运到后栽种了。谢谢徐教授！”

“金阳，一百亩枸杞前期投入的人力、物力我还是了解的，需要一大笔资金。”徐教授笑着说，“你没有给我说实话。金阳，在我面前，不要客气！”

金阳听了徐教授的话，因感动而眼泪汪汪。他擦一把泪水，正在犹豫要不要给徐教授说实话时，徐教授接着说:“金阳，无论你有没有困难，我现在告诉你一个好消息。”

徐教授在电话里给金阳说的好消息，是枸杞种植基地的负责人一方面看徐教授的面子，另一方面考虑到金阳是刚毕业的大学生创业，经过研究决定，特殊情况特殊对待，以最优惠价给金阳枸杞苗。而且，给金阳售出的苗木秋季种植，第二年夏季就可以挂果。同时，基地还保证苗木百分之九十五以上的成活率。对金阳来说，这个消息简直是天上掉馅饼。让金阳更加惊喜的是，一百亩枸杞苗木的款项先期只支付百分之五十，剩下的百分之五十一年后支付，而且不需要付利息。

金阳激动得连拿手机的手都抖起来了。金阳说:“徐教授，您给我帮了大忙了！非常非常感谢您！”

“金阳，不客气，希望你成功！如果有技术上的难题，给我打电话。”徐教授快六十岁的人了，由于声带窄，说话声音像小男孩。

金阳放下手机，确定之前给他银行卡打十五万元的人不是徐教授。金阳正为无法确定匿名资助他的人是谁而伤脑筋时，村会计周明站在金阳家的院子里喊：“金阳在吗？金阳在家吗？”

“周叔叔，我在家。”金阳边说边走出房子，笑着迎上去，握住周明的手说：“周叔叔，您找我有事吗？快到房子里坐。”

周明笑着说：“金阳，不去房子了。咱们去你们家的后院，我给你说些事。”

“好，去后院。”金阳把周明领到后院，让周明在饭桌旁的凳子上坐下，然后又返回前院的房子，拿来了香烟、茶壶和茶杯。

金阳先给周明递了一支香烟，又给周明和自己各沏了一杯茶，坐在周明的对面。此时，周明一边吐着白花花的烟云，一边打量着金阳家的后院。周明多次来过金阳家的后院，但还没有像今天这样认真打量过这个全布拉格村最大的院子。周明感到不可思议，金阳父亲一生在布拉格村忙忙碌碌，全为了给金阳母亲和自己治病奔波，没有过上多少好日子，也没有享一天儿女带来的福，没有弄明白幸福生活是什么样子，就撒手人寰了。但是，就是这样一个人，却培养出两个大学生。同时，把金阳母亲生拉硬拽地从鬼门关给夺回来，却把自己留在鬼门关——永远留下了。要说，金阳的父亲当穷光蛋当了一辈子，可他算一个真正的男人。他这辈子能对得起自己的老婆，对得起自己的儿女金阳和金月。他的一辈子是贫穷的一辈子。不但自己贫穷，临走时又把贫穷的接力棒交给了自己的儿女。金阳的父亲物质上虽然贫乏，但精神上是一个赢家。他在布拉格村的人缘，除了何二水，无人可比。

周明望着金阳家空空荡荡的大院子，想了好多好多过往。他始终弄不明白，金阳父亲生前出于什么想法，给自己弄了这么大的一个院子？是要开运动会吗？

周明沉浸在自己的世界里。金阳陪坐在一旁，猜测周明找他的目的。金阳心里有好几种假设，又全部推翻了。他猜测最多的是周明来到他家，是代表何二水玩什么新花样来了。在金阳看来，虽然十五米院子已经划给何二水家了，但是这事肯定还没有完。在布拉格村，何二水也算是一个人物。尽管他不害人，可是，要是谁把他惹了，肯定没有好果子吃。现在，可能周明是何二水派来给他送难吃的果子的。金阳想，除了院子的事，周明不会找他。如果有村民想通了，想报名种植枸杞，那更加不可能。因为昨天上午他去过村委会，也问过周明，没有一个村民报名种植枸杞。

周明回过神来，发现金阳直勾勾地望着他，就笑着说："金阳，你们家的院子真大，大得可以开运动会。"

"周叔叔，您说笑了，哪有那么大！"金阳边说边给周明的茶杯里添水。

"不是我说笑，你们家的后院真的大。"周明喝了一口茶，接着说："金阳，刚才只顾看你们家的院子，差一点把正事给忘了。"

金阳心想，你周会计在后院里坐了半天了，不可能大白天专门来看别人家的院子。但是，金阳猜不出周明说的正事是什么事，只好问道："周叔叔，您找我有什么事？"

"金阳，先别问我找你有什么事。我先问你，你的一百亩枸杞种植前期准备得怎么样了？"周明漫不经心地又点燃一支香烟，吐着烟云说，"当然，我主要问的是你的资金和劳动力。"

金阳听了周明的话，有些不解，心里嘀咕：我种植一百亩枸杞的前期准备工作需要给你汇报吗？但既然周明问了，他出于礼貌，说说大概情况也行。正在金阳准备告诉周明时，周明像看破金阳心思一样，抢先笑着说："金阳，你觉得栽种枸杞的事是不是没有必要跟我说？”

金阳发现这个周明太聪明了，简直像他肚子里的蛔虫，没有什么事能瞒过他的眼睛。金阳赶忙笑着说：“周叔叔，您想多了。不是不想说，而是不知道怎么给您说。”

“大学生就是大学生，这个回答，我喜欢！”周明笑着说。

金阳说：“截至现在，除了栽种枸杞苗木的劳动力，其他基本上准备好了。比如，一百亩枸杞苗木已经与宁夏的供应商说好了，资金也通过扶贫、大学生创业贷款项目全部办妥了。噢，说起贷款的事，周叔叔在出具手续方面帮了不少忙，谢谢您啦！”

“不用谢，那是我的工作。”周明笑得眼睛眯成了一条缝，“金阳，再过二十多天，你的枸杞苗木就要栽种了。直到现在，还没有找好干活的人，恐怕到时候要误事，你要抓紧联系呀。”

“周叔叔，我一直在联系，可就是联系不上人。”金阳一脸无可奈何的表情。

周明说：“金阳，你估计一下，大概需要多少人？干活人的工钱，你按天支付，还是计件支付？”

“肯定干活的人越多越好，这样对苗木有好处。如果干活的人少，种植时间拖得太长，苗木根系会缺水，对生长不利。宁夏培育的枸杞苗木在新疆栽种，必须在苗木到达的第一时间栽种，效果会更好。”金阳说话时，周明不停点头。金阳接着说：“至于干活人的工钱，无论按天还是按劳动量都可以，这个要看干活人的想法。”

“是这个道理。”周明说，“金阳，那你打算每天给每个干活的人支付多少工钱？比如，按天多少？按计件多少？”

金阳犹豫了一下说：“每人每天一百二十元，本村人不管饭，外村人一百元，管食宿。要是按计件，栽种一株枸杞苗木按两元支付，包括打埂。”

周明边听金阳说话边在心里琢磨，看来，眼前这个娃娃大学没有白上，不但了解目前农村的工价行情，而且在栽种枸杞苗木的细节上也一点不含糊。可是，这么聪明的一个孩子，那么好的大学上完了，不去城市找份既不晒太阳也不淋雨、不吹风的好工作，却跑到盐碱滩种地来了，脑子让驴踢了！在周明看来，这样的事只有电视剧里有。可现在的事并不是什么电视剧，反而正在他眼前发生。周明说："金阳，咱们村从未种植过枸杞，你现在是这方面的专家。你说说，你投这么多钱种枸杞，到底行不行？"

金阳说："从理论上讲，在咱们村种植枸杞完全可行。但是，像您刚才问的那样，究竟实打实种植枸杞行不行，我认为只有种植了才知道。周叔叔，您说是不是？"

"还真像你说的那样。"周明说完话，接连打了几个喷嚏。

"周叔叔，您是不是感冒了？"金阳说，"我们家有感冒药，我给您拿去。"

周明摆了摆手说："谢谢金阳！不用去拿感冒药，我这是自然生理反应而已，不是感冒。"

金阳站起来，把周明杯子里的半杯凉茶倒在院子里，又重新沏了一杯热茶递到周明手里，说："周叔叔，喝杯热茶。天虽热，可喝凉茶对胃不好。"

"你说得对。"周明说，"金阳，你估计一亩地需要多少棵枸杞苗木？"

金阳说："周叔叔，枸杞苗木有很多种类，有些栽种稀疏，有些比较密一些。我打算栽种的枸杞苗木是最新培育的品种，说白了，就是产量高的品种，一亩地大概需要三百五十棵苗木。"

"噢，这么多。"周明眯缝着双眼，自言自语计算："一亩地需要三百五十棵苗木，十亩地需要三千五百棵苗木，一百亩地需要三万五千棵苗木！栽种一棵枸杞苗木支付人两元钱，三万五千棵苗木乘两元……我的老天爷啊，其他费用不算，光栽种枸杞苗木的费用就是七八万元。再加上购买枸杞苗木的钱和其他杂七杂八的钱，是一笔不小的数目。我们布拉格村百分之八十的农户根本拿不出这么多钱。看来，种植枸杞成本太高了。”

望着自言自语的周明，金阳想笑，却忍住了。金阳说：“周叔叔，种植枸杞，第一年的投资就是大，可后面的几十年里，除了投入一些有机化肥之类，就是投入人工费和管理技术。您算算，种植玉米和油葵每年都要投入成本，哪一个划算？”

周明说：“按你这么说，从投入的长远看，还是种植枸杞划算。只是，咱们村的人，不知道种植枸杞的收成，心里没有底，所以没人打算种植枸杞。种植枸杞没有种植玉米和油葵那么简单。种植玉米和油葵，虽然收入微薄，可乡亲们心里有底，管理上除了出苗后定定苗、除除草、打打农药、浇浇水之类，乡亲们不但眯着眼睛可以干，而且在收割前，朝自家地瞄一眼就知道收成是多少，痛痛快快，利利索索。”

金阳没说话，只是坐在一旁笑。周明站起来，用手拍着金阳的肩膀，笑眯眯地说：“金阳，刚才与你有正经没正经地扯了一大串闲，可以看出来，你这个娃娃是干大事情的料！好好干，你一定会成功的。”

“借周叔叔吉言。”金阳从内心慢慢开始感激周明。因为到目前为止，除了农科所的徐教授和第一书记姜华，在布拉格村，还没有人像周明这样用算细账的办法鼓励自己。

周明说：“金阳，今天我来找你，不是扯闲来的，我是给你送好消息来了！你猜猜，是什么好消息？”

金阳瞪大眼睛说：“周叔叔，什么好消息？我猜不出来。”

“算了吧，不让你猜了，还是我告诉你吧！”周明说，“金阳，我给你联系好了三十几个栽种枸杞苗木的人，不过工钱得你们当面谈。”

“周叔叔，真的吗？”金阳简直不敢相信自己的耳朵，重复说：“周叔叔，这是真的吗？”

“哈哈，肯定是真的。看你这个娃娃，是不是以为我逗你玩？”周明突如其来的笑声，惊飞了后院里在枸杞树上戏耍的小鸟。周明接着说：“接下来我可以继续给你联系干活的人，无论联系多少，我第一时间给你打电话。”

“好的，谢谢周叔叔！”金阳边说边拿起饭桌上的香烟，拿出一支递到周明手里，然后用打火机给周明点燃。周明美美地吸了一口香烟，吐着烟云走出金阳家的后院。

看见金阳的母亲在前院走路，周明赶快走过去说：“嫂子，你的身体看上去好多了。现在不拄拐杖可以走路，太好了！”

“周会计啥时候来的？快到房子里坐。”金阳的母亲笑着说，“心情好，病好得快。我估计再过一个月就可以下地干活了。”

“嫂子，我来有一会儿了，一直和金阳在后院里闲聊。”周明说，“嫂子的腿有七八年不能走路了，现在看到你可以走路，我太高兴了。”

“谢谢周会计！快进房子，我给你泡枸杞茶。是我们家后院里的那几棵枸杞树上的枸杞，你尝尝。”金阳的母亲一边说，一边拉周明进房子。

“嫂子，枸杞茶下次再品尝。现在有事，我得走了。”周明说完话，走出金阳家的大门。

金阳跟在身后送周明，直到周明走远以后才进家门。

第十五章

布拉格村秋收的前一天，村党支部第一书记姜华和村支书周宝平提议，召开村“两委”班子、工作队队员、各村民小组组长参加的助农秋收和安全生产会议。此外，还有两项内容：其一是姜华在联系布拉格村修路项目中，为布拉格村争取到三十个劳务名额，农作物收割完了，村民们在家里闲着也是闲着，去修路打工挣钱，比闲在家里强多了；其二是为金阳栽种一百亩枸杞苗木动员劳动力。

最先来到村委会二楼小会议室的人是村委会主任萧云林，其后依次是周明、巴特、周燕、周巧巧。先到会议室的人，大家开非正式会议——谝闲传，说村里的八卦。当然，也东拉西扯一些东南西北和国内外的天气变化、自然灾害之类的话题。正聊得热火朝天时，姜华和周宝平一前一后走进会议室。接着，斯琴、何吉祥、萧云霞、何二水等人也到了。从周巧巧通过村委会大喇叭通知开会，到所有参加会议的人懒懒散散来到会议室，用了大半个小时。这次会议没有一个人请假。为了解金阳栽种一百亩枸杞苗木的准备工作情况，会议邀请金阳列席。

会议由村主任萧云林主持。他说:“今天我受第一书记姜华和村支书周宝平同志的委托，召集大家开会并主持会议。开会前，我要耽误大家一些时间说几句话。我想说的是以后召开会议，请大家接到通知后第一时间赶到，不要把开会当逛庙会，想什么时候来就什么时候来！我觉得，再这样下去是绝对不行的。如果村里发生什么险情需要大家出动救援，就像你们今天这样迈着八字步到现场，一切都晚了。所以，同志们，我们要有时间观念，要有紧迫感，要严守纪律，起码知道自己肩上的责任，为布拉格村的村民服好务、站好岗！”

第一书记姜华接过萧云林的话说:“萧主任的话大家都听到了，希望大家自我反省，把工作做好。”

“现在我们开会。”萧云林说，“今天的会议有三项内容：第一项是安排助农秋收和安全生产；第二项是姜书记为布拉格村申请和协调修路项目时，为布拉格村争取了三十个务工名额，请大家研究人选；第三项内容是给金阳解决栽种一百亩枸杞苗木的劳动力。请参会的同志做好收割玉米和油葵的助农工作和安全工作，也请每一个村民小组的组长负起责任，上报修路务工人员名单时，首先考虑家里困难的农户。还有，大家在各自负责的村民小组做好动员工作，让村民踊跃报名，帮助金阳栽种枸杞苗木。当然，劳务费双方可以面对面谈。”

姜华补充说:“无论修路的村民，还是给金阳栽种枸杞苗木的村民，我向大家担保，等活干完了，第一时间可以拿到工钱。”

“姜书记，修路能不能拿上钱我就不说了，但给金阳家栽种枸杞苗木拿工钱肯定是一句空话。大家不信，可以问金阳。”第三小组组长何吉祥带着起哄的口吻说。

“何吉祥，保持安静。”萧云林说，“现在开始会议第一项议程，请第一书记姜华同志讲话！”

姜华说："同志们！马上要秋收了，'两委'班子成员、工作队队员除了留守村委会处理日常工作的人员，其他人都到田间地头，帮助农户秋收和抓好安全生产工作。在秋收期间，不能发生任何安全事故，我们一定要打赢秋收仗。"

"姜书记作了做好秋收工作的动员和要求，请大家一定执行好。下面请村支书周宝平同志讲话！"萧云林边说边用眼神示意周宝平。

"同志们好！刚才，姜书记针对秋收工作提出了要求，给予了希望，请大家以村民为中心做好秋收的各项工作，让咱们布拉格村贫困户的百分比，在去年的基础上再降几个点。接下来，按照姜书记的安排，除了村委会留守人员，其他人分到五个村民小组，协助组长抓好秋收工作。我和姜书记总负责。"周宝平说。

"大家要领会周书记的话，不折不扣抓好秋收工作。"萧云林接着说，"下面进行会议第二项议程，请周书记讲话！"

周宝平说："这次姜书记争取的三十个修路项目的务工人员名额，我建议分到五个村民小组，每个小组分六个名额，由各村民小组组长自行决定人选。原则上向贫困户倾斜，各小组组长两天之内把务工人员名单上报给村文书周巧巧。"

"姜书记，我想问一下，修路项目的务工人员有没有男女限制？"第二村民小组组长巴特站起来问。

还没等姜华说话，第三村民小组组长何吉祥抢先说："巴特，让人去修路，不是去生孩子，限什么制？"

大家哄堂大笑。姜华笑着说："虽然没有男女限制，但是选去务工的人一定要能干活，不能让老人和身体有病的人去修路。如果去了不干活，人家也不会付工钱。"

大家表示同意，只有何二水从进会议室起就面无表情，像一尊雕塑。会议进行第一项议程时，何二水就在心里骂：这帮王八蛋，又开始老生常谈，搞形式主义。每年都是这个样子，光打雷，不下雨。别说下雨，连一片云也不飘一飘，全是废话。

在何二水看来，每年秋收都是老百姓自己联系收割机、联系商贩上门收购玉米和油葵，关村委会什么事？不过，话说回来，工作队的人每天都去田间地头，作用大不大，那是另外一回事，起码比村委会的这几个卖嘴皮子的家伙强多了。这些就不说了，何二水是亲历者，已经见怪不怪了。而让何二水特别反感的是姜华说的修路的事。前几天开会时，何二水觉得修路又是一个烟幕弹，糊弄村民。尽管他的看法遭到除了何吉祥之外所有人的白眼，可何二水还是坚持自己的观点。今天的会议又提起修路的事，而且还要确定务工人员，何二水差一点跳起来开骂。他觉得太荒唐了，八字还没一撇的事，自作多情干什么？

看到何二水心事重重的样子，巴特说："何大哥，你咋了？像赌博输光了一样，有什么事想不通么？昨天下午我路过你们家门口，看见你儿子何金不拄拐杖可以走路了，高兴。何大哥，你不高兴吗？"

"谢谢巴特兄弟！我当然高兴。"何二水依然面无表情地说，"我一直担心我儿子这辈子恐怕走不了路了！现在大家都知道了，我儿子可以走路。"

"那你一副不高兴的样子，到底发生什么事了？"第五小组组长萧云霞边笑边说。

"大妹子，真的没有什么事。"何二水说，"我高不高兴，与我家里没有任何关系，我是现场情绪而已。"

"啊，老何，现场情绪，谁惹你生气了？让他站起来，让我看看。"姜华为了缓和气氛和维持会场秩序，笑着说。

何二水盯着姜华说："姜书记，你真的想知道？"

姜华始终面带笑容说："老何，惹你生气的那个人，究竟对你有什么天大的意见，我真的想知道到底是谁？”

在布拉格村，无论本村人还是外来拥有各种身份的人，何二水没有怕过任何人，也不怕得罪任何人。当何二水看到姜华那么迫切地想知道惹他生气的人是谁时，何二水脱口而出：“姜书记，那个惹我生气的人就是你。”

会场一片哗然。萧云林站起来，用手指着何二水生气地说：“老何，你别太过分了！这里是开会的会议室，不是你耍情绪的地方。”

何二水突然笑了。他的笑看上去很冷。他用眼睛瞪着萧云林，却没有说话。在何二水眼里，萧云林就是一个混混，他不想跟萧云林这样的人说话。

姜华听了何二水的话，笑着说：“老何，我什么时候或什么地方惹你生气了？请提示一下，我实在想不起来。”

何二水说：“姜书记，我对你这个人没有意见。但是，我对你说的修路的事很反感！不是说对修路反感，而是修路的事八字没一撇，你这是第二次提起了，还提什么修路时，动员村民去务工增加经济收入，你不觉得很荒唐吗？”

“老何，你胡说什么呢？”村支书周宝平拍着桌子说，“为修路的事，姜书记的两条腿都快跑断了，你还说风凉话，安的是什么心？”

何二水说：“周宝平，你别拍桌子，我只说一句话，修路的事八字还没有一撇，就决定什么去修路增加经济收入的务工人员名单？我看拉倒吧！”

萧云林说：“够了！我们开始下一个会议议程，也是今天会议的最后一个议题。请姜书记讲话。”

“也许老何有他的想法，修路的事暂不提了！我现在说一下关于动员村民给金阳栽种枸杞苗木的事。”姜华咳嗽了几下，平静地说：“其实，大家都有一个相同的看法，担心给金阳家干活拿不上钱！金阳家欠那么多人的钱，哪有钱支付工钱？大家的担心可以理解。不过，欠钱是欠钱，工钱是工钱，两码事！可以肯定的是，给金阳栽种枸杞苗木的人，等干完活，都能拿上工钱，请大家尽管放心。大家不相信我，就让金阳给大家说说。”

姜华说话时，有的人看手机，有的人交头接耳，谁都没有把他说的话当回事。因为在场的人大多数都不相信他说的话。在姜华看来，金阳在这个节骨眼上能拿出钱来给干活的人发工钱，有些玄乎。姜华说完话，示意金阳给大家讲几句。

金阳站起来说：“各位领导，耽误大家的时间，我把种植枸杞苗木的事给大家汇报一下。目前，一百亩地的枸杞苗木已经谈妥，等地里的玉米和油葵收完以后就让宁夏供应商发货。在资金方面，大学生回乡创业项目的贷款和扶贫项目的贷款已经拿到手了。还有一笔钱，来自不愿透露姓名的好心人的资助。同时，我家一百亩地的枸杞苗木款，在我的老师，也就是我实习单位农科所徐教授的争取下，枸杞苗木供应商同意我先支付一半款项，剩下的一半明年再支付。这样一来，我的资金压力就小了。我大概算了一下，栽种一百亩枸杞苗木的工钱可以勉勉强强支付，绝不欠干活人的一分钱工钱。只是工价低一点点。请大家放心吧！也麻烦大家给我多联系一些栽种枸杞苗木的人。”

在场的人没有一个相信金阳能为栽种枸杞苗木的人付工钱，只有何二水和村会计周明除外。何二水因为三万元钱和十五米院子的事，与金阳成了冤家。可是，只有他相信金阳说的话，相信金阳肯定说话算数。但是，在这个节骨眼上，他并没有把心里的想法说出来。周明和何二水的看法一样，但也保持沉默。因为，他从来都是看何二水的眼色行事。

为了打破眼前的僵局，也为了赶快结束会议，萧云林说：“今天的会就开到这儿吧，大家回去好好落实，一定圆满完成秋收任务。五个村民组长把参加修路的务工人员名单尽快上报给村文书周巧巧。你们回去后，尽快给村民传达今天的会议精神，好好宣传和动员一下，把愿意给金阳家栽种枸杞苗木人员的名单报给村会计周明。如果大家没有其他事，散会。”

“萧主任，等一等。”巴特站起来说，“开了一上午会，让我们回去动员这个动员那个，我想问，修路一天多少工钱？栽种枸杞苗木一天多少工钱？回去动员村民，如果村民问工钱时，起码有一个数字。”

“巴特问得好，差一点把工价的事给忘了。”姜华说，“咱们村参加修路的人按天发工钱，不管吃，每天干八至十个小时的活，工钱是每天一百二十元。工程完工后，一个星期内结算工钱。至于栽种枸杞苗木的工钱，让金阳给大家说说。”

金阳说话前，周明瞄了一眼金阳。因为，金阳接下来说的话只有周明听过。周明心里想，金阳对大家说的工钱，是不是和给他说的一样？于是，周明听得比任何人都认真。

金阳说：“按天发工钱，一天一百二十元；计件发工钱，栽种一棵枸杞苗木两元钱，包括打埂。不过，为了缩短枸杞苗木栽种时间，干天工的人要干十个小时。本村人不管饭，外村人管食宿。”

听了金阳的话，一些人相信，一些人根本不相信。极少一部分人在心里骂金阳，他们觉得，让人干十个小时的活才给一百二十元，也太心黑了。何况干十个小时的活，一百二十元的工钱能不能拿到手还是另外一回事。

此时，姜华说：“金阳给的工钱是少了一点，但大家要往长远里看。现在金阳扮演的角色，是为布拉格村蹚出一条改变生活面貌的致富之路。大家想过没有，如果金阳的枸杞种植项目成功了，靠种植枸杞可以挣比种植玉米和油葵更多的钱，那布拉格村的人还会拒绝种植枸杞吗？假如，我说的是假如，金阳种植枸杞失败了，他要承担更多的债务，大家想过没有？”

何吉祥说：“道理大家都明白。可是既然风险这么大，也没有人逼金阳，为啥非要种植枸杞？”

巴特说：“姜书记，种植枸杞有没有风险我不知道，但这与栽种枸杞苗木的工钱有什么关系呢？”

“巴特，这是政治觉悟上的事！你是有八年党龄的老党员，又是第二村民小组组长，你回去好好想想，是不是有关系！”姜华神情严肃地说。萧云林环视参会者：“大家还有什么问题？”

没有一个人回答。萧云林低声对姜华和周宝平说：“两位书记还有没有要强调的事？如果没有，我们散会。”

姜华和周宝平同时摇了摇头。萧云林宣布散会。

第十六章

布拉格村一直没有下雨，这对秋收大有益处。

经过紧张而有序的忙碌，布拉格村九千多亩玉米和油葵于九月中旬收割完毕。收割的玉米和油葵经过晒场晾晒和去渣处理，全部被玉米和油葵收购商收购。除了每家每户在地头套种的土豆之类的自食蔬菜，布拉格村 2015 年的农作物全部收割完毕。

九千余亩土地像刚刚分娩似的，在村子的东西两面呈现出辽阔的空白。金阳家的四十亩地和金阳承包的六十亩地刚刚卸下承载了整个夏季和初秋风风雨雨的玉米和油葵，现在又要承载一种叫枸杞的木本植物。

三万五千多棵枸杞苗木通过货运公司直接运到金阳家的地里。金阳签收完收货单后，一百亩枸杞苗木的栽种工作即将拉开序幕。按照供应商的提示，他们提供给金阳的所有枸杞苗木在签完收货单后，三四天之内必须栽种完毕，否则枸杞苗木成活率低于百分之九十五的部分，供货商不负责任。

一切准备就绪，就差“东风”。这“东风”，就是干活的人。在农作物收割前几天，周明给金阳联系了三十几个干活的村民。收割即将结束时，周明又给他联系了二十个干活的人。即使是一年级的小学生也能算出来，干活的人不够，而且差得很多。

金阳站在荒漠地带最高处，望着秋天的夕阳。阳光照射在犁得松软的一百亩土地上，像镀上了一层闪光的金子。地头上，整整齐齐堆放着从宁夏运来的三万五千棵枸杞苗木。在金阳眼里，这一切不仅仅是惊艳的美景，还是他的希望，他们家的希望，更是带动布拉格村改变经济作物种植、让全村人共同走向全面小康的希望。

金阳从裤兜里拿出手机，拍了一张土地和枸杞苗木的照片，打算发朋友圈。

这时，夕阳已滑落西山，只留下羞涩的红晕，在隐形夜幕的催促下慢慢变淡，直到淡得与夜空融为一体。

金阳往朋友圈添加照片，然后，写了下面这些文字：

夕阳说话不算数，还是没有等我回家便独自走了。不过，没有关系，我还有希望。十年寒窗，昼夜苦读，圆梦大学，学业有成后，又回到原地，一切从头开始。明天，就是我回到家乡在一百亩土地上描绘人生蓝图的第一笔。我不知道能不能画好，但是，我有信心去画。万事开头难，尤其在农村创业，资金、劳动力的缺乏成为我第一笔着色的挑战。不过，在路的前方，有红玛瑙一样闪光的枸杞红果果，我一定不负燃烧的青春，不负布拉格村二十余载的养育，即使画出败笔，也要力透纸背。从明天起，这些风尘仆仆从宁夏来到新疆的三万五千多棵枸杞苗木，会从我的一百亩土地上站起来，成为我荣辱与共的兄弟，成为我的战友！心为梦想，身负重担，不悔，亦值得！

发完朋友圈，金阳坐在缓缓降临的夜色里，没有一点回家的意思。这时，手机铃声响了，是母亲喊他吃晚饭。金阳不想吃饭，挂断电话，把手机放在一旁，索性躺平身体，仰望天际，浮想联翩。

大概过了半个小时，金阳从浮想联翩中昏昏睡去。此时，苍穹之上，忽隐忽亮的星辰与他没有任何关系。略带干燥和闷热的西风从他的脸颊上拂过，亦与他毫无关系。

近处，昼伏夜出的昆虫用各种原生态的声带歌唱；远处，喜欢熬夜的鸟儿不愿遵守按部就班的作息时间，用金属般的鸣叫呼叫志同道合者，体验与白天大相径庭的游戏。如果仔细听仿佛还可以听到星星们在调侃人间的八卦。

金阳做了一个梦，一个富有现代元素的梦——

金阳梦见，他带了几百人栽种枸杞苗木。可是，当所有人拿着工具准备干活时，突然发现堆放在地里的三万五千多棵枸杞苗木不翼而飞。起初，金阳以为谁在和他开玩笑，把那三万五千多棵枸杞苗木藏了起来。于是，他带着所有人满山遍野找，找了整整一个上午，连一棵枸杞苗木都没找到。无奈，所有人又回到金阳家的地里。

这时，金阳觉得只有一种可能——枸杞苗木被何二水偷了。正在金阳准备去找何二水理论时，巴特说："金阳家的枸杞苗木被村支书周宝平拉到邻村卖了。"

金阳不相信巴特的话，坚持认为枸杞苗木是被何二水偷走了。听了金阳的猜测，第三村民小组组长何吉祥反驳金阳："那些枸杞苗木不是叔叔何二水偷走的，其实是被第一书记姜华拉到市里卖钱去了。"

正在大家七嘴八舌猜测时，簇拥在一起的上百号干活的人突然往两边退让，让出一条两米宽的通道。金阳放眼望过去，通道尽头，农科所的徐教授款款走来。金阳像见到救星，跑步到徐教授面前，想与徐教授握手，可徐教授不但没有握手，反而像不认识金阳似的。

徐教授走过人群，站在土地旁荒漠的最高处对所有人说："金阳从宁夏订购的三万五千棵枸杞苗木不是何二水偷走了，也不是被村支书周宝平拉到邻村卖了，更不是被第一书记姜华拉到市里卖钱去了。我不远千里来到金阳家的地头，就是想告诉大家，因为布拉格村的土壤不适合种植枸杞，所以为了不浪费资源，那三万五千多棵枸杞苗木被枸杞种植基地的人拉回宁夏去了。"

金阳不相信，他质问徐教授："布拉格村的土壤可以种植出非常优质的枸杞树，这是经过你们农科所多位著名专家论证过的，为什么您又说布拉格村的土壤不适合种植枸杞？"

徐教授准备回答金阳的质问时，金阳看见与他分手三个多月的女朋友秦玉穿着一件黑色雨衣从人群中走出来，指着金阳的鼻子说："金阳，你上大学把脑子上傻了？徐教授与农科所的人联合起来骗你，难道你不知道？你真是异想天开！在布拉格村这个鸟不下蛋的地方种植枸杞，你真是白日做梦。看来，与你分手分对了！"

秦玉羞辱金阳正起劲时，金阳的母亲和妹妹金月气喘吁吁地跑到面前。金阳惊叫起来，拉住母亲的手带着哭腔说："妈，您的腿好了，您可以跑步了？太好了！只是有一个不好的消息！妈，我说了，您一定要挺住，也不要生气。"

金阳母亲说："儿子，有什么事你快说，我能挺住，我也不生气。"

金阳正要说话，却被妹妹金月打断。金月推了一下母亲："妈，不要听我哥说话了，不然来不及了！"

母亲双眼瞪着金月，气呼呼地说："你这丫头懂个啥，快听听你哥说什么不好的消息。”母亲边说边把目光转向金阳，“你快点说，有什么不好的消息？”

还没有等金阳说话，巴特抢先对金阳的母亲说：“嫂子，金阳的枸杞种不成了！咱们布拉格村的土壤不适合种植枸杞，你们家金阳上当受骗了！不信，您看看，宁夏人把那些枸杞苗木都拉走了。”

巴特话音刚落，金月哭着说：“巴特叔叔，你骗人！什么枸杞苗木被宁夏人拉走了，你骗人！那三万五千棵枸杞苗木被我哥拉到我们家后院了。就在刚才，所有枸杞苗木被何二水叔叔用火点着了，我和我妈跑来是叫我哥去救火的！去晚了，枸杞苗就化成灰了。哥，快去救火！”

听了金月的话，所有人疯了般往金阳家的后院跑。来到后院一看，三万五千多棵枸杞苗木果然被何二水点燃了，七八米高的火焰，像脱缰的野马乱蹿。金阳快步冲进火海，突然感到脸上很疼……金阳醒了。

金阳从地上坐起来，发现脸上被蚊子叮了一个包。

第十七章

姜华听说金阳订购的枸杞苗木被带拖挂的一辆大卡车直接送到了地头。姜华带上工作队的李赞、胡梅梅和杨自强去给金阳帮忙。

金阳家的地在村东头，三公里多的路程坑坑洼洼，车子摇摇晃晃走了十分钟左右才到。姜华下车后，看到二十几个村民已经把枸杞苗木卸到地头了。运送枸杞苗木的驾驶员正要开着空车离开，姜华与送枸杞苗木的司机握手后，递了一支香烟，自己也点燃一支香烟。两个人边抽烟边自我介绍，然后开始闲聊。

司机说："姜书记，你们村的这一段路太难走了。我估计也就是三公里左右的路程，像玩过山车一样刺激。车子像被醉鬼控制着，摇摇晃晃走了十几分钟。你是第一书记，给上面反映一下，把路修好，老百姓种地也方便多了。"

"你说得对，这条路太难走了，别说大货车，就是小汽车也不敢走快。我估计，这几天就可以修路了！"

司机说："这样太好了！希望下次走这条路时，这里会变成柏油路。”

“肯定是柏油路。”姜华笑着说，“说不定我们明年种几千亩枸杞，你经常会给我们送枸杞苗木呢。”

“但愿吧！”司机说，“姜书记，天快黑了，我还要赶路，咱们下次再聊。”

姜华说：“好，再见！”

司机开着大卡车慢悠悠地走了。姜华回头对金阳说：“金阳，这次送来多少枸杞苗木？”

金阳说：“姜书记，宁夏那边按照订购数目发的货。不过，他们在订购数目的基础上多送了五十棵枸杞苗木，现在堆放在这里的枸杞苗木，总共三万五千零五十棵。他们按照一百棵为一个单位打包，苗木在运输路上保存得特别好。”

“噢，那就好！”姜华拿起一棵枸杞苗木，比画了一下说：“金阳，枸杞苗木很大，估计明年夏天就开始挂果了。”

金阳说：“这是我的老师徐教授推荐的新品种，是优质枸杞苗木。虽然价格高一些，可耐寒耐旱，栽种的第二年就可以挂果。第一年挂果的产量，是枸杞树挂果黄金期产量的百分之四十左右。当然，还不影响套种金南瓜。”

“太好了！现在给咱们村的村民说什么都等于零。如果明年你的一百亩枸杞开花结果了，让所有村民来地里看一看，算一算，看种植玉米和油葵划算，还是种植枸杞套种金南瓜的收入高。这叫事实胜于雄辩。”

“有道理。”金阳笑着说，“姜书记，现在一切准备就绪，就差‘东风’了。这无法确定的‘东风’，愁得我晚上都睡不着觉。”

“咋了？”姜华说，“遇到什么烦心事了？”

“栽种枸杞苗木的人力远远不够呀。”金阳皱着眉头说，“宁夏的供应商打电话说了，枸杞苗木在运输路上的时间已经调整到最短，如果枸杞苗木从车上卸下来开始算起，在三四天内栽种不完，成活率估计不太理想。刚才卸车时，我又接到宁夏供应商的电话，他们再次强调了枸杞苗木栽种的最佳时限。”

“金阳，不要发愁，我现在回去给你想办法。你要打起精神来，从明天开始，就按已经联系好的人先栽种枸杞苗木，务必争取时间！”姜华说完，同工作队的几个干部开车走了。

与此同时，给金阳帮忙卸枸杞苗木的二十几个人，也骑着各自的摩托车和农用三轮车走了。金阳安排他们晚上到家里吃饭，被他们拒绝了。望着他们回村的背影，金阳若有所失。

姜华风尘仆仆回到村委会，立刻与村支书周宝平和村委会主任萧云林碰面。姜华看了一眼手表，时间是下午六点半。他让会计周明在村委会的大喇叭上通知所有村“两委”班子成员、工作队队员、各村民小组组长和副组长十分钟之内到村委会二楼小会议室开会，不允许请假和迟到。

周明笑着说:“姜书记，在大喇叭上通知时不让说会议内容，现在，能不能给我私下透露一下？”

“能，肯定能透露，有什么事能瞒得住会计。”姜华说，“刚才我从金阳家的地里回来，枸杞苗木堆得像山一样，但直到现在，还没找好栽种枸杞苗木的人。枸杞苗木的栽种有时限，如果超过时限，还没有栽种的枸杞苗木就成了烧火的柴草。所以，开会的内容是给金阳动员栽种枸杞苗木的人。”

“哦，原来是找干活的人。”周明笑着说，“给金阳找干活的人，开什么会！开会也白开，还不如找何二水管用。还有，让村支书周宝平别捣乱最好。”

姜华瞪了一眼周明说:“周会计，你说啥呢？难道村委会和工作队联合起来，还不如一个何二水管用？让何二水给金阳找干活的人，你是不是说梦话？还有，村支书周宝平捣什么乱？”

“姜书记，我不是那个意思。”周明解释说，“我只说随口一说而已。”

姜华拍了拍周明的肩膀说：“周会计，别胡思乱想，赶快通知人来开会。”

周明按照姜华的吩咐，放开嗓门在村委会的大喇叭上通知了三遍。可能是上一次开会大家散漫迟到受到领导的警告，所以听到大喇叭通知开会后不到十分钟，所有人都来到了小会议室。与上次开会一样，没有一个人请假。这次会议扩大到村民小组副组长，五个副组长也全部到齐。

“秋收圆满完成已经两天时间了，大家辛苦了！”看到人都到齐了，姜华开门见山地说：“天快黑了，把大家召集在一起只有一件事，就是给金阳找种植枸杞苗木的人。”

布拉格村的村民，除了秋收给他们带来的喜悦以外，就是修路的好消息。当听到会计周明在村委会的大喇叭上通知开会时，几乎所有的村民都认为要开始修路了。当下，修路成为布拉格村人最大的心愿，也是他们盼望已久、甚至梦寐以求的消息。被村委会的大喇叭通知参加会议的人，尤其是五个村民小组的正副组长觉得参加这次会议，是参加村委会召开的所有会议中最有意义的会议之一，兴奋的心情难以言表。

可从姜书记这番话得知，村委会在快天黑时召开紧急会议并不是修路的事，而是给金阳找栽种枸杞苗木的人，大家都有些失落。

第五村民小组组长萧云霞非常生气，冒着撤掉她村民小组组长的风险，第一个站起来说：“姜书记，我想问你，金阳家是不是你们家的亲戚？”

听了萧云霞的话，所有人都愣住了，包括姜华本人。萧云霞突如其来的举动让村支书周宝平很吃惊。在他看来，村民推选萧云霞担任第五村民小组组长的原因是大家一致认为，萧云霞是一个非常热心和随和的人。平时，如果谁家需要帮忙，她第一个站出来，宁愿放下自家的活也要帮助别人。今天，在会议室里，萧云霞竟然站起来挑战村党支部第一书记、工作队队长姜华，大家都在心里默默发问，这是谁给她的胆子？

此时，所有人把聚焦在萧云霞身上的目光齐刷刷投向姜华。

要说，姜华的应变能力还是可以的，可是这一次却被一个村民小组组长给点了穴。将近半分钟的时间，姜华没有回过神来。他扫了一眼满脸疑云的萧云霞，又扫视了一遍会议室直勾勾盯着他的人，很不自在地咳嗽两下，笑着说："萧云霞组长，金阳是我在布拉格村服务的村民，不是我们家的亲戚，但胜似亲戚，有什么问题吗？"

"那我就奇怪了！既然金阳不是你们家的亲戚，你作为布拉格村的第一书记、工作队的队长，为了一户人家缺几个干活的人，把大家召集起来干什么？"萧云霞说话虽然柔声细语，可字字句句咄咄逼人。

萧云霞的话，除了何二水和周明外，简直说到其他人的心坎上了。大家一边听萧云霞与姜华辩论，一边观察事态的进展。

姜华说："萧组长，您说对了，我就是布拉格村的第一书记、工作队的队长，才为任何一户有困难的村民负责和担当呢！"

萧云霞说："姜书记说得好，你为布拉格村的任何一户有困难的村民负责和担当，那我问你，全布拉格村一百四十三户村民的困难都放了多少年了，你一点都不着急，而金阳家缺少干活的人，你那么着急，还动用村委会的资源！姜书记，你自己说说，这合适吗？"

"萧云霞姐姐，你也太独断了，姜书记帮助村民难道帮错了？"

工作队队员金花站起来，对萧云霞说：“我问你，一百四十三户村民的困难是什么？云霞姐姐直接说出来，别打哑谜。”

“金花同志，如果我没有记错的话，你来布拉格村有半年了，也算工作队的老队员了，难道布拉格村一百四十三户村民的燃眉之急是什么你不知道？”巴特说话的声音很大，但听起来很平和。他讲话只说事，不带个人情绪。

金花一时语塞，沉默不语。金花之所以沉默，有两个原因：其一，被巴特的话给问蒙圈了，一时半会儿回不过神来；其二，她觉得给姜华解围解错了。金花一点不傻，她知道萧云霞和巴特说的布拉格村一百四十三户村民的困难是一个敏感话题，如果再争论下去会触碰所有人的神经，甚至会引起布拉格村人的公愤，所以金花只好采取沉默的方式回避眼前的僵局。

其实，布拉格村的人都是知恩图报的人，可事情赶到一起了，就要提出来，就要寻找解决的办法。

“金花同志，你咋不说话？”巴特步步紧逼，让金花非常尴尬。

此时，队员胡梅梅说：“巴特叔叔，我知道您与云霞姐姐说的是修路的事。姜书记已经联系好了，就这两天动工。可这与给金阳家联系干活人的事并不冲突啊！”

“胡梅梅同志，这两天是哪两天？”何吉祥说话无论声音大还是声音小，旁边的人听了，都觉得像在吵架。他说：“不是在收割玉米和油葵前的会议上宣布过了，等村里的农作物收割完以后就开始修路吗？可是，村里的农作物收割完两天了，还不见有人来修路，究竟啥意思嘛？”

胡梅梅与金花的性格大相径庭。胡梅梅属说话办事直截了当、风风火火那种，从来不考虑后果。面对任何事情，做对了，任其自然；做错了，敢于担责。她说：“何吉祥组长，我说的这两天，就是明后天，你听明白没有？”

“胡梅梅同志，我当然听懂了！”何吉祥说，“我不但现在听懂了，就在一年前我已经懂了。这个过两天，像吃了长生不老药一样，咋寿命这么长啊？”

大家哄堂大笑。金花用脚踢了一下胡梅梅的脚，示意胡梅梅赶紧撤！今天这阵势，谁冲上去谁出洋相。

姜华心里非常难过，或者说是心里非常愧疚更加准确。因为修路的事的的确确被何二水在上次开会时说准了。一句话，今年修路的事彻底黄了。这件事，除了他一个人知道，布拉格村没有第二个人知道。他憋在心里快半个小时了，实在憋得难受。可是，现在不能说，现在说了，全乱套了。姜华不想公开修路泡汤的事，他怕影响给金阳找栽种枸杞苗木人的事。因为三万五千多棵枸杞苗木如果不赶紧在三四天内栽种，不但是金阳家的损失，也是整个布拉格村的损失。

起初，金阳提出布拉格村改变农作物种植品种时，姜华虽然在嘴上支持，可在心里感到好笑。直到姜华确定金阳大学毕业真的回家种地后，才放下所有顾虑，全力支持金阳种植枸杞。姜华想，也许一年以后他要离开布拉格村，不能亲身经历金阳通过种植枸杞发家致富的喜悦，也看不到金阳偿还父亲生前欠下的二十余万元债务，让他母亲和妹妹金月过上好日子，也不能亲身经历布拉格村家家户户种植枸杞致富后住新房、开新车、过上小康生活的喜人景象，可姜华坚定地认为，如果布拉格村还走过去种植的老路子，肯定是一条铺满荆棘的死路。

对姜华或对布拉格村来说的不幸消息，出现在他吩咐会计周明通知大家开会后一分钟左右。姜华接了一位领导的电话，内容是布拉格村的路今年不修了，明年再说。

姜华放下手机，欲哭无泪。他难过极了，可他只用了不到十分钟时间就平复好了情绪。姜华决定，在金阳的一百亩枸杞苗木没有栽种完之前，不告诉任何人关于修路泡汤的事。姜华觉得，这是大局问题。

“天快黑了，关于修路的事现在我们不谈。我们会议的主要内容，是动员村民给金阳家栽种枸杞苗木。我与金阳沟通好了，按天支付工钱，每天一百二十元，不管饭。工钱等栽种完全部枸杞苗木的第二天支付。”为了不再僵持下去，姜华快刀斩乱麻，稳住情绪说：“现在，我给大家分配任务。今天参加会议的有二十一个人，散会后，每个人联系十个人，共计二百一十人。明天早上八点半，大家自带栽种枸杞苗木的工具、自带饮用水，在村委会广场集合。如果没有异议，散会。”

每次会议，当主持人宣布散会时，所有人都像被马蜂追着蛰似的快速离开会议室。可今晚姜华宣布散会后，别说快速离开会议室，就连站都没有人马上站起来。大家突然变得非常默契，用迟迟不愿离开会议室的方式，对姜华分配的任务表示抗议。

这天晚上，布拉格村家家户户的灯光一直亮到深夜，才陆陆续续熄灭。

第十八章

天麻麻亮，金阳第一个来到地头。

望着收拾得平平展展、松软松软的土地，还有堆在地头的三万五千多棵枸杞苗木，他觉得浑身上下充满力量。今天早晨，对，就在今天早晨，他的创业计划即将在第一棵枸杞苗木入土的瞬间拉开序幕。

不一会儿，上大学的妹妹金月打来电话，问：“哥，枸杞苗木开始栽了没有？干活的人找好了没有？”

“金月，你大清早不好好学习，打什么电话？”金阳笑着说，“咱家的枸杞苗今天上午开始栽，人都找好了。”

金月说：“哥，要是干活的人不够的话，我请假回去帮你。”

“你帮我，你能帮啥？”金阳说，“好好上课，别添乱了，照顾好自己。”

金阳挂了电话，看到三十几个人拿着栽种枸杞的工具来了。让他没想到的是，带队的人是周明。金阳赶快迎上去，握住周明的手，说:“周叔叔，您也来了?”

周明笑着说:“金阳，今天是你栽种枸杞苗木的第一天，也算是你开始种枸杞的大喜日子，我怎么能不来当见证人呢?”

“谢谢周叔叔，给我找了这么多干活的人。”金阳说，“您给我帮大忙了!”

“金阳，我只是履行前段时间给你的承诺而已，你也别再客气了，赶快安排人干活吧!枸杞苗木不能放，早一点栽种有好处。”周明一边和金阳说话，一边把来地里干活的人叫到金阳面前说:“金阳，干活的人都是咱们村的乡亲们，你给大家讲一下栽种枸杞苗木的行距和深浅就可以了，他们都是干活的好手。”

金阳给干活的人介绍了栽种枸杞的大概情况后，大家分散开来，开始栽种枸杞苗木。其实，干活的人都是面朝黄土背朝天的农民，只要把枸杞苗木栽种的要点说明白，其他的事都不用操心。周明还有村委会的工作要做，便骑着摩托车回去了。

金阳扫了一眼干活的人，共有三十九个人，都是村里的叔叔阿姨们。从早晨九点半开始栽种枸杞苗木到晚上十点收工，除了中午吃饭的时间，一天包括浇水和打埂，加上金阳四十个人，共栽种了三千六百八十棵枸杞苗木，平均每人栽种九十二棵。栽种枸杞苗木的乡亲们回家以后，金阳算了一笔账，如果按这么多人和这样的进度干下去，需要八九天才能栽种完。望着堆在地里的枸杞苗木，金阳的心情像夜色一样暗淡。

金阳第一天栽种枸杞苗木，村“两委”班子和工作队的人除了会计周明来了金阳的枸杞地，其他的没有一个人来。别说带人来，就是到地里看一眼也没有。金阳骑着自行车从地里回家，刚到家门口，周明来找他。金阳把周明拉到房子里坐，周明说到金阳家的后院里去。金阳把周明领到后院里。

后院黑咕隆咚的，金阳用手机的光找到电灯开关，后院靠前院的空间亮起来了。金阳正要返回前院拿茶杯和茶壶时，金阳的母亲拿着茶杯和茶壶走过来。周明赶紧站起来说："嫂子，你的腿越来越好了，可以拿着茶杯和茶壶走路了！"

"周会计来了，听说今天到地里栽枸杞苗木的人是你帮金阳找来的，谢谢你！"金阳母亲说，"我的腿，走快了还有点疼。不过，现在好多了。尤其是金阳回来的这一个多月，我的腿恢复得很快。明天，我打算去地里帮金阳栽枸杞。我们家欠人家那么多钱，没有人愿意给我们家干活！即使给干活的人付现钱，也找不到多少干活的人。我明天去地里，能栽一棵算一棵。"

"嫂子，你就不要去了！刚刚康复的腿，一不小心出了什么闪失，又给金阳找麻烦了。"周明说。

金阳说："周叔叔，我妈只是说说而已，我不会让我妈去地里。"

"嫂子，你千万把心放宽！今天是第一天，四十个人是少了一些，不过，明天的人会比今天多，请你放心吧！"周明边说边要扶金阳的母亲坐下。

"周会计，我知道，今天干活的人还不是看在你的面子上才去我们家地里的。"金阳母亲边说边摆了摆手，"周会计，你坐，你快坐，我给你们端饭去。"

看到金阳母亲慢慢走向前院，周明坐在凳子上，点燃一支香烟，望着沏茶的金阳说："金阳，快去端饭，你妈端饭不方便。我刚吃过饭，不用给我端饭。"

金阳沏好茶，把茶杯放到靠近周明的饭桌上说："周叔叔，请喝茶，我去端饭。"

没过一会儿，金阳一只手端了一盘菜，一只手拿了三瓶啤酒，放到饭桌上后，又返回前院端来两盘菜。金阳的母亲拿来两个喝啤酒的杯子和两双筷子，对金阳说：“金阳，既然你周叔叔吃过饭了，你陪你周叔叔喝几杯啤酒。在布拉格村，我知道，你爸、你周叔叔和你何二水叔叔三个人经常在一起喝啤酒。自从你爸走了后，再没有看见他们喝啤酒。”

“唉，可惜我金哥不在了！”周明叹了一口气说，“以前，我们三个人隔三岔五喝啤酒，每次都是何二水老哥掏钱。回想起来，像在昨天。”

“生老病死，谁也挡不住。”金阳母亲说，“周会计，不说了，今天晚上让金阳陪你喝点，我回房子了。”

周明站起来说：“嫂子，你也坐下吃饭。”

“周会计，你们吃，我去喝中药。”金阳母亲边说边慢悠悠回前院去了。

金阳家后院的灯很亮，光线招来很多小虫子相互打闹着，既像一场战斗，又像一场大型聚会。灯光从金阳家前后院子的门口一直朝金阳家与何二水家的院子隔墙处延伸。灯光的起点，还是很明亮很生动的。可光线延伸到远处时，慢慢变得暗淡和模糊，看上去力不从心的样子。周明望着灯光从起点到远处的变化，觉得眼前所发生的事，像一个人一辈子的过程。

“周叔叔，喝啤酒。”金阳端起啤酒杯说，“周叔叔，敬您一杯，感谢您的大力支持！”

周明说：“金阳，不客气，乡里乡亲的，应该的！”

两个人一饮而尽。周明放下杯子，看到金阳的母亲炒了三个菜，一个是豆角炒肉，一个是辣子炒鸡，还有一个是素炒土豆丝。周明百感交集。多少年过去了，金阳的父母亲为了治病，家里很少吃肉。金阳父亲弥留时刻，最后心愿是还清他欠下的所有债务，然后美美地吃上一顿红烧肉。金阳父亲的话，让在场的所有乡亲们潸然泪下。

周明长舒一口气说："金阳，我光顾着喝啤酒，差一点忘了来找你要说的事。"

金阳说："周叔叔，你找我有什么事？"

周明说："金阳，我先问你，今天栽种了多少棵枸杞？进度是百分之几？"

金阳迟疑了一下，望着周明叹气说："周叔叔，情况非常不乐观！不是干活的人干得慢，而是干活的人太少。今天四十个人才栽种枸杞苗木三千六百八十棵，完成了总数的百分之十多一点点。枸杞苗木按栽种要求，只能放六天时间。路上走了两天，最晚也要在四天内栽种完。如找不到更多干活的人，枸杞苗会损失一大半。在计划种植枸杞时，我把各种风险都想到了，关于人工的问题，我虽然想到了，但还是没有重视。"

"唉，看来干活人的数量真是一个大问题。"周明也叹了一口气说，"金阳，我今晚来找你，既给你带来一个好消息，又给你带来一个坏消息。你想听坏消息还是好消息？"

金阳说："我当然想听听好消息。周叔叔，什么好消息？"

"好消息是我又给你联系了六十八个人，加上今天干活的三十九个人和你，明天干活的人有一百零八个人。"

"谢谢周叔叔！太好了！"金阳站起来说，"周叔叔又一次让我看到了希望，真的感谢您！"

周明说："金阳，我知道这些人还远远不够。不过，你心里不要有负担，明天我继续给你联系干活的人。"

金阳端起满满一杯啤酒说："周叔叔，您是我的大救星，我再敬您一杯！"

两个人喝酒毫不含糊。此时，金阳的母亲又拿来四瓶啤酒。金阳赶快站起来，从母亲手里接过啤酒，放到饭桌上。母亲盯着饭桌上的菜说："周会计，你多吃菜，不要光顾着喝酒。"

"嫂子，啤酒要喝，菜也要吃。"周明说，"今晚麻烦嫂子了！"

"麻烦的是你周会计。为了金阳栽种枸杞的事，周会计费心了！金阳，把你周叔叔陪好，我回房子了。"金阳母亲说。

周明望着金阳说："我看坏消息就不说了，不然让人扫兴。"

"周叔叔，还是说说吧！我没事。"金阳说。

周明弹掉烟灰说："昨天下午六点多，姜书记从你的地里回来后，紧急召集村干部开会，会议内容你猜猜是什么？"

金阳瞪大眼睛，说："什么内容？不好猜。"

"我估计你猜不出来。"周明说，"会议的内容是给你找干活的人。说句心里话，姜书记对你金阳真够意思。起初，我以为是你求的他，让他给你找干活的人，可会议开了一半，这个想法我放弃了！"

"周叔叔，结果咋样？"金阳急不可待地问，"我想知道结果。"

周明端起啤酒说："金阳，这杯酒，我敬你！"

周明接着说："会议期间有好多小插曲我就不说了，我只说姜书记真是个好人。他在所有人的反对中顶风而上，让每一个参加会议的人给你联系十个栽种枸杞苗木的人。开会的二十一个人，每人联系十个人就是两百多人。"

"周叔叔，结果是什么？"金阳又一次追问，"我真的想知道结果。"

"结果，结果是没有结果。"周明摇着头说："你还问结果，从今天干活人的数量上就知道昨天下午——不，会议从下午一直开到晚上，等于白开。"

周明说："金阳，还有一个坏消息——当然还没有百分百确定，你只是听听算了，不要放在心上。"

"什么坏消息？"金阳一副期待的样子。

周明神神秘秘地说:“金阳，听很多村民议论，说村支书周宝平背地里动员村民不要给你栽种枸杞。出于什么目的，暂时不得而知。”

对金阳来说，这的确是一个大坏特坏的消息。村支书周宝平的行为，如果是真的的话，他的心里会非常难受。他的脑海里瞬间出现了幻觉，他看到村里的两百多个乡亲夜间点着灯给他栽种枸杞苗木。虽然在夜间干活，可他们井井有条，把枸杞苗木栽种得笔直笔直，像用尺子量过似的。金阳真真切切地看到，一百亩地的三万五千多棵枸杞苗木一夜之间全部栽种完毕。同时，金阳还看到，一百亩枸杞苗木突然开花结果了，每一棵枸杞树的枝条上，红色玛瑙一样的枸杞果，像天上的繁星一样，一片一片，一串一串，美丽极了!

虽然是一个幻觉，金阳还是记住了姜华的好，金阳也把周明对他的好牢牢记在心里。

这天晚上，金阳陪周明喝了八瓶啤酒。周明有些醉意，临走时拍着胸脯说:“金阳，你把心放在肚子里！尽管姜书记动员布拉格村的人给你找两百个干活的人没找到，但是我明天，不，最晚明天晚上，我给你联系三百人！你等我的好消息。”

金阳送走周明，因为第二天要下地干活，他早早就睡了。至于周明答应联系三百个人栽种枸杞苗木的事，金阳半信半疑。

第十九章

布拉格村晴空万里。暖暖的秋风轻轻拂过树梢时，叶曼舞，鸟不惊。

金阳栽种枸杞的第二天，姜华本来打算去地里看看，尽管没有找齐干活的人，可作为第一书记和工作队队长，对布拉格村第一个回乡创业的大学生必须有态度。可计划不如变化，前一天晚上，镇党办突然通知去镇里开会，布拉格村参加会议的有第一书记、村支书和文书三个人。

大清早，姜华一行三人直接往镇里赶。全镇有十九个自然村，布拉格村离镇政府最远。会议内容是评选第一届市道德模范宣传动员。

会议要求，全镇所有单位和村队主要负责人亲自负责，认真扎实做好第一届市道德模范候选人先进材料上报工作。评选第一届市道德模范的范围，分诚实守信模范、敬业奉献模范、助人为乐模范、孝老敬亲模范、团结友爱模范和见义勇为模范六类。会议要求一个星期内，把所有参加评选第一届市道德模范候选人的先进材料上报镇党委宣传办，没有按时上报的单位和村队，按自动放弃处理，并追究主要领导责任。

姜华来到会计周明的办公室，看见周明正在核对今年扶贫补贴的名单和数字。周明站起来说："姜书记，请坐！"

"周会计，我看你正忙，准备过会儿再找你。"姜华边说边坐在周明对面的椅子上。

周明说："姜书记，一些数字我已经核对完了。您找我有事？"

"找你有事。"姜华说，"一件事是公事，一件事是私事。"

"姜书记，您吩咐，我照办。"周明笑着说。

姜华笑着看一眼手表说："先说公事吧！周会计，现在两点半，过会儿，你在村委会的大喇叭上通知村干部和工作队队员下午四点钟到村委会二楼小会议室开会，不能请假和迟到。"

"好，照办。"周明始终笑眯眯的样子，"姜书记，私事？"

"也不算私事，是金阳的事。"姜华说，"周会计，我听说你昨天联系了近四十个人帮金阳栽种枸杞，村干部应该向你学习。金阳栽种枸杞苗木缺少劳动力，这虽然不是打仗或发生什么重大灾难，可对金阳来说，这不亚于一场战争。在紧要关头，你能冲上去，这是一种精神，值得表扬！"

"姜书记过奖了！其实，这也算不了什么。乡里乡亲的，帮一把是应该的，不值得一提。"周明说，"更何况，金阳正在为布拉格村'蹚雷区'。如果金阳种植枸杞成功了，就说明布拉格村也成功了。"

姜华拍了一下办公桌说："周会计，你说得好！"

周明接着说："姜书记，我有一种预感，布拉格村在金阳的影响下，会从明年或后年开始出现家家户户种植枸杞的情况。当然，种植面积会因每家每户的经济条件不同而有所差别。"

姜华又拍了一下办公桌说："周会计，我现在非常想知道，金阳家的枸杞苗木栽种进展咋样了？”

“不咋样！非常不咋样！”周明摇头说，“昨天干活的四十个人，干了十个多小时，才栽种了百分之十的样子。”

姜华叹了一口气说：“周会计，照这样下去，不及时栽种的枸杞苗会干死的。”

周明说，“不过今天的进度只能到天黑才知道。我估计，今天要比昨天多栽三四倍。”

“为啥？”姜华好奇地问，“周会计，有什么新情况？”

周明笑着说：“姜书记，昨天晚上我计划再找六十八个人，可一下子给金阳联系到八十九个人，加上昨天的三十九个人，今天干活的人加上金阳，有一百二十九人。而且，为了多栽种枸杞苗木，所有人自带午饭，中午不回家。”

姜华站起来，紧紧握住周明的手说：“周会计，好样的！我代表村‘两委’和工作队谢谢你！”

周明一边笑，一边不停摇头。姜华离开后，他看了一下手机，已经三点半了，赶紧在村委会的大喇叭上通知开会。

下午四点钟，开会的人一个都不少地来到村委会的小会议室。会议由村支书周宝平主持：“同志们！今天的会议内容是传达关于市里举办第一届道德模范评选活动的具体要求和细则。下面由文书周巧巧给大家宣读文件内容。”

周巧巧读完关于评选道德模范的文件后，周宝平说：“这次评选的道德模范，刚才大家也听到了，要从诚实守信模范、敬业奉献模范、助人为乐模范、孝老敬亲模范、团结友爱模范和见义勇为模范六个方面，推荐咱们村符合要求的候选人。”

“周书记，这次推荐道德模范候选人有没有名额限制？”何吉祥问。

“请大家记住，没有名额限制。”周宝平说，“何吉祥，你们小组是不是有符合要求的人选？”

何吉祥说：“如果没有名额限制，我想在我们小组推荐三个候选人。”

姜华说：“何组长，看来你的群众工作做得不错。好吧，你先给大家讲一个你认为符合文件要求的候选人的事迹，我们现场评议一下是不是符合要求。”

何吉祥还不到四十岁，高中毕业后，因为家庭原因一直在家种地。他有两个爱好：一是嫁接果树，就是把苹果树上的枝条剪下，嫁接到梨树上之类的；二是喜欢唱歌、演讲、模仿之类的，业余生活丰富多彩。何吉祥听了姜华的话后，舔一下嘴皮，扫视了大家一眼。看到所有人等他讲话，何吉祥开始讲他们第三村民小组村民刘月华孝老敬亲的故事：

孝顺，对有些人来说，只是两个字而已。对另一些人而言，却是一辈子渗入骨子里的温情与坚持。咱们布拉格村第三村民小组的村民刘月华，就是这么做的。她是一位普普通通、勤快贤惠、热心肠的朴实农民。

三十多年来，她以孝和爱为做人之本，以孝和爱为做儿媳妇之本，对自己的婆婆细心照顾，日复一日、年复一年，无微不至地嘘寒问暖。这种朴素的人间情怀，对半辈子与土地打交道的刘月华来说，是做人的根本，也是做儿女的根本。

刘月华五十出头，性格开朗，为人热情。二十岁嫁到布拉格村。三十多年过去了，除了种地，就是相夫教子和孝敬老人。这是她的全部履历。时光荏苒，已到知天命之年的刘月华觉得，她活了半个世纪，从来没有做过什么遗憾的事情，也没有做过什么轰轰烈烈的大事情，她只是一个农民，一个家庭妇女。生活过得很简单，只要有一个好身体和一副好心肠，无论在生活中遇到什么难事，都会解决。

刘月华在布拉格村生活的每一个日子里，对生活的热爱，就像庄稼和泥土，从不分离。

农忙季节，刘月华每天的生活流程就像复制一样。为家人提供一日三餐，洗洗涮涮，抽出所有空闲时间为婆婆敲背揉腿，陪婆婆说话，然后侍候地里的玉米和油葵，饲养几十只鸡和大白鹅。农闲时节，她虽然不去地里忙碌，但家里的一日三餐和洗洗涮涮也需要人来料理。时间太短了，根本不够用，刘月华的每一天像上了发条的钟表，没有停下来的可能。

在农村生活的妇女都知道，与婆婆的关系处好了，就是母女情深，就是一个家庭和和美美的幸福，就是一家人的快乐。否则，婆媳之间形同陌路，整个家庭也不和谐。可刘月华对婆婆的好，是自然而然的，不是刻意的。在平时的生活中，婆媳惺惺相惜，相互温暖，相互依靠，一家人其乐融融，生活很幸福。

直到三年前，老天跟刘月华开了一个大玩笑，让她措手不及。这一年，婆婆因脑梗瘫痪在床，身体失去知觉，大小便失禁了。每天面对被自己弄脏的被褥，明事理的婆婆心里清楚，自己的病恐怕再无康复的可能了！如果这样，从此以后，自己就像废人一样，每天躺在床上等子女伺候。其实，说白了，就是等着儿媳刘月华伺候。想到这里，她实在不忍心再连累像亲女儿一样的儿媳刘月华。平时，在老人眼里，她的儿媳刘月华里里外外、没日没夜忙碌，是打着灯笼找不到的好儿媳。老人看在眼里，记在心上。

于是，刘月华的婆婆想了一个解脱的办法，采取绝食方式想了却此生。刘月华看破婆婆的心思后，并没有抱怨婆婆，而是天天陪在婆婆床边，笑着与婆婆拉家常，谈心事，让婆婆开心。刘月华要让婆婆知道，婆婆在她的心里是多么多么重要。她还要让婆婆知道，如果婆婆真的心疼她这个儿媳妇的话，自寻短见会让儿媳心里非常难过。其实，刘月华的意思婆婆全都懂，就是不忍心让儿媳受累。婆婆看到儿媳刘月华连续两天对自己苦口婆心地劝说，累得趴在自己的床边上睡着了，她心疼儿媳，偷偷地哭了。之后，婆婆像变了一个人似的愿意张嘴吃饭了。

吃饭的时候，婆婆看着儿媳刘月华笑眯眯地一勺一勺给自己喂饭的样子，既难过又高兴。难过的是自己连累了儿媳刘月华，高兴的是上辈子修来的福分，老天爷赐给她一个天下最好的儿媳妇。

刘月华知道婆婆爱干净，不厌其烦地拆洗被褥，让婆婆的被褥每天都是干干净净的。刘月华在清洗婆婆的被褥时，两只裂开口子的手钻心地疼，可她从不叫苦叫疼叫累。尽管刘月华也已步入中年，患有风湿、失眠，可她从来不当一回事，从不影响她对婆婆的细心照顾。

有时，刘月华一天要为婆婆换好几次床单内衣，没有一句怨言，也从不嫌弃婆婆使用过的被褥与婆婆穿脏的衣服。每天，她都要给婆婆梳头、洗脸、喂饭，然后，一边为婆婆按摩，一边和婆婆拉家常，始终让婆婆感受到温暖与快乐。

亲身经历儿媳刘月华的孝顺以后，有一天，婆婆拉着儿媳刘月华的手，哭得像个孩子。婆婆边哭边对刘月华说："孩子啊，你不是妈的儿媳妇，你是妈的亲闺女！你为了妈，整天没日没夜，忙忙碌碌，没过上一天好日子！妈妈心疼你，妈妈对不起你！"

刘月华听了婆婆的话后，贴着婆婆的脸泣不成声。其实，对刘月华来说，与婆婆几十年的朝夕相处，在她的心里，早把婆婆当成了自己的亲妈。此时，刘月华在心里默默地说，如果有下辈子的话，她还想做婆婆的儿媳妇，还想跟婆婆成为一家人。

为了照顾婆婆，刘月华一年半载几乎没有走出过布拉格村，更别说进城逛街逛商场了，就连自己的娘家和亲姐妹家也很少串门。现在，婆婆已经八十多岁了，虽然瘫卧在床，但精神状态很好，气色也不错。布拉格村的乡亲看望刘月华的婆婆时，都夸她有福气，到了晚年，有这么一个孝顺的儿媳妇照顾，真让人羡慕。每次听到这些话，刘月华的婆婆心里都有说不出的喜悦。于是，只要有村里人来看望她，她就一遍又一遍反反复复地说，自己有一个天使一样的儿媳妇。

三十年过去了，刘月华一直和婆婆生活在一起。婆婆成为她在这世上最亲的人，婆婆也把刘月华当成这个世界上最亲最孝顺的女儿。婆媳俩相依为命，从未红过脸，也没有争吵过。面对三十年如一日照顾自己母亲的妻子，刘月华的丈夫何忠逢人便说："这么多年过去了，我的妻子刘月华很辛苦，我都看在眼里记在心上。我觉得，很对不起一年四季忙里忙外的妻子刘月华，她是一个好妻子。这辈子，能做她的丈夫，是我的福气。"

听了丈夫对自己的称赞，刘月华一笑了事。每当听到村里的乡亲们夸赞她是孝媳、贤妻、良母时，刘月华觉得受之有愧。她心里清楚，她只是在尽儿媳、妻子、母亲的本分。

刘月华用孝心和勤劳，把一个清贫的家庭经营得幸幸福福、和和美美。为此，在左邻右舍乡亲的心里，刘月华是一个谁都愿意与她打交道的人。刘月华的家庭，是一个充满欢声笑语、幸福甜美的家庭，曾被村委会评为文明家庭、好媳妇家庭、好婆婆家庭。刘月华是全布拉格村媳妇学习的榜样。

一次，市妇联主席到布拉格村调研妇女儿童工作，听说刘月华是一个孝顺的媳妇，便抽空到刘月华家里探望，与刘月华的婆婆随便聊了几句，把妇联主席的眼泪都聊出来了。临走时，她对陪同她一起调研的镇妇联干部和刘月华的婆婆说，刘月华经年累月孝老敬亲，真是一个好媳妇、好女人。如果全市的妇女都像刘月华这样，把中华民族孝老敬亲的优良传统发扬光大，那我们的国家就会更加兴旺发达，我们的社会就会更加和谐，我们的每一个小家庭也会更加幸福美满。

市妇联主席的话，刘月华的婆婆逢人便说。刘月华每天继续忙碌。无论任何时候，她知道，做人必须有良心，要有扛起一个家庭的责任。

听何吉祥讲完刘月华的故事，大家热烈鼓掌。这掌声，一半是给布拉格村的好儿媳刘月华的，另一半是给何吉祥的。参加会议的人，都打心里佩服何吉祥的口才。

散会前，姜华通报了关于金阳枸杞苗木栽种缺少劳动力的事。从大家的反应来看，此事仿佛与他们关系不大。秋收完了，大家最感兴趣的是修路的事，还有评选道德模范的事。

村支书周宝平说：“同志们，目前，布拉格村最重要的工作是推荐道德模范候选人。请大家回去后，认真宣传和筛选，把符合文件要求的候选人推到市里去，为我们布拉格村争光，”

“周书记，什么时候修路？”巴特问。

“今天的会议，不谈修路的事。”周宝平说，“大家回去后，晚上入户走访，梳理道德模范候选人，明天早上十点钟汇报进展情况。”

“周书记，怎么汇报？”巴特说，“和何吉祥一样讲故事吗？”

“巴特，如果你的口才和何吉祥一样好，我们大家欢迎你用讲故事的方式汇报。”周宝平说，“下面请姜书记讲话！”

姜华说：“就按周书记的安排执行。不过，在今晚入户走访时，大家继续动员村民明天去金阳家的地里栽种枸杞苗木。请大家重视一下！”

“大家还有没有其他问题？”周宝平看到没人吭声，说：“大家记住，明天早上开会别迟到！现在散会。”

第二十章

吃过晚饭，何二水给周明打电话:“周明，你来我家，我有事要说。”

周明说:“何大哥，什么事? 能不能先在电话里透露一下?”

“兄弟，你来了自然会知道。”何二水神秘地说。

周明骑着摩托车，五分钟后来到何二水家。何二水坐在后院的饭桌前等周明。何二水家的后院看上去也挺大，可与金阳家的后院相比，简直是小巫见大巫。

遮阳棚下摆放着一张四方饭桌，桌上放着凉拌羊杂碎、凉拌黄瓜、油炸花生米、凉拌牛肉、卤鸡爪和啤酒。周明坐下后，非常后悔晚上吃了一肚子面条。早知道何二水请他喝啤酒、吃羊杂碎、牛肉和卤鸡爪，他晚上就不吃饭了。

何二水笑眯眯地说:“兄弟，自从金大哥走后，我们两个还是第一次单独坐在一起喝啤酒! 今天晚上好好喝两口。”

“二水哥，我们哥俩真的好长时间没有在一起喝啤酒了!”周明说，“没想到，今天你这么有雅兴。”

“什么雅兴，只是想喝两口。”何二水说，“可惜，我开完会在外面办了一些事，回来晚了，估计你已经吃过饭了。”

“没事，二水哥，只要召唤，吃了饭我也要喝几杯。”周明说，“只可惜这么可口的羊杂碎、牛肉和卤鸡爪就没有口福了！”

“嘿嘿，你像按错密码似的，没出息的样子。”何二水笑着说，“你吃过饭了就少吃一点，喝啤酒不能耍赖。”

周明说：“我好好喝，不耍赖。”

何二水开啤酒瓶盖，周明朝前面大概有十几米远的隔墙望去。昨天晚上，周明坐在金阳家的后院里，天太黑，后院的灯光根本照不到两家人隔墙的地方。周明对隔墙另一边充满了好奇，一时间走了神。

“周明兄弟，你咋了？”何二水笑着说，“你是不是穿越了？去哪个朝代了？”

“二水哥说笑了，我哪有那本事？”周明回过神，笑得别别扭扭，端起啤酒杯说：“我敬二水哥！”

两个人干完第一杯啤酒，何吉祥哼着《我们新疆好地方》进来了。他用鼻子哼唱的声音韵律清晰。何吉祥抓起一个卤鸡爪啃起来。何二水开玩笑说：“这个娃娃像饿死鬼转世的，永远都是饥肠辘辘的样子。”

何吉祥边吃边说：“二叔，这叫牙板好、胃口棒，让多少人羡慕。”

看到何吉祥啃鸡爪的样子，周明觉得何吉祥是故意馋他。他端起一杯啤酒说：“吉祥，今天开会时你讲的刘月华孝敬婆婆的故事太长脸了。来，为你在布拉格村独一无二的口才干杯！”

“哈哈，谢谢会计大人的夸奖！”何吉祥一饮而尽。

“看把你娃翘得，小心把天戳一个窟窿。”何二水笑着说，“你只能在布拉格村独一无二，出了村子，就是霜打的茄子——蔫了。”

何吉祥进门一直没有停下吃吃喝喝。在吃喝这件事上，何吉祥从来不含糊。无论任何时间地点，在熟悉的人家还是陌生的人家，他碰到饭菜，该吃就吃，该喝就喝。当然，无论熟悉的人还是陌生的人，到了他家，也像贵客对待。何吉祥有两个孩子，一男一女，都在镇里上学。女儿上初中，儿子上小学，何吉祥的妻子师范毕业以后，一直在镇中学当老师。妻子把两个孩子都带到镇上上学，何吉祥留在家里，与年过六十的父母一起种地。就在前一段时间，金阳大学毕业回家种枸杞的事传开后，何吉祥的妻子动员何吉祥把自家的五十多亩地也种上枸杞，可何吉祥的家属于“母系氏族”，权力牢牢地攥在母亲手里，何吉祥和父亲都由母亲领导。其间，何吉祥开过非正式家庭会议，大家一致认为，要改变观念，与时俱进，调整经济作物种植结构，增加家庭收入，最后却被母亲一票否决。接下来，正式会议自动取消。母亲在家里的地位不容动摇的原因，是母亲持家有方。通过种植玉米和油葵，还有养鸡养鹅的家庭经济发展模式，再加上母亲名扬全镇的十字绣手艺，让何吉祥家列入布拉格村富裕户前十行列。在母亲的操持下，六口之家的生活过得红红火火。但是，何吉祥只有一个念头，就是和金阳一样种植枸杞。自从有了这个想法后，何吉祥一直关注着金阳栽种枸杞苗木的进度。他希望金阳种植枸杞成功，通过金阳种植枸杞的成功，以及高于种植玉米和油葵收入的方式，挫败母亲的传统观念，从此开始全新的土地种植模式。

九月下旬，天气还像三伏天一样和谁有仇似的疯狂地热着。在明亮的灯光照耀下，周明觉得天气更热。即使沐浴晚风，也是一股热流。周明提议三个人接连干了两杯啤酒后说:“吉祥，今天有一百多人给金阳家栽种枸杞苗木，进度你知不知道?”

“我刚才听邻居说了，今天中午没休息，枸杞苗木已完成快一半了。”

何吉祥说话时，周明故意扫视何二水的脸，何二水装出与他没有任何关系的样子。周明坏笑了一下，何二水瞪了周明一眼，说：“吉祥，你今天开会时讲了刘月华照顾婆婆的故事，非常生动。看来，所有人都同意推选刘月华为道德模范候选人。明天开会的时候，你还推荐谁当候选人？”

“我打算推荐您。”何吉祥夹了一块羊杂碎放进嘴里，然后放下筷子，一边嚼着肉一边说：“二叔，别说市里评选道德模范，就是自治区或全国评选道德模范，我也认为，您是最合适的人选。我明天开会时，就讲您助人为乐的故事。二叔，我心里清楚，您明里一套，暗里一套，帮助过很多人。”

“这娃娃，什么明里一套暗里一套，像在骂人！”何二水笑着说，“算了，别拍马屁了。”

周明在一旁煽风点火说：“吉祥，现在就讲讲你二叔的故事。一来我给你把把关，二来我喜欢听你讲故事。”

何吉祥犹豫了一下，望着何二水。看到何二水没有反对的意思，就开始讲何二水的故事：

一个人，一辈子生在农村、长在农村，从未离开。村里谁家有几亩地、饲养了多少鸡和鹅等家禽，谁家盖了新房、娶了媳妇，谁家生了几个孩子、考上什么大学，谁家的土地收成多少、生活好不好，谁家有老弱病残、生活困难，包括村里硬化了几条巷道、还有几条路没有修，每年种植了多少棵树，没有他不知道的，没有他不清楚的。他以村为家，爱着村里的每一片土地，爱着村里每一棵草木，爱着每一个朝夕相处或低头不见抬头见的父老乡亲。在村子里，他是一个闲不住的人，是一个勤快的人，是一个热心肠的人，是一个养育了两个孩子的父亲。他是一个面朝黄土背朝天、地地道道的农民。他的名字叫何二水。

1958年2月初，八百里秦川春寒料峭。就在这个季节，何二水出生在地处八百里秦川西南的一个普通农民家庭。何二水兄妹三人。排行老二的他初中没毕业就辍学帮父母干农活。当时，他还不到十五岁。如果在其他家庭，与他一样大的孩子正在无忧无虑地背着书包上学，而对一脸憨笑、骨头还没有长结实的何二水来说，从放下书包告别书本的那一刻起，他的命运已经注定要与土地打一辈子交道。可是，何二水并不在乎什么命运，心里只想着一件事，就是让家里所有人过上好日子。何二水辍学后第四年，为了让家人过上更好的生活，父母决定带着三个孩子到新疆北疆一个叫布拉格的偏远村子谋生。落脚后，何二水开始了在新疆种地的生活。第二年，为了提高生产效益和质量，何二水的父母亲用家里的所有积蓄，加上借来的一部分钱，买了一辆二手小四轮拖拉机。从这以后，他惦记上了家里的红色小四轮拖拉机。

辍学，新疆，土地，拖拉机，青春飞扬的小伙子，把这些词组合到一起，几乎是何二水立体的生活画像。这一切现实的呈现，拿何二水的话说是自己的选择，谁都不怪。

其实，何二水辍学还是有目的的。从来都是一脸憨笑的他想法很简单，就是减轻父母亲的负担。来到新疆农村后，他的想法是能开上家里那台红色拖拉机，给农活助力，成为父母的好帮手。在何二水的记忆里，父母亲含辛茹苦抚养三个子女，父亲后背弯得越来越明显。他对父母亲的印象，除了辛苦和爱子有加，就是老实巴交。这一切，他深深埋在心里。他每天除了干活，用实际行动对父母亲感恩，再没有其他任何想法。在何二水看来，新疆的生活比老家的生活好了很多。他们家买了红色拖拉机以后，何二水觉得，父母亲像一个发光点，更像一家人前行的航灯。

在何二水的记忆里，还没有什么事或什么人让他佩服得五体投地。尽管小学课本里有很多英雄人物，可离他太远了。他只记住了一个人，也是一个英雄，这个人的名字叫董存瑞。在何二水心里，他最佩服董存瑞。何二水知道董存瑞是村里放了一场名叫《董存瑞》的电影。看完电影，才十四岁的何二水坚定地认为，董存瑞是一个大英雄。他就佩服这样的人，佩服这样的英雄。所以，他牢牢记住了董存瑞的名字。

来新疆第二年的一天中午，母亲让何二水给在地里干活的父亲送饭。父亲干活的地方，距离他们居住的布拉格村有三公里多路。他一路小跑，没过一会儿就到了。何二水看到坐在那辆红色拖拉机上双手紧握方向盘、在秋收后的土地上犁地的父亲时，突然觉得，父亲也是一个英雄，一个让他从心里佩服的英雄。拿何二水的话说，父亲非常了不起。从那天起，父亲成为他佩服的第二个英雄。也是从这一天起，何二水瞄上了那台红色拖拉机，做梦都想开那台拖拉机。

何二水终于如愿以偿地开上了小四轮拖拉机。也许因为何二水对拖拉机情有独钟，开拖拉机，他只学了半天就会了。何二水身体瘦弱，坐在小四轮拖拉机上犁地时，远远看去，由于颠簸，他像一个扔在乒乓球拍上的乒乓球，上下跳动。此后，犁地、播种、打药、施肥、拉东西等活儿，何二水全包了。

何二水跟着父母在布拉格村种地的第三年春天，土地从刚刚融化的冰雪中醒来，各种植物跃跃欲试、舒展腰身，父亲却去世了。这一年，何二水二十二岁。在何二水心里，那个辛苦了一辈子的男人，那个大英雄，永远离开了他。后来，每当他看见那台红色的小四轮拖拉机，就像看到了父亲。何二水二十三岁那年，在媒人介绍下，与邻村一位姑娘结婚。夫妻俩恩恩爱爱，以种地为生，先后有了两个儿子一个女儿。其间，何二水入了党，曾担任布拉格村的自来水管理员和村会计等。担任水管员期间，每天按时按点为村民服务，从不含糊。担任会计期间，精打细算、勤勤恳恳、两袖清风。后来，由于他的女儿出嫁、大儿子何金跑运输、小儿子考上大学，为了不影响村委会的工作，他辞去村会计职务，推荐周明担任村会计。他专心种地、搞养殖和跑运输。

闲暇时间，何二水总是闲不住。看见村里还没有硬化的沙土路坑坑洼洼，他就开着父亲留下的那辆红色的小四轮拖拉机，运来砂石维修路面。有时，看见路旁堆了垃圾，他依然用那台拖拉机清理。每次做这样的事，何二水都是自愿的，不是别人要求他去做的。

布拉格村有一位名叫巴图的蒙古族老人，年纪大了，干什么都不方便。何二水看在眼里，连续多年为老人清理院子里的垃圾，冬天还负责清理房子上的积雪，为老人干日常杂活。同时，要是谁家地里忙，缺人手时，他不请自到，主动去地里帮忙。比如，开春播种玉米和油葵时，如果谁家的种子不够、肥料不够、塑料薄膜不够了，只要说一声，他二话不说，开着拖拉机就去装东西，快速送到地头上。又比如，在秋天收庄稼时，主动帮助别人拉油葵、拉玉米，从来不计报酬。

何二水担任村里水管员期间，布拉格村虽然每家每户都通上了自来水，可由于当时的自然条件不好，大家只能在每天早晚一个小时内用自来水管里的水，其余时间没有水。何二水很负责任，谁家有红白喜事，水不够用的时候，何二水就开着自家的小四轮拖拉机运送水。

有一年冬天，村民朝克塔的母亲去世举行葬礼，来了很多亲朋好友。好几天时间，何二水不但去朝克塔家里帮忙处理一些杂七杂八的琐事，还负责用小四轮拖拉机为朝克塔家里拉水。忙完母亲的后事，朝克塔专门去何二水家里道谢，而何二水一边憨笑，一边对朝克塔说，都是一个村里住的乡亲，这都是应该做的。

朝克塔逢人便说何二水好。在布拉格村，谁都知道他是一个好人。几乎每一家，他都帮过忙。

还是那年冬天的一天晚上，村民巴音家里的水管坏了，村里集中放水时无法蓄水。巴音找何二水说明情况后，他马上拿着工具箱，用半个小时修好了水管。

还有一年冬天，村民周树源的儿子结婚，来了很多亲朋好友。何二水连续两天去周树源家帮忙，用小四轮拖拉机拉水。事后，周树源给他送来两瓶好酒和其他物品，他笑着拒绝了。这样助人为乐的事干过多少，连他自己也数不清。

提起何二水助人为乐的事，周树源说，何二水只知道帮别人干活，从来不要报酬。他给我们家帮了好几次忙，我给他付工钱时，他都拒绝了。在布拉格村，何二水是一个实实在在的好人，也是我们每一个人学习的榜样。

这样的好事，何二水仍然在做，而且是开着大卡车做。

他父亲留下的那台红色的小四轮拖拉机已成为纪念品。如果何二水的父亲知道何二水为乡亲们做好事，在九泉之下肯定很高兴。现在，何二水家的日子越来越好了，三个孩子都特别争气。他的大儿子何金负责家里的三辆大卡车跑运输。一辆大卡车自己开，另两辆卡车雇人开。虽然何金发生车祸伤了一条腿，但经过治疗以后，现在基本上康复，再过十天半月，可以重新驾驶大卡车跑运输。他的大儿媳在镇里开一家小超市，两个孙子都在上学。他的小儿子小两口，一个在市教育局工作，一个在报社当记者。他的女儿也是人民教师。他和老伴还不到六十岁，现在除了经营八十亩土地，还雇人经营全布拉格村最大的鸡鸭鹅养殖场，生活越来越好。何二水认为，能成为布拉格村的一员，他感到很幸福，也非常自豪！

何二水在布拉格村生活了近四十年，那台父亲留下的红色小四轮拖拉机，现在陈列在他家前院搭建的防雨棚里。他几十年如一日，坚持为布拉格村的乡亲们做好事，乡亲们都夸他是一个热心肠的好人。何二水每次听到乡亲们夸赞他时，都是一笑了事。

现在，何二水每天在他热爱的布拉格村忙碌着、生活着。他那非常有辨识度的憨笑，像布拉格村秋天颗粒饱满的葵花，让人心里踏实。

何吉祥的故事讲完了。

何二水和周明坐在一旁泪眼汪汪。何二水非常怀念父亲和母亲，怀念曾经贫穷但很快乐的日子！而周明流泪，纯属被何二水的为人所感动。何吉祥端起一杯啤酒说：“二叔，咋样？这只是一个初稿，也是你浮出水面的好人好事。还有我不知道的关于你的事迹，你不说，我也不能虚构。我刚才讲的故事，只是冰山一角而已。不过，明天开会时，我还要加一些内容进去。来，敬你们一杯。”

三个人碰杯后，一饮而尽。

何二水说：“吉祥，今天晚上回去，再好好琢磨琢磨。我说的不是我的故事让你琢磨，而是让你讲讲周会计的故事。这次评选道德模范候选人，你一定要推荐周会计。至于我，就免了。”

“为什么？”何吉祥说，“二叔，难道我讲得不感人？”

何二水说：“你娃娃讲得好，也很感人。只是不要讲我，你要讲周会计。”

周明说：“二水哥，还是让吉祥讲您的故事吧，我不够格！”

“兄弟，你要自信。”何二水说，“就这样决定了，你们两个配合好，一定把故事讲得美美的。”

这天晚上，三个人边喝啤酒边拉呱到开始刮风才散去。

第二十一章

栽种枸杞苗木的第二天，是喝了啤酒的原因，还是由于找不上更多干活的人焦虑，金阳一个晚上处于失眠状态。直到凌晨五点左右，他才昏昏沉沉睡去。可睡了不到两小时，快七点钟时他就醒了。

金阳躺在床上琢磨关于十五万元的事，起床时快八点钟了。昨天晚上与会计周明喝了很多啤酒，起床后没有一点食欲，简单洗脸、刷牙后，准备下地。

金阳来到萧云林老婆开的商店。萧云林的老婆在商店门前扫地，她说："金阳，你起这么早，下地干活去吗？"

"阿姨早！我去地里干活。"金阳停住自行车，一只脚踩着自行车脚踏板，一只脚踩在地上，笑着说："十点钟左右，我给你打电话，麻烦阿姨安排人给我送些矿泉水。"

"金阳，不麻烦，到时我找人给你送。"萧云林的老婆说，"今天干活的人有多少？"

"阿姨，现在不知道，过会儿打电话时我再告诉您。"

金阳来到枸杞地，望着已经完成栽种的十余亩枸杞苗木，高兴得像一个得了水果糖的孩子。可是，当他看到还有八九十亩空白的土地时，心里不由得又阴云密布。想起找不到干活的人，心里烦乱极了。

他要争分夺秒栽种枸杞苗木，能栽一棵就栽一棵。现在，金阳唯一能做的是往地里分配枸杞苗木，方便栽种。

正准备干活时，金阳听到手机短信提示。他打开手机，发现又是一条银行提示短信：

【中国农业银行】您尾号 4188 账户 09 月 21 日 10：16 完成转账交易人民币 150000.00，余额 301158.38。

金阳看了短信内容，像在做梦，没办法相信这是真的。和第一次收到十五万元短信提示时一样，他以为今天是愚人节。也和第一次收到短信时一样，他绞尽脑汁猜想是谁在资助他，而且还不留姓名。可他思来想去，还是没有想到这个人是谁。但这一次和上一次不一样，他不会怀疑有人把钱转错了。如果转错了钱，第一次收到钱后，警察或银行的人马上会找上门来。

看完短信，金阳一边往地里的不同地方分配枸杞苗木，一边想会计周明喝完啤酒说的话，他答应今天再联系九十个左右的干活人。金阳觉得周明说的是酒话，今天新来九十个人栽种枸杞苗木有些悬。

正在金阳胡思乱想的时候，他无意间抬起头，被眼前的情景惊呆了。他看到一群人骑着摩托车、坐着农用三轮车等交通工具，浩浩荡荡朝他的枸杞地而来。金阳一边望着越走越近的人一边想，周明没有食言。

金阳赶紧给萧云林的老婆打电话，让她往地里送十五件矿泉水。他清点今天干活的人数，加上自己，共一百二十九人。

平时，父老乡亲在金阳的意识里只是四个字而已，没有具体的、让他心灵震撼的、看得见摸得着的具象载体，是模糊的概念。金阳在这个世界上活了二十二年，此刻，在他的枸杞地里，他彻底找到了什么是父老乡亲的真正答案。望着在地里低头弯腰干活的父老乡亲，金阳非常感动。

为了赶时间，今天来金阳家地里栽种枸杞苗木的每一个人都像商量好了一样，全部带着午饭，中午不回家。连老天爷也眷顾金阳和干活的父老乡亲，太阳像要完成一年绩效似的，对释放热流的速度和数量毫不吝啬。整个上午，闷热肆无忌惮地困扰着每一个干活的人。可大家吃午饭时，前仆后继的云像一个个橡皮擦，瞬间擦掉了火气冲天的太阳。没有了太阳的照射，大家觉得既凉爽又美妙。

这时，何吉祥用农用三轮车拉来一车西瓜。尽管金阳让人送来了足够的矿泉水，可是矿泉水抵不上西瓜解渴。何吉祥把西瓜从三轮车上卸下后，金阳把何吉祥拉到一旁付西瓜钱，何吉祥不收，他对正在吃瓜的乡亲们说："大家辛苦了！你们吃的西瓜，不是我买的，是别人赞助的。九月份的西瓜，没有七月份的水灵，希望大家别嫌弃！"

"好得很，非常甜，与七月份的西瓜一样水灵。"乡亲们说。

何吉祥开着农用三轮车笑嘻嘻地走了。

吃完午饭和西瓜，金阳一边给大家发矿泉水，一边叮嘱大家好好休息一下。这时，有人提议，刚刚吃过饭，休息半个小时后再干活。大家都同意。

又有人提议，为了鼓舞大家的干劲，谁会说笑话或讲故事，主动站出来。于是，大家在空地上围了一个圈，用热烈鼓掌的方式邀请隐藏在父老乡亲中间的讲民间笑话和故事的高手。

与大家期待的一样，何吉祥的远房四叔何家仁左手拿着一瓶矿泉水，举起右手说：“看来，都想让我讲笑话和民间故事听。但是，谁给我付出场费？”

“我付。”围坐的好多人同时吆喝，有人还喊他的绰号：“何大师，你的出场费是一瓶矿泉水。”

“平时，我的出场费是半瓶水，这次的出场费是满瓶的水，我很满意！”何家仁笑着说：“请大家给我掌声鼓励，我现在开始讲笑话了。”

一百多人突然鼓掌，把在隔壁油葵地里觅食的一群麻雀吓得仓皇逃命。

何家仁开始讲民间笑话：

有个七十岁的老大爷，平时坐车都晕车。有一次去上海看望几年没有回老家的女儿，他的女儿给他订了一张靠机尾的飞机票。老大爷有生以来第一次坐飞机。临出门，老伴儿叮嘱他，不管在路上坐什么车，只要坐在前面的座位上就不会晕车。老头牢牢记住了老伴儿的话。在成都飞机场登机时，老大爷看见飞机的机舱里已经坐上了一大半乘客，却没人坐在机舱最前面的座位上。老大爷有说不出的兴奋，一屁股坐在了最前面的座位上。不一会儿一位女乘客走进机舱，发现她的头等舱座位被一位老大爷坐了，就请空姐给她解决。空姐了解清楚情况后，首先给女乘客道了歉，然后来到老人面前，语气温和地说：“老人家，请您出示机票，让我看一看。”老大爷从衣兜里掏出飞机票递给空姐。空姐看后，一边把机票还给老大爷，一边轻声细语地说：“老人家，请您按机票上的座号坐！您的座位在后面，您现在坐的座位不是您的座位。”老大爷瞪了一眼空姐说：“你这个女娃娃，你别哄老子！我清楚得很，你把我哄起来，让你的家人或亲戚坐！我知道，这个座位谁都惦记着。今天你把老天爷的脸说破了，老子也不会让座。”空姐听到老人家老子长老子短的话语，一点都不生气，因为这是方言而已。但是，她对老人家无可奈何。她反反复复劝了老大爷几次后，老人开始怒骂空姐：“你这个女娃娃的心太坏了！你把老子哄起来，赶到后面坐，是不是想看老子吐饭？你这个女娃娃太坏了！”空姐被老大爷骂得站在一旁哭鼻子。这时，另一位空姐把情况告诉了机长。机长对着空姐的耳朵说：“傻妞，别哭了，看我的。”空姐将信将疑。这时，机长走近老大爷，贴着他的耳朵只说了几句话，老大爷急忙拿上行李，狼追似的往机舱后面的座位跑去。然后，机长给空姐扮了个鬼脸。空姐觉得不可思议，问机长：“哥，你用什么办法让老大爷回到后座去了？”机长吐了吐舌头说：“我贴着老大爷的耳朵，问他到哪儿去？老大爷说到上海去。我说，老人家，你坐错位子了！去北京的人坐前面，去上海的人坐后面。飞机马上起飞了，你再不到后面坐，飞机把你拉到北京了！”空姐听完机长的话后，又开始哭。可这一次，是笑哭了……

其实，何家仁在不同场合都讲过这个笑话。他每讲一次，不但听者哈哈大笑，就连他自己也忍不住笑。这次也一样，笑声在金阳家的枸杞地里回荡，在枸杞地以南的石头城回荡。

石头城位于布拉格村东北方向，分布在阿拉套山脚下一条南北走向的自然冲沟的沟底及缓坡地带，东西长三点六公里，南北宽约二点六公里，总面积约十平方公里，海拔八百米。在辽阔的大地上，群石林立，浩浩荡荡，呈现出一片空灵、静谧的原始石头城堡。石头城由天然而灵性的石头、梦幻的古岩画、神秘的古墓群组成，是一处集自然风光与人文传奇为一体的景观。因为还没有开发成旅游景点，所以，石头城依然保持着原生态。散落在石头城的石头，犹如天外来客，千姿百态，各有特色。由于古冰川的作用，形成了许多大大小小、造型奇异的石像，比如骏马石、鹰嘴石、鱼头石、海马石、狗熊石、三明治或汉堡包石等，引人遐想。还有古堡、石亭、佛洞等造型的石头景观，让人拍手叫绝。

可惜石头城没有开发利用，仍然淹没在时光的长河里。尽管偶然有远道而来的徒步者、探寻自然奇观的摄影爱好者和三三两两写生的画家光顾，但石头城一直是旅游开发的盲区，除了周边村民知道，外界人知之甚少。

对被埋没的石头城来说，一直有一个人对它情有独钟，这个人就是布拉格村村民蒙克达拉。五十岁的蒙克达拉土生土长在布拉格村，曾在部队服役五年。平时，蒙克达拉除了种地，业余爱好是收藏民间古董，也爱好文学创作，尤其喜欢民间传说故事。在当地蒙古族人中间，蒙克达拉小有名气。

蒙克达拉听了何家仁讲的笑话，笑得差一点流眼泪。尽管以前听何家仁讲过，可此刻还是忍不住笑起来。望着笑得前仰后合的乡亲们，蒙克达拉止住笑，大声说：“乡亲们，刚才何大哥讲的笑话好不好笑？”

“好笑，好笑，太好笑了！”大家一边笑一边说。

“下面我给大家讲一个民间传说，大家想不想听？”蒙克达拉征求意见。

“想听！”“想听！”“想听！”一片欢笑声。

蒙克达拉大声说："乡亲们，咱们村的石头城听说过没有？"

"听说过！""听说过！"回答的声音一个比一个高。

"下面我给大家讲石头城的传说。"蒙克达拉笑着说，"如果讲得不好，请大家谅解！"

一阵接一阵的欢笑声和掌声过后，蒙克达拉喝了一口矿泉水，开始讲：

相传，在很久以前，我们布拉格村旁边的石头城是一片水草肥美、风光秀美的大草原，名字就叫布拉格草原。

有位名叫巴特的蒙古族牧场主，在布拉格草原上养着上千匹马。平时，马群在布拉格大草原上自由自在地食草与行走，根本不需要人来放牧或管理。要说管理，其实是马群自己管理自己。就这样，上千匹马在布拉格大草原上过了一个又一个春夏秋冬。巴特在这片大草原上放牧，从来没有发生狼群或其他野兽猎食马的事。当然，在牧场盗窃马的事也一样没有发生过。上千匹马在布拉格广袤无垠的草原上无忧无虑生活，自然而然繁殖，好一幅闲适、绝美的牧歌画卷，不亚于陶渊明笔下的世外桃源。陶渊明是东晋末年著名的诗人，大家应该知道。由于布拉格草原辽阔，水草丰美，马匹膘肥体壮，牧场主巴特少了很多因管理马群带来的劳累与烦恼。

巴特每隔十天半月带着雇工到布拉格大草原查看一次马群的情况。对巴特来说，管理牧场已经形成固定的模式和习惯，除非贩卖马匹的商贩来他的牧场买马，他才来牧场。

这样大规模在布拉格大草原牧马的方式让巴特声名远扬，但同时也被一个盗马团伙所觊觎。这个盗马团伙的老大名叫老九。他第一次偷偷摸摸来巴特的牧场踩点，看见那么多马匹，激动得差点跳起来。可是，那么多马匹，他一个人没办法驱赶，只好先离开牧场。十天后，老九召集二十个臭味相投的盗马贼向马群下手。他打算把千匹无人看管的马群一锅端了，从此过衣来伸手、饭来张口的日子。

然而，当老九与二十个同伙来到牧场，把千匹马群集中到一个开阔地带，准备赶往下一个目的地时，马群无论怎么驱赶也不走，根本不把盗马贼放在眼里。就这样，这群盗马贼持续折腾了三天，马群里的每一匹马像商量好一样，就是不离开布拉格大草原。盗马贼束手无策，狼狈不堪。

第四天，巴特出现在布拉格大草原上。他这次来牧场，没有带雇工，只有自己一个人。其实，按照十天半个月巡视一次马群的惯例，现在还不到巡视马群的时间，巴特来牧场的原因，是昨天晚上他梦见一群狼在肆无忌惮地猎食马群。梦醒后，他明知道那只不过是一个梦而已，但他还是决定来牧场看看。来到牧场，巴特发现一群盗马贼正在盗窃马群。他心想，谁吃了豹子胆，敢在布拉格大草原撒野，就打马追去。

接下来的事情很简单，巴特被心黑手辣的盗马贼不费吹灰之力杀害了。巴特的妻子斯琴发现丈夫巴特去了布拉格大草原，一直没有回来，骑马来找。可想而知，斯琴来到布拉格大草原后的结果与她丈夫巴特一样，也被老九及同伙杀害了。

然而，下面发生的事吓得老九和二十个盗马贼目瞪口呆、魂飞魄散。老九及同伙杀害斯琴的瞬间，已被杀害的巴特突然变成了一块巨石。接着，斯琴也变成了一块大石头。

几乎同时，被盗马贼赶得四散奔跑的千匹马看到自己的主人被盗马贼杀害并变成石头后，它们一个个面朝主人变成石头的方向，相继变成了不同形状的石头。辽阔的布拉格草原，就这样变成了遍布各种形状、大小各异石头的石头城。

老九和盗马贼目睹这一幕，吓得跌落马背，跪在巴特与斯琴变成的石头前，不停地磕头求饶。这时，晴朗的天空突然电闪雷鸣，老九和二十个盗马贼刹那间化成跪拜形状的石头。

后来，广袤而又水草丰美的布拉格大草原变成了只长石头不长草的石头城，到处散布着形状奇特的石头。矗立在石头城的每一块巨大的石头，犹如一匹匹膘肥体壮的骏马，或昂首嘶鸣，或低头吃草，或奔腾跳跃，或俯卧小憩，千姿百态，栩栩如生。

人们把巴特变成的那块石头称为“父亲石”，把斯琴化身的石头称为“母亲石”。据生活在布拉格村的一辈辈老人们相传，石头城的夜晚，偶尔可以听见男人打口哨的声音，也能听见女人呼叫小马驹的声音。老人说，夜晚回荡的声音是巴特和妻子正与他们的马群交流。在斯琴呼叫小马驹的声音里，很多老人都看见斯琴与一匹匹刚刚出生、非常可爱的小马驹一起玩耍。有时还可以看到小马驹追逐嬉戏的身影，也可以听到小马驹仰天嘶鸣的声音。布拉格村的人不但不害怕，反而默默祈祷，祈祷神灵一样的“父亲石”和菩萨一样的“母亲石”，保佑每一个人健健康康、快快乐乐！

半个小时的休息，讲了一个笑话、一个民间传说故事，大家听得津津有味，下午栽种枸杞苗木时，比上午更加卖力。

金阳对第二天栽种枸杞苗木的进度非常满意。只是统计后发现，一百亩枸杞苗木的栽种，两天时间只完成了百分之四十四，而剩下百分之五十六的枸杞苗木，如果不能在两天之内栽种完的话损失会很大。但是，金阳没有时间颓废，只有鼓起信心。

这一天，金阳非常感动。

第二十二章

黎明时分，周明在大喇叭上喊：“通知，请村‘两委’班子成员、工作队队员、各村民小组组长今天早上十点钟到村委会开会。不准请假，不准迟到。”

周明连续通知三遍。关扩音器时，村主任萧云林走进来，笑着说：“周会计，你天没亮就像扮演公鸡的周扒皮一样催大家起床，啥意思？”

“萧主任来了？我晚上梦游了，天还没有亮就起床了。”周明笑眯眯地说，“我只是再提醒大家一下，不然秋收结束了，有些人就缩在被窝里，太阳把云烤煳了也不起床。”

“哈哈，你周会计也太能煽情了。”萧云林笑着说，“什么梦游啊，什么太阳把云彩烤煳了？是你周会计把美梦和太阳烤煳了。”

这时，何吉祥来了。

何吉祥七点钟就起床了。本来，他准备到周明家去，刚才听到周明在村委会的大喇叭上喊话，就直接到村委会来了。他找周明是为了帮何二水传话，今天推荐道德模范候选人时不要推荐何二水，要推荐周明。起初，何吉祥以为他二叔在开玩笑，可当他确认何二水不是开玩笑后，就想大清早征求征求周明的意见。如果周明同意推荐，他好捕捉周明工作和生活上的闪光点。

看见萧云林和周明聊天，何吉祥一只脚踏进办公室的瞬间，像被人点了穴，瞬间僵在了那里。萧云林说：“何吉祥，你踩到地雷了？”

何吉祥迟疑了一下，走进门说：“萧主任，我以为您与周会计研究工作呢！”

“工作上的事，过会儿开会再研究。”萧云林站起来说，“何吉祥，今天讲谁的故事？能不能提前透露一下？”

何吉祥笑着说：“萧主任，正在确定之中。”

“好吧！你们聊，我走了。”萧云林在办公桌上的烟灰缸里掐灭烟头，离开了会计室。

何吉祥一边坐在凳子上，一边用眼神朝周明示意。周明当然懂何吉祥的意思，说：“我就算了，还是推荐二水哥吧！”

“不行，我二叔说的话，我们最好不要打折扣。”何吉祥认真地说。

“那好吧！今天就不推荐我了。”周明说，“反正上报候选人的时间来得及，等开完会，我们再碰头详细说。”

何吉祥说：“可以，不过您的亮点我还是了解的。”

“吉祥，你昨天开会讲了刘月华孝敬婆婆的故事，那你今天讲谁的故事？”周明非常期待。

“您猜是谁？”何吉祥满脸堆着坏笑说，“大胆猜。”

周明坐在一旁不停摇头。何吉祥接着说：“周会计，您希望我推荐谁？”

周明迟疑了一下说：“吉祥，我们做个游戏，把各自认为值得推荐者的名字写在纸上，可不可以？”

何吉祥点了点头。两个人拿出笔和纸，很快写好今天开会时准备推荐的道德模范候选人的名字，然后周明喊“一、二、三”，两个人同时亮出了写在纸上的名字。

周明笑着说：“吉祥，你是不是徇私？没想到你今天开会要推荐的人是你们何姓人家的儿媳妇。”

“周会计，我也没有想到，您推荐的人竟然是你们家远房侄女。”

快十点钟了，马上就要开会，两个人往二楼会议室走去。

来到会议室，周明扫了一眼，其他人都提前到了，就差他们两个人。今天会议主持人还是村支书周宝平，他说：“现在还不到十点钟，但参加会议的人都到齐了，我们开始开会。今天的内容还是推荐道德模范候选人。大家畅所欲言，尽可能把符合文件要求的人推荐上去，为我们布拉格村争光。”

巴特说：“我提议，还是让何吉祥先推荐他们小组的候选人，大家说可不可以？”

大家鼓掌表示同意。何吉祥说：“既然大家都让我先说，那我就不客气了！”

巴特笑着说：“吉祥，你今天推荐谁？”

“今天推荐的人，和昨天推荐的刘月华一样，是我们小组涌现出的孝老敬亲的典型。大家听了就知道是谁。”何吉祥舔了一下嘴唇，然后开始讲：

尊老爱幼是中华民族的传统美德。这不是口号，而是渗透在每一个人骨子里的真善美。担当，往大里说，是担起热爱祖国、奉献社会的大情怀与神圣使命；从小处讲，是担起一个家庭和睦幸福的最朴素的责任。不需要豪言壮语，但举手投足之间，每时每刻都能让人感受到温暖。

这些像柴米油盐酱醋茶一样普普通通的温暖，周巧巧用最朴素的爱，日复一日、年复一年地诠释着。她用80后的心灵灯火，照亮孝老敬亲的温馨乐园。

听到周巧巧的名字，大家齐刷刷把目光投向她。望着不知所措的周巧巧，大家都觉得何吉祥不但可以胜任第三村民小组组长，还可以当伯乐。他慧眼识珠，竟然把默默无闻当儿媳、勤勤恳恳在村委会干工作的周巧巧挖掘出来了！大家非常期待何吉祥如何讲周巧巧的故事。何吉祥快速扫了一眼大家。从所有人的表情可以看出来，大家对周巧巧很认可。何吉祥接着讲道：

出生于二十世纪八十年代中期的周巧巧，心灵像一团火焰，不分黑日子白日子，时时刻刻在熊熊燃烧。拿她的话说，因为她出生在冬天，害怕寒冷，所以，她在自己的心里点燃一团火，温暖自己，然后去温暖别人。

其实，与很多八十年代出生的人一样，周巧巧大专毕业后，面对工作和地域的问题，曾经苦思冥想过、迷茫过、徘徊过和挣扎过。经过思想斗争后，她到乌鲁木齐市一家很有实力的私营企业从事广告传媒工作，从此开始打工生涯。

刚走出校门的周巧巧与所有同龄人一样，年少有闯劲，但缺少施展才华的平台。在梦想与现实之间穿梭几年后，周巧巧必须面对男大当婚女大当嫁这个现实问题。最终，她结束了在乌鲁木齐市打工的生涯，回到生她养她的青得里村发展。一年后，她嫁到与青得里村相距二十公里的布拉格村，嫁给用面包车搞客运的何久久，成为布拉格村的一员，也成为一个地地道道的农民和家庭妇女。

周巧巧结婚后，一直在家里照顾老人、忙家务，丈夫何久久跑运输。自从有了孩子，她成为专职家庭妇女，照顾老人和孩子，干家务活。周巧巧的公公很早就去世了，只有婆婆一个人独居。周巧巧担心婆婆一个人居住，她与丈夫何久久不在身边，万一发生什么事不能及时照顾，于是为了全心全意照顾好操劳一辈子的婆婆，让她健健康康、快快乐乐地度过晚年，周巧巧结婚后，首先把婆婆接到自己身边一起生活。

当时，婆婆知道自己患高血压、支气管炎等疾病，而且还是经常性的，时好时坏，担心与儿子儿媳一起居住会打扰小两口的生活，说什么也不同意与他们一起居住。经过周巧巧苦口婆心劝说，婆婆最终同意一起居住。

周巧巧的婆婆虽然身体不太好，但却是一个特别明事理的老人。上了年纪，一个人独处多年，心态特别好。平时喜欢唱歌跳舞，性格开朗，为人处事胸襟非常开阔。作为婆婆，她知道做婆婆的责任。面对天性善良，知书达理，性格和自己一样开朗的儿媳妇周巧巧，她以母亲的慈爱，像儿媳妇周巧巧对待自己一样疼爱周巧巧，婆媳俩相处得非常和谐融洽。

作为儿媳妇，周巧巧视婆婆为母亲。她对待婆婆，不管头疼脑热，还是衣食住行，都能做到知冷知热，从未有过怠慢之举。婆媳之间相互信任，相互疼爱，一家人生活得很幸福。

一年秋天，周巧巧的婆婆因多年的高血压突然引发冠心病，需要马上做心脏搭桥手术才能保住生命。但是，这样的手术必须转到乌鲁木齐的医院才能做。突如其来的变故，让家中困难的经济状况雪上加霜。婆婆生病需要医疗费，而家里靠种几十亩玉米和油葵一年收入不了多少钱；丈夫何久久虽然跑客运，可一个面包车每天的收入除去油钱等费用，只能贴补家用。经济的困难没有阻挡周巧巧为婆婆做手术的决心。在周巧巧看来，有钱没钱，婆婆的手术必须做，而且得马上做。周巧巧四处借钱为婆婆凑医疗费，然后陪婆婆去乌鲁木齐做手术。婆婆住院期间，周巧巧守在病床前，日日夜夜寸步不离。

二十天以后，婆婆病情好转，人也精神起来了。只是动过手术后，婆婆再不能像以前那样唱歌跳舞，也不能干力气活了。面对这些现实问题，周巧巧想方设法为婆婆减轻心理压力，消除抑郁心情。她揣摩婆婆的心思，按照婆婆的所思所想对症下药。周巧巧知道婆婆平时除了喜欢唱歌跳舞以外，还喜欢戏剧与评书。于是，她为婆婆下载了很多戏曲和评书段子，让婆婆随时可听。

对待婆婆，周巧巧想得很周到。除了让婆婆在精神上得到愉悦，还在婆婆的饮食起居上下功夫。根据医生要求，婆婆每天服用四五种药品。为给婆婆补充营养，周巧巧每天为婆婆换着花样做饭吃。比如煲骨头汤、熬营养粥等等，以及买各种婆婆喜欢吃的水果。周巧巧尽可能在医生规定的饮食范围内为婆婆增加营养，让婆婆的身体尽快好起来。

周巧巧知道，像婆婆这样的情况，需要长时间疗养才有可能恢复健康。婆婆出院第一年，去医院进行了三次复查。后来，按照医生的要求，婆婆每隔两个月必须到医院复查。婆婆的确是好婆婆，是心地善良的婆婆。看到为她治病，家里花那么多钱，婆婆不愿拖累家人，每次去医院时，总找理由推辞。周巧巧明白婆婆的想法，就采取劝说与撒娇相结合的办法让婆婆去医院复查。每一次，婆婆都拧不过儿媳周巧巧，乖乖去了医院。

就这样，周巧巧一边照顾婆婆，一边操持家务，自己也有了小孩。其间，为了照顾婆婆和孩子，周巧巧忙不过来，便与丈夫何久久商量，把家里的几十亩地租给别人。由于布拉格村的土地不能种植经济价值高的农作物，所以每亩地的承包费非常低。于是，家里唯一的经济来源只能靠丈夫跑运输。为了减轻家里的经济压力，周巧巧决定找工作。本来，周巧巧打算到市里找工作，恰巧遇上市里正在招聘村组干部。周巧巧不负众望，经过笔试、面试等层层考察后，以优异的成绩被录取了。最后，根据她家里的情况，特事特办，上级组织把周巧巧安排在布拉格村村委会担任村文书一职。此后，由于她有文化、有担当和有干劲，被村团员大会推选为村团支部书记。

参加工作第一天，周巧巧默默许下心愿，一定在自己的岗位上好好干，也好好照顾婆婆和孩子。由于周巧巧工作勤勤恳恳、认真负责，多次被市人民政府和镇人民政府授予"基层先进工作者"称号，深受乡亲们的认可和好评。周巧巧作为有知识、有理想、有想法的年轻人，为布拉格村村委会注入了新的活力。

在村委会工作以来，凭借自身过硬的综合素质，无论管理党建工作，还是整理各类档案，周巧巧都能做到井井有条。她还将村务工作的所有资料建立内容详尽的电子档案，提高村务工作效能。同时，她还建立了布拉格村团员信息交流工作群，组织各类志愿者活动，并将活动信息通过各类宣传平台发布，取得了很好的宣传效果。

周巧巧的工作很琐碎，拿她的话说，她的岗位很不起眼，也没有什么惊天动地的大事，但却与布拉格村的每个村民息息相关。为每一个村民建立信贷电子档案，要一户一户走访或打电话落实信息、解答村民的疑问，还要给低保户建档，挨家挨户摸查，为参加养老保险的每一位村民解答和填写报表，为符合领取国家养老金的老人逐一核查身份信息等。这些工作，必须做到细致入微，因为它直接关系到党和国家的政策是否落到实处，也关系到村民们是否能切实享受到国家给予的帮扶政策。小处不能随便，周巧巧经常这样说，也确实在这么做。

自从参加工作以来，她对家人无微不至地照顾，尽可能地抽出时间陪伴家人。婆婆和丈夫对她的工作非常支持。周巧巧曾获得自治区村队（社区）团干部技能大比武第三名和市政府优秀基层干部称号等多种荣誉。

由于工作需要，周巧巧把对婆婆的孝敬用在布拉格村的其他老人身上。她深悟“老吾老以及人之老，幼吾幼以及人之幼”的道理，践行中华民族尊老爱幼的传统美德。周巧巧不愧为敬老敬亲的好儿媳，是布拉格村的骄傲！

在市团委召开的一次会议上，市团委书记表扬过周巧巧，说她在工作岗位上兢兢业业，是基层不可多得的好干部。可在周巧巧看来，她亏欠家人太多太多。记得有一年冬天，正赶上年终工作考核阶段，周巧巧忙得不可开交。当时，婆婆与孩子同时住院，她加班加点忙工作，实在腾不出时间去照顾，丈夫只能停下客运守在医院，她却帮不上一点忙。一直忙到深夜，她连饭都顾不上吃，又去医院陪护婆婆与孩子。十几天后，婆婆与孩子出院了，她累得连说话的劲都没有了。这就是周巧巧，布拉格村村文书，也是布拉格村的好媳妇。

听了何吉祥的讲述，大家站起来为周巧巧鼓掌。周巧巧站起来给大家鞠躬，然后又来到何吉祥面前，给何吉祥深深鞠了一个躬。

“非常感人！作为一个村干部，也作为一个儿媳妇，周巧巧是好样的。”姜华说，“我建议，这次向市里推荐道德模范候选人，刘月华和周巧巧都要推荐。如果大家同意，请举手。”

所有人举手同意。村支书周宝平说：“看来，我们布拉格村亮点很多。下面请大家继续推荐候选人。”

巴特站起来说：“我推荐我们小组的蒙古族村民蒙克达拉。别看他平时除了种地，就是业余时间搞收藏和整理民间传说故事，但其实在三年前，他还干过一件非常了不起的事情，大家想不想听？”

周宝平抢先说话：“巴特讲故事的本事有，我们非常愿意听。”巴特咳嗽了两下，用流利的普通话讲起蒙克达拉的故事：

一个人胸怀诚实守信与真善美的品质，是从小潜移默化教育的结果。无论在家里受父母言行举止的熏陶，还是在学校接受的言传身教，从小确立的正确人生观与价值观会直接影响一个人每天的生活，也会给别人传递看得见摸得着的人生美德。这是村民蒙克达拉的做人准则。

1964年，蒙克达拉出生于布拉格村。高中毕业后，从小有当兵梦想的他光荣地成为一名中国人民解放军战士，前往阿勒泰市某边防部队服役。部队生活像一个大熔炉，让一个初出茅庐的青年变成肩负重任、敢于担当的男子汉。在阿勒泰服役两年以后，蒙克达拉因工作需要转到博尔塔拉某边防部队继续服役三年。

蒙克达拉在军营大熔炉的锤炼下，成长为一名优秀的军人。服役期间，由于他业务水平过硬，工作出色，先后被上级部门评为优秀士兵、红旗驾驶员等。在荣誉面前，他不骄不躁，不断进取。五年后回到自己的家乡布拉格村。他娶妻生子，成为布拉格村的合格农民。其间，他种过地、养过羊，为别人打工开过出租车。后来，他买了一辆面包车搞个体客运。直到五年前，因为一只眼睛有问题，他把面包车交给小儿子经营，自己回家种地。

蒙克达拉有三个孩子。大儿子在市里的一家蒙古族餐厅当厨师，小儿子开面包车跑客运，女儿在市里的歌舞团工作。蒙克达拉上有老下有小，四代同堂，生活其乐融融，非常幸福。蒙克达拉无论待人接物，还是做人做事，始终不忘诚实守信。

对蒙克达拉来说，跑客运和种地，不同的是时间支配，相同的是不怕吃苦、勤勤恳恳、任劳任怨地工作，踏踏实实、明明白白地做事，诚实守信、坦坦荡荡地做人。从他记事开始，无论做人还是做事，都能做到诚实待人、不忘初心。他不忘长辈的谆谆教诲，不忘学校老师的言传身教，不忘在部队大熔炉里的锤炼与成长，更不会忘记作为一个人的良心。

三年前的一天下午，蒙克达拉为小儿子在市里买了一套二手房，蒙克达拉与房东约好，这天下午去交一部分买房子的钱。他到中国农业银行取钱时，一位女营业员接待了他。

蒙克达拉向女营业员报了取款金额后，女营业员告诉蒙克达拉，他们营业厅全是十元与二十元的小面额人民币，用小面额的人民币支付可以吗？蒙克达拉笑着说，只要是钱，小钱大钱都无所谓。听了蒙克达拉的话，营业员就把十元和二十元面值的数捆人民币放在营业柜台上让蒙克达拉清点。蒙克达拉相信营业员，在他表示不需要清点钱的情况下，那位营业员把蒙克达拉需要的六万元装在一个银行专用的大袋里，交给蒙克达拉。

蒙克达拉拿上钱，直接找房东交钱。房主是一位中年蒙古族女性。蒙克达拉把钱交给房主，并让她清点数目。房主相信他，说不需要清点。房主看到银行快要下班了，赶快提着钱袋去银行存钱。

下午7点左右，中国农业银行的那位女营业员给蒙克达拉打电话，说她在营业厅给蒙克达拉支付六万元钱时，多付了两万元，请蒙克达拉把多支付的两万元退回银行。

蒙克达拉告诉营业员，他刚才提取的钱分文未动，已全部交给了房主，他只能核实清楚以后再回电话。挂断电话后，蒙克达拉立即给女房主打电话。房主说，蒙克达拉给她的钱并不是六万元，而是八万元。房主晚上8点钟要参加一个聚会，怕带着蒙克达拉多付的两万元现金不方便，存在银行了。房主正要打电话告诉蒙克达拉多出两万元的事时，蒙克达拉给她打来了电话。

蒙克达拉赶紧打电话给农业银行的那位女营业员，说她的确多付了两万元。第二天，他把银行多付的两万元分文不少地给了营业员。

银行的人很感动。可蒙克达拉觉得，这样的事谁都会和他一样去做。他给农业银行的人说，此事就算结束了，谁都不要再提。银行负责人知道了蒙克达拉退钱的事，非常感动。第二天，银行负责人带着工作人员亲自到蒙克达拉家里致谢，并给他送来一面锦旗。

这个时候，蒙克达拉的邻居才知道蒙克达拉做了好事。

这样大大小小的好事，蒙克达拉做过多少，他自己都想不起来了。每次遇到这样的事，他都将心比心，认真对待。这也是他的姥姥与妈妈经常挂在嘴上的话，蒙克达拉听了半辈子。蒙克达拉一直与母亲生活在一起，非常孝顺，也非常爱自己的妻子和孩子，爱布拉格村的乡亲们。

巴特讲完蒙克达拉的故事，大家为蒙克达拉鼓掌，也为巴特的口才鼓掌。这时，萧云林的老婆胡敏风风火火走进会议室。

胡敏直接走到丈夫萧云林身旁，叉着腰大声说："萧云林，你是不是布拉格村的村委会主任？"

萧云林被突如其来的问话搞蒙了，众目睽睽之下结结巴巴地说："我是，咋了？"

"你还晓得自己是村主任，你羞愧不羞愧？"胡敏指着会议室的所有人说，"还有你们，一个个布拉格村有头有脸的人，还不如周巧巧的婆婆。"

村支书周宝平满脸疑虑地说："大妹子，发生什么事了？"

"发生什么事了？您作为村支书，还好意思问。"胡敏大声说，"你们知不知道？金阳大学毕业后，完全可以留在北京或乌鲁木齐市工作，可他没有，而是怀着对乡亲们的感恩之心返乡种枸杞。你们以为金阳只是为了他们家吗？他是为了给布拉格村找新的致富出路，你们知道吗？你们一个个不动员乡亲们栽种枸杞发家致富也就算了，帮助金阳栽种枸杞苗木总可以吧！金阳花那么多钱从宁夏买来的枸杞苗，三四天必须栽完。今天，全村的父老乡亲都给金阳帮忙栽种枸杞苗去了，就连周巧巧的婆婆也去了，你们却像乌龟一样缩在这里开什么破会！”

胡敏说完话，气冲冲地走了。

此时是上午十一点半，会议室里鸦雀无声。

第二十三章

同前两天一样，栽种枸杞苗木的第三天，金阳天麻麻亮就来到了枸杞地。

前两天完成了百分之四十以上的枸杞苗木栽种，还有将近百分之六十的枸杞苗木没有种上。要是枸杞苗木拖到第四天以后栽种，会直接影响枸杞苗木的成活率。金阳合计了一下，如果第三天将枸杞苗木全部栽种完，从科学角度讲，一百亩枸杞苗木的成活率在百分之九十五以上，甚至全部成活。第四天或以后栽种的枸杞苗木，只有不到一半的成活率。可是金阳知道，今天干活的人与昨天一样，只有一百三十人。即使中午不休息，也只能栽种百分之三十的枸杞苗木。金阳越想越觉得惶恐。金阳早晨出门，母亲死活要跟着金阳来地里干活，被金阳好说歹说劝住了。

金阳心里有一个猜不透的事，那就是在他毕业后回家种植枸杞以来，无论匿名者提供资金，还是联系干活的人，都有人在暗地里帮他，而他就是不知道帮他的人姓甚名谁。比如，从表面上看，这两天给他联系干活人的人是村委会会计周明，但金阳认为不可能是周明。周明只是另外一个人的代表而已。金阳还是了解周明的基本情况的——尽管周明是一个好人，在布拉格村有些人脉。一群麻雀从他的头顶飞过，他的目光随着麻雀的飞翔而移动。当他的目光定格在从村里到枸杞地的沙土路上时，惊呆了！

远远看去，沙土路上密密麻麻的人朝金阳家的枸杞地走来。金阳的第一感觉，是布拉格村的乡亲们在搬迁。可当近三百人涌进他的地里时，金阳才发现，这些人不是搬家，而是给他帮忙栽种枸杞苗木来了。

今天新来的人，被昨天已经栽种过枸杞苗木的人带着，热火朝天开始干活。天还是那么热，没有云霞，甚至连一丝风也没有。昨天栽种的枸杞苗木经过土壤的呵护和天山雪水的滋润后，蜷缩的叶子一夜之间舒展开来。当碰触早晨的阳光以后，叶子又蜷缩起来，紧紧依靠在瘦弱的枝条上，防止被晒伤。

金阳与昨天一样，给商店老板胡敏打电话，让她送比昨天多一倍的矿泉水。胡敏赶快找人装好矿泉水，送到金阳家的枸杞地里。胡敏算了一下，昨天送来的矿泉水还剩十几瓶，可今天，金阳让送比昨天多一倍的矿泉水，是不是干活的人增加了一倍？胡敏越想越生丈夫萧云林的气，越想越生村委会干部的气。于是，她索性关了商店的门，气冲冲来到村委会，给布拉格村的带头人上了一堂如何为民分忧的课。

胡敏用犀利而又充满人性的语言炸弹，对着自己的丈夫和村委会的大小领导们狂轰滥炸后挥袖而去。

望着胡敏离开的背影，姜华一字一句地说："参加会议的所有人，除了村文书周巧巧留下处理村委会的日常工作，其他人带上工具和午饭，十五分钟后在村委会门口集合，去金阳的枸杞地里栽种枸杞苗木！现在散会。”

不到十五分钟时间，村“两委”班子成员、工作队队员、五个村民小组组长等，共计二十余人拿着工具，乘车前往金阳家的枸杞地。

何吉祥、巴特、周明坐在何二水的车上。车子进入坑坑洼洼的沙土路开始颠簸时，何吉祥说：“我二叔简直是诸葛亮转世。那次开会时，他公开叫板第一书记姜华，预测这条路和村西面的路修不成。你们看，果然没修成！”

“你娃娃别乱说，我才不当诸葛亮呢！一辈子操心，还不是落了一个累死的下场。”何二水笑着说，“至于修路的事，我什么也没说。”

“吉祥，好好向你二叔学习。”周明用胳膊肘捅了一下何吉祥，开玩笑地说：“以后说话，不要觉得自己口才好就到处瞎嚷嚷，要过过脑子！”

其实，在何吉祥议论修路的事情时，姜华开车体验颠簸，心里像打翻五味瓶，各种滋味都有。车子走出三分之二的沙土路后，坐在几辆车上的人远远看到金阳的枸杞地里，几百名布拉格村的乡亲正在栽种枸杞苗木。开车的人顾不了颠簸，加快车速赶去。

这一天对金阳来说就像坐过山车，简直能用惊心动魄形容。地利人和都有了，金阳期待的天时也在上午十二点左右终于来了。没一会儿，滚烫的太阳被由西向东的云层没收，紧接着吹起了二三级西风。一阵阵风吹拂着三百多名布拉格村的乡亲，大家觉得凉爽了许多。乘着凉爽的风，大家一口气干到下午两点半才开始陆续吃自带的午饭。

三百多人坐在地里一起吃午饭，场面很壮观。巴特端着泡好的方便面大声说：“吉祥，把嘴张大了吃饭，吃完饭给大家讲笑话。”

何吉祥说：“让蒙克达拉大叔先讲民间传说故事，我后面讲笑话。”

大家匆匆吃完饭，除了个别人躺在一旁闭目养神，其他人围一个大圈听蒙克达拉讲民间传说故事。

蒙克达拉说:“昨天给大家讲了石头城的传说故事，今天给大家讲布拉格草原的传说故事，大家想不想听？”

周明大声说:“蒙克大哥，今天在村委会听了关于您拾金不昧的故事。现在，大家都等着听您讲民间传说故事。”

“谁讲我拾金不昧的事？”蒙克达拉突然有些难为情，“那都是过去的事情，小小的事，不值得说。”

周明说:“蒙克大哥，您的事除了巴特讲，还有谁？”

“嘿嘿。”蒙克达拉笑了两声，没有说话。

巴特说:“蒙克大哥，您的故事多得很，都是真真的事！现在，我们想听你讲布拉格草原的故事。”

在乡亲们的掌声中，蒙克达拉清了清嗓子，开始给大家讲草原的故事。

听着蒙克达拉绘声绘色地讲传说故事，姜华觉得，蒙克达拉与何吉祥一样了不起。在布拉格村，姜华没想到还有这么多人才。只可惜，姜华来到布拉格村时间太短，加上把主要精力放在修路项目的申报上，还没来得及与乡亲们面对面交心，心存遗憾。让他更遗憾的是，修路的项目因为种种原因推迟，他还没有告诉村委会干部和工作队的同事，也没有告诉布拉格村的乡亲们。因为，他不知道该怎么说。姜华认为，这是自己工作上的失误，他愧对布拉格村的乡亲们。

第二十四章

金阳与秦玉认识，是在大学二年级。

学校在图书馆举办国庆美术书法作品展，金阳约几个同学去看展览。与金阳一起看展览的同学除了玩网络游戏，就是攀比名牌衣服、追女生，对什么美术呀书法呀之类的一窍不通，也不感兴趣。

其他同学刚进展厅就四散而去，哪儿女同学多就往哪儿凑，撇下金阳，走一步，停一步，左顾右盼，像一只迷途的羔羊。金阳虽然在大学学习农业类专业，可他从小对文学、书画非常热爱。上初三那年，他的诗歌处女作《风吹过麦子地》在地市级报纸副刊发表。之后，他陆陆续续发表了很多诗歌和散文作品。高二时，他的书法作品在县级展览中获奖，在市级展览中多次入展。升入高三后，因学业繁忙，金阳再没写过诗歌，也没拿过毛笔。可是，文学与书画的情结一直埋在心里，只有等到适合的时候再拾起来。

在展厅里，金阳从展览的序言读起，无论通过楷书、行书、草书、篆书、篆刻创作的中堂、条幅、横幅、扇面、斗方、册页、手卷等书法作品，还是中国画、油画、水彩画、素描、雕塑等作品，无论作品幼稚、青涩、有个性，还是灵动、得体、富有艺术造诣，他都认真欣赏。金阳来到一幅四尺中国画前，四五个女同学正在这幅画前指指点点。这时，金阳的新疆同学走过来说:“我像一个算命先生！我刚才还对咱们新疆的一个同学说，我算得准准的，你金阳肯定在这幅画前，果然不出所料。”

这位新疆同学说话的声音像在吵架，站在画前的几个女同学都回过头来看。新疆同学推搡着金阳凑近这幅画，几个女同学闪在一旁，但并没有离开。新疆同学说:“金阳，你好好看看，画的是咱们新疆风情。全展厅只有这一幅新疆题材的中国画，我看了突然很想家，想新疆的羊肉串和拉条子。”

那几个女同学听了新疆同学的话，站在一旁偷笑。金阳并没有说话，而是走近那幅画，认真地欣赏。新疆同学轻轻拍了一下他的肩头说:“金阳，你懂这玩意儿，讲一讲，画得攒劲不攒劲？”

“当然攒劲。”金阳终于说话了，几个女同学也凑近一起听。金阳说:“看落款，这幅画的作者名叫秦玉，可能是去过新疆的女画家。”

“金阳，不要研究画画的人，你快说说这幅画画得咋样？”新疆同学有些着急，“你仔细看，画的是我们新疆哪个地方？”

“肯定画的是天山大峡谷，那个地方是摄影家和画家创作和写生的天堂。”金阳的眼睛始终没离开那幅画，“天山大峡谷位于乌鲁木齐市以南。那是天山北坡地带，有最完整、最具观赏价值的原始雪岭云杉林，让人有穿越的感觉。这个地方囊括了除沙漠以外的新疆所有自然景观，是了解人类农耕文明之前关于游牧文化的活标本和窗口。”

“我们新疆太美了！”新疆同学自言自语。

金阳接着说:“这幅画的构图非常独到，小小的四尺宣纸上，竟然把新疆天山大峡谷非常具有特色的地域和植物呈现了出来。而且，用墨既有轻描淡写的慢时光，又有排山倒海的快节奏，墨色浓淡相宜，韵味十足。同时，整幅画的布局疏密有致。密处风过瘦身，疏处天高路远，可以聆听到时光的声音。”

“金阳，听你的讲解，我突然有了戒掉网游的想法。”新疆同学打断金阳的话，一边撩着头发，一边像在忏悔，惹得一旁的几个女同学偷偷扮鬼脸。

“这幅画非常有意境。”金阳接着说，“欣赏这幅画，让人有身临新疆天山大峡谷的感觉。你会发现，喧嚣那么遥远，远得让人瞬间回到人之初。剩下的只有清丽、简单、辽阔的心境。这幅画赐予的是精神伊甸园。它不需要回报什么，也不需要泛滥的应酬，一切都是那么自然而然。”

金阳说着，竟然到了忘我的境界。一旁的女同学开始鼓掌。金阳用手擦了擦泛出眼眶的泪水自言自语说:“见画思景，跑题了，让大家见笑了。”

“金阳，你说的话虚虚实实，像玩网游，简直像网游遥控器。”新疆同学笑着说，“你自己玩吧，我闪了！”

金阳并没有回头，目光仍然停留在那幅画上。此时，他听到身后一个女同学说:“秦玉，快感谢一下人家！你的大作被人家评论得像一篇隽永的散文诗，赶快致谢吧！”

金阳回过头，四个女同学齐刷刷朝他微笑，只有一个女同学咬着嘴唇，盯着金阳，怯怯地说:“谢谢你！给我的乱涂鸦这么高的评价，我高兴，也惭愧！画得不好，见笑了。”

金阳迟疑了一下，笑着说:“画得真好！没想到，我今天遇到真佛了。既不懂，又乱说，请见谅！”

“我的画非常糟糕，你的评论十分精彩，谢谢你！”女同学看着眼前这位高个头、长相清秀、非常儒雅的同学，突然有些羞涩。她伸出右手，“我的名字叫秦玉，秦始皇的秦，玉石的玉，请问你？”

金阳打量着瘦高素颜、穿着简单而时尚、青春活力扑面而来的秦玉，赶快握住她的手，笑着说：“秦玉同学好！我叫金阳，金色年华的金，艳阳高照的阳，农业学院二年级。”

听了金阳的介绍，旁边的四个女同学开始嘀咕。其中一个女同学说：“他的名字好富贵，可他介绍自己名字时，不说是黄金白银的金，太阳的阳，一点都不显摆。没想到，他还是一个懂画的行家，说话像写诗！这个男生与众不同。”

“与众不同，也没有你的份，肯定被他的老乡秦玉包圆了。”另一位女同学笑嘻嘻地说。

“金阳同学，你是新疆哪儿的？”秦玉一直紧绷的脸终于露出微笑，她接着说，“我家是乌鲁木齐市的，我在美术学院上大二。”

“老乡好！”金阳笑着说，“我家是博尔塔拉的，你去过没有？”

秦玉说：“博尔塔拉有一个赛里木湖，风景非常好，我去过好几次。”

“噢。”金阳不停点头。此时，有个女同学笑着说：“秦玉，老乡见老乡，两眼泪汪汪！赶快哭着加微信。”

其实，女同学只不过是在调侃秦玉，却无意间提醒了她。秦玉心里没有把握，试探性地说：“可以加你微信吗？”

金阳点头拿出手机。加完微信后，秦玉给金阳介绍她的四个女同学。原来，都是秦玉美术学院的同学，来自不同的城市。随后，秦玉与同学离开了，金阳继续看书画展览。

接下来，金阳无论观赏画作还是书法作品，都没有此前聚精会神。他满脑子除了那幅画的作者秦玉，就是那幅新疆题材的中国画呈现的天山大峡谷。

对金阳而言，天山大峡谷是他觉得最美妙的地方之一。由于金阳学习好的缘故，他上初中和高中期间多次参加过疆内外举办的夏令营活动，去过很多地方，可是他觉得天山大峡谷是让他最魂牵梦萦的地方。

第二十五章

栽种完一百亩枸杞苗木的第三天上午，金阳拿着七万元工钱来到村委会。村“两委”班子、工作队和五个村民小组组长正在开会，金阳不便打扰，便在村委会院子里的一棵海棠树下休息，等会议结束。

姜华往楼下瞄了一眼，看见金阳来了，站在会议室的大窗子前喊：“金阳，你有事吗？别在院子里坐着，到二楼会议室来。”

金阳说：“姜书记，不打扰你们开会，等你们开完会再说。”

“快上来，我们特邀你也一起开会。”姜华又动员金阳。

金阳不好再拒绝，便上了二楼。刚走进会议室，姜华说：“金阳，你有事先说。”

金阳用微笑和点头的方式与大家打招呼，然后认真地说：“各位领导好！我想通过村委会把前几天栽种枸杞苗木的工钱发给大家。名单和工钱的明细我全列好了。”

“啊，还真发工钱？”巴特说，“那天我去地里干活时，听好多人讲，他们都是抱着不要工钱的想法去干活的。你们家欠了那么多钱，又花了那么多钱买枸杞苗木，哪有钱发工钱。都是乡里乡亲的，帮一把也是应该的。”

会议室里一片沉默。

金阳动情地说：“刚才听了巴特叔叔的话，我代表全家人感谢乡亲们！不过，欠钱是欠钱，工钱是工钱，两码事。欠钱，我以后不但要还，而且连利息一起还。可工钱不一样，我承诺过，一定在干完活后三天之内支付，今天就是第三天。”

看到金阳执意要支付栽种枸杞苗木的工钱，姜华懂得金阳这么做的良苦用心，他说：“给大家的工钱，一定要支付！开完会，辛苦一下周会计，按金阳提供的名单和钱数，把工钱支付了。至于今天在座的人的工钱，就不要发了，拿出来，当给干活的人买矿泉水喝，大家有没有意见？”

看到所有人在点头，姜华接着说：“金阳，就这么定了！你既然来了，也坐下来开会。”

金阳正要说话，被姜华摆手制止了。金阳只好坐在一个空出的椅子上一起开会。

开会商讨的一项会议内容，就是上报道德模范候选人。布拉格村的五个村民小组原打算各报一个人，可村主任萧云林和村支书周宝平的意思是不要按村民小组定候选人，就按所报候选人的先进事迹与文件要求，只报刘月华、周巧巧、蒙克达拉和周明四个人。但是，由巴特推荐的第五个候选人是一位名叫巴图的蒙古族小伙子。还没等巴特讲巴图的个人事迹，就被两个人否定了，巴特有些不服气。他们的理由很简单，虽然巴图的户籍在布拉格村，但是巴图不在村里种地，一直在市里打工。

巴特说：“只要巴图的户口还没有从布拉格村迁走，他就还是布拉格村的人，为什么不能推荐巴图作为道德模范的候选人？”

见好多人都支持巴特，为了尽快解决问题，姜华说:“既然巴特提出来了，那就讲一下吧！如果事迹感人，我们村就上报五个候选人。如果事迹一般般，就按周书记和萧主任的意思办，大家说行不行？”

除了周宝平和萧云林两个人，大家同意巴特讲述巴图的先进事迹。巴特起初闹情绪不想讲，但在大家热烈的掌声中，他终于同意开始讲:

巴图今年二十四岁，出生于布拉格村一个农民家庭。初中毕业后，由于家里生活困难，他辍学打工减轻家里的负担。从巴图决定去外面打工那一刻开始，他便给自己的打工方式做了定位。他想，既然打工，就要往长远看，他不愿只凭力气去建筑工地干小工。针对自己的爱好，他决定到市里的一家汽车修理厂当学徒，学习修车技术。因为无论以后从事什么职业，他必须要学会一技之长。起初，家里人不同意他去汽车修理厂当学徒，家人想让他贷款养鸡鸭鹅。在巴图反反复复劝说下，家里人最终同意了他的想法。

巴图从小就喜欢汽车。不管是开车还是修车，甚至是制造汽车，只要与汽车有关的事情他都喜欢。他想在不久的将来，开一家属于自己的汽车修理厂。

那年，巴图来到市里，开始了他的打工与学习手艺的生涯。此后，他的工作精神感动了汽车修理厂老板，他成为市里最大一家汽车修理厂的工人。在修理厂上班的日子里，巴图从熟悉每一个螺丝钉开始，跟着师傅虚心学习，从不懂汽车修理技术到慢慢入门；从一点一点知道简单处理汽车表面的毛病，到熟练掌握汽车发动机的构造原理与故障排除，甚至再到自己独立完成对一辆汽车的故障排除工作，工作越干越好。

经过长达四年的汽车修理学习与打工生涯后，巴图完全可以独立修理与排除汽车的所有故障。他在修理厂打工的同时，给自己租了一个大库房，独自开始汽车修理的业务。

从事汽车修理工作以来，由于巴图待人热情，服务态度好，凡与他打过交道的司机都竖大拇指。巴图从小性格开朗，喜欢交朋友。在布拉格村，他有很多好朋友。他上小学三年级那年冬天，放学回家的路上，有一位比巴图胖的同学不小心摔倒伤了一条腿，瘦弱的巴图背起受伤的同学，趔趄着朝卫生院走去，后被过路的大人发现，帮忙送到了卫生院。他身上散发的热情与爱心，深受大人们称赞。

巴图八岁那年夏天，透过铁门，发现邻居家的院子里全是水。当时，正值农忙时节，巴图想，肯定是邻居家忘记关水龙头了。他二话没说，搬来梯子从邻居家的院墙翻过去，发现确实是邻居家的水龙头忘记关了。等邻居干活回来，知道巴图帮他们家关了水龙头，非常感动。

两年前的一天中午两点钟左右，在离巴图上班的修理厂不远的一片树林子旁边，有一位名叫娜仁花的蒙古族女孩看见一个精神不正常的中年男子正用铁条殴打一位老人。看上去，那个中年人打人的架势是下死手。娜仁花既担心又害怕。这是第一次亲眼看见有人行凶。她想冲上去，可是她身单力薄，唯一能做的是报警，喊人求救。

惊慌失措的女孩看见一个小伙子从附近的汽车修理厂走出来，娜仁花大喊救命。巴图毫不犹豫地冲向行凶的人。行凶男子满脸杀气，被殴打的老人满脸是血，奄奄一息。

巴图冲上去，抓住行凶男子手里的铁条，用脚绊对方的腿，行凶男子被绊倒在地。巴图夺下铁条，顺势把行凶男子按倒在地上。这时接到娜仁花电话报警的警察赶到现场，把行凶男子铐上警车。把受伤的老人抬上一辆出租车以后，巴图才发现，自己在抢夺行凶男子手里的铁条时，一只手受伤流血。

让巴图遗憾的是，老人因伤势过重，在医院抢救无效，再也没有醒来。

与巴图一起制伏行凶男子的中学生娜仁花说："当时，我很害怕，只能打电话报警。而巴图哥哥很勇敢，为了救老人，什么都没有想就往上冲。在我心里，他是一个真正的英雄。"

这件事情已经过去了两年时间，除了家人，巴图从未给外人讲过。可每当巴图想起此事，心里仍然无法平静。但对每天靠打工养家糊口的他来说，生活还在继续。每天上班，在老板的修理厂修车；每天下班，巴图在自己租住的车库修车。

巴图的亲戚朋友知道他救人的事情后，都说他是英雄。可巴图觉得，他算什么英雄，遇到这样的事情，谁都会冲上去。

这就是布拉格村的年轻人——巴图。

巴特讲完巴图的事迹，大家热烈鼓掌。姜华笑着征求周宝平和萧云林的意见："周书记、萧主任，听了巴特讲巴图的事迹后有什么看法，与大家交流交流。"

"如果是真的，巴图这个小伙子真的可以上报！"周宝平说。

萧云林说:“今天不是巴特讲，我的确不知道咱们布拉格村的小伙子这么优秀。我同意巴特的提议，推荐巴图为道德模范候选人。”

周宝平说:“我也同意。”

姜华说:“大家如有不同看法，现在可以提出来。”

看到大家都同意，姜华说:“上报道德模范候选人的事情，暂时告一段落。下面由萧主任主持研究第二项会议内容。”

萧云林说:“同志们！按照市政府要求，今年秋收以后要重新评估贫困户和低保人员。根据村委会对今年农户收入的情况分析，我们村有三个贫困户摘掉了贫困帽子，同时取消低保。请大家好好评估一下，有没有漏掉和因为疾病或其他原因返贫的。”

“萧主任，能不能公布下那三个脱贫户的名字？”

萧云林说:“三个脱贫户的户主分别是第一村民小组的金永生、第二村民小组的何雄伟、第五村民小组的周全。”

听了这几个名字，大家一片哗然。大家除了同意何雄伟和周全两户摘掉贫困户帽子外，对金永生家能否摘掉贫困户帽子提出异议。除此之外，大家争议的焦点放在了村支书周宝平的堂侄子周二娃、村主任萧云林的堂弟萧军身上。周二娃为儿子在市里偷偷买了房子，萧军的老婆在镇里开凉皮店。表面上都是贫困户，其实两家人早成了富裕户，应该纳入脱贫户。

大家七嘴八舌，会议一直开到中午才结束。

第二十六章

乡亲们通过村会计周明之手，从一二百元到四五百元不等，全部领到了给金阳家干活的工钱。一部分村民开始相信金阳了，还有一部分村民仍然在观望。

一百亩枸杞苗木全部种上，金阳接下来开始筹划大棚蔬菜项目。栽种完枸杞苗木第二天，他与徐教授通电话，求助蔬菜苗和种子的事。面对得意门生，徐教授对金阳从来都是有求必应。金阳除了学习成绩优秀以外，通过一百亩枸杞苗木的顺利栽种，徐教授认为金阳的执行能力也很强。如果说徐教授支持金阳搞枸杞种植项目是抱着试一试的想法的话，那支持金阳搞大棚蔬菜项目就完全是出于信任了。

远在北京的徐教授在全国农业科研战线上有很多人脉，对新疆的菜篮子情况也了如指掌。挂断金阳的电话，徐教授和他的学生——新疆玛纳斯高科技蔬菜种植基地负责人毛毛电话沟通，为金阳解决优质蔬菜苗和种子之忧。至于技术问题，徐教授对金阳很看好，不必操心。

金阳又一次来到他家的后院，此刻，除了与何二水家分界的那条白线让他不爽外，他的心情像秋高气爽、碧空万里的天气，他的想法像后院里驻守了十几年的八棵枸杞树，天马行空，无拘无束。金阳通过木头梯子爬上前院的房顶。站在房顶上，放眼望去，他们家后院之大让金阳突然感到陌生。这一切，也许是父亲在冥冥之中的安排。金阳觉得，老天爷很眷顾他，天时地利人和都有了，就差一点点“东风”——钱。

鸟瞰偌大的院子，金阳眼前仿佛出现了一排排塑料蔬菜大棚，丝绸般耀眼的白色塑料大棚里面，隐隐透着各种蔬菜舒展的叶片。蔬菜大棚外面拉菜的大小车辆排出的长队，一眼望不到边。收获就在眼前，金阳高兴得笑起来。

金阳家的后院朝阳，四周没有遮掩物体，日照时间很长，非常适合种植大棚蔬菜。金阳因忙枸杞苗木栽种的事，好几天没有发朋友圈了，于是他在房顶拿出手机，拍了一张整个后院的照片，往微信朋友圈发照片时写了一段话：

> 也许大家都熟悉这个院子，对，就是我们家的后院。这个院子，即将成为记忆。因为，代替它的将是一座座绿色无公害蔬菜大棚。到时候，想食用无公害蔬菜的朋友，别忘了找我哦！

金阳望着一百八十多米长、四十多米宽的大院子，谋划着究竟建几个蔬菜大棚。突然，金阳意识到，院子的长度现在应该是一百六十五米，因为十五米院子划给何二水家了。

吃午饭时，母亲到后院找金阳，找了两次都没有找到。母站在后院自言自语：“真奇怪，这个娃娃明明来后院了，怎么不见人？会不会跳墙去枸杞地里了？大白天说梦话，全是枸杞。”

看到母亲找他着急的样子，金阳忍不住想笑，只好从房顶下来。

建蔬菜大棚的钱从哪里来？金阳计算过，匿名好心人给转账的钱和贷款的钱加在一起，支付购买枸杞苗木、栽种枸杞苗木、安装一百亩滴灌设施、在地头建造二十平方米左右彩钢板房子、萧云森家六十亩地租金和其他杂七杂八各项费用后，他的农业银行卡里只剩两万三千六百余元钱，建设银行卡上只有七千元左右。而建蔬菜大棚，需要一大笔钱。

吃过中午饭，金阳打开笔记本电脑，正准备完善蔬菜大棚项目的建设和预算方案，会计周明来找他。金阳正准备沏茶喝，周明抓住金阳的一只胳膊来到后院。两人坐下后，周明像发现新大陆一样笑眯眯地说：“金阳，虽说你父亲没有给你留下什么真金白银，还给你留下一摊子烂账，可是在我心里，你父亲是一个智者。比如这个几千平方米的大院子——他给你早打好了基础，让你大显身手。”

金阳有些蒙圈。周明接着说：“金阳，我今天找你也不绕弯子了，直接把好消息告诉你。”

“周叔叔，什么好消息？”金阳有些恍惚和疑虑。

周明说：“我给你联系了一个专业修建蔬菜大棚的冯老板，也算是好朋友吧！他的团队，不但保质保量，而且工价在咱们整个市里是最低的。我找你，主要想征求一下你的意见。”

“周叔叔，太好了！您简直就是我的救星。我正在考虑建蔬菜大棚这件事呢！”听了周明的话，金阳很激动。

“还有更好的消息。”周明说，“我的朋友说，看在我的面子上，工价在最低的基础上再让百分之五。而且，一半工钱在施工期间支付，另一半工钱在完工半年之内支付。”

“谢谢周叔叔！”金阳紧紧握住周明的手，激动地说：“能不能这两天与冯老板见个面，我们一起完善一下方案，也顺便把合同签了。”

周明说：“就明天吧！我与冯老板联系，让他来咱们村，到你家后院看看，再做打算。”

“好吧，明天！”金阳的喜悦难以言表。

送周明离开后，金阳重新打开笔记本电脑，正要修改蔬菜大棚项目的方案时收到一条短信，内容显示：

【中国农业银行】您尾号 4188 账户 09 月 26 日 15：06 完成转账交易人民币 500000.00，余额 523658.38。

金阳翻来覆去看这条短信。看着看着，徐教授、杨朵教授、周明等人的面孔在手机屏幕上像幻灯片一样滑动，可就是不知道三次给他银行卡上打钱的人到底是谁。这种猜谜般的游戏让金阳头昏脑涨。下午四点左右，他昏昏沉沉睡去。

金阳被母亲叫醒后，发现自己睡了两个多小时。母亲说：“看到你睡得很香，不忍心叫醒你，让你多睡了十分钟。”

金阳揉着眼睛，说：“妈，有事吗？”

母亲说：“十分钟之前，村里的大喇叭通知你去村委会开会。”

金阳赶快拿起手机看，果然有四个未接电话，手机静音没听见。他从床上跳下来，用凉水洗了一把脸，匆匆忙忙去村委会。刚停好自行车，看见蒙克达拉朝村委会走来。

蒙克达拉来到金阳面前，笑着说：“金阳，谢谢你！你把栽种枸杞苗木的工钱全部支付了。在我眼里，你一定能办成大事！”

“应该感谢蒙克叔叔，您辛苦了！”金阳一边鞠躬，一边说：“借您吉言。”

蒙克达拉说：“金阳，你也参加会议吗？”

“是的。”金阳说，“蒙克叔叔，我们是不是迟到了？”

蒙克达拉看了一眼手表，笑着说：“没有迟到，离开会的时间还有五六分钟。”

上二楼时，两个人谦让来谦让去，最后，蒙克达拉走在前面，金阳跟在后面。会议室里坐了四十多人，会议还邀请了二十个村民。姜华陪同两个领导模样的人走进会议室。村支书周宝平说：“各位领导、同志们，现在开会。今天的会议内容是关于布拉格村旅游开发的情况说明。下面请姜书记给大家介绍参加会议的领导。”

姜华说：“我给大家介绍从市里远道而来的领导——市旅游局副局长田莫同志和市旅游开发集团总经理陈亮同志，大家欢迎！”

掌声过后，姜华接着说：“今天参加会议的还有村‘两委’班子成员、工作队队员、五个村民小组的正副组长，以及二十位村民代表。在此，我特别要向两位领导介绍金阳，他是我们布拉格村第一个大学毕业后返乡创业的大学生，他想通过种植枸杞、建绿色无公害蔬菜大棚、搞鸡鸭鹅养殖，与乡亲们一起奔小康。”

在掌声中，周宝平说：“我们以热烈的掌声欢迎田莫局长讲话！”

“首先，感谢布拉格村的领导和乡亲们的掌声！金阳大学毕业返乡创业的事我听说过。年轻人了不起，以后一定能干成大事。”田莫说，“由于时间紧、任务重，今天下午，我和陈亮总经理来到布拉格村，就旅游开发工作进行对接。布拉格村的旅游资源非常丰富，比如石头城、布拉格草原石人和墓葬遗址、饮马泉、七彩湖等等，当然，还有正在种植的枸杞项目、绿色无公害蔬菜大棚观光农业和即将兴起的农家乐，如果把这些资源和亮点整合，形成一只拳头打出去，会给布拉格村带来另一番景象。下面，陈亮总经理会具体讲，我就不展开说了。总而言之，布拉格村旅游开发项目如果没有人通过信访渠道提议，说不定我们现在还不知道呢！这是我们工作上的失误。借此机会，感谢这位通过书信匿名提建议的朋友！”

听了田莫副局长的讲话，大家持续鼓掌。掌声，既是给田莫副局长的，又是给匿名写信者的。

等掌声完全停下来，平时说话细声细语的周宝平也来了兴致，放开嗓门说:“下面请大家热烈欢迎陈亮总经理讲话！”

“感谢大家！”陈亮笑着说，“很高兴来到美丽的布拉格村。由我们集团开发的布拉格村旅游项目即将拉开序幕。接下来，我们经常要与布拉格村的乡亲们打交道。在座的都是布拉格村的领导和村民代表，希望大家多多关照！我要特别说明的是，开发布拉格村旅游项目，一方面是为了让布拉格村通过旅游和其他特色种植项目整村脱贫，人人过上小康生活；另一方面，布拉格村的旅游资源放到全市都是非常有亮点的。经过前期开发，计划在明年五月旅游黄金期对旅行社团体游客和自驾游客开放。”

掌声夹杂着叫好声在会议室回荡。田莫副局长感受到大家发自内心的喜悦，说:“我知道布拉格村有一位了不起的人物，他是一位蒙古族村民，名字叫蒙克达拉。经常在报纸上看到他写的文章，尤其是民间传说故事，在我们市很有影响。我建议，让蒙克达拉老师给大家讲一讲关于布拉格村景点的民间传说故事，可以吗？”

“蒙克大哥，来一个。”巴特第一个站起来，其他人跟着附和。瞬间，会议室里像在举办联欢活动。

蒙克达拉站起来说:“向两位领导问好！下面我给大家讲讲布拉格草原石人的传说故事。在讲之前，我先介绍一下布拉格草原石人的总体概况。如果讲得不好，请大家谅解！”

掌声，笑声，叫好声，声声悦耳。蒙克达拉清了清嗓子，开始讲起来:

布拉格草原位于布拉格村西北方向，距布拉格村五公里左右。由于气候原因，以前风吹草低见牛羊的景象一去不复返了，但草木稀疏的草原上，空远和辽阔仍在，分布于草原上的大大小小的石人和规格不一的古墓群仍在。布拉格草原上分布的石人，目前有大石人一尊，高约一米八，宽约四十厘米，四方脸面，宽鼻，宽嘴。小石人有五十八尊，高一米至一米二不等，脸部特征与大石人相仿。所有石人虽然经受风霜雪雨的侵蚀，但面貌轮廓非常清晰。当你行走在布拉格草原上与石人默默对话时，你会感受到石人迸发出的无穷力量，会看到凝固在草原石人身上久远的时光。在空阔而静美的布拉格草原上，石人是草原吉祥的象征。布拉格草原不但有神秘的石人方阵，还有四季变换的景色。春天的布拉格草原，生机盎然，让人浮想联翩；夏季的布拉格草原，荒漠与稀疏的绿色草木编织出别样的景观；秋天的布拉格草原，秋高气爽，雁阵行吟，犹如水墨画；冬季的布拉格草原，万顷雪域，千姿素雅，别样风情。这就是布拉格草原和石人方阵呈现的美景。

蒙克达拉介绍完布拉格草原及石人的基本情况后，接着说："下面我给大家讲讲布拉格草原石人的民间传说故事，这是我花了很长时间整理完成的。"

叫好声此起彼伏，蒙克达拉开始讲布拉格草原石人的传说故事：

很久以前，布拉格草原上生活着一对母子。母亲六十岁，双目失明，病魔缠身。二十三岁的儿子沙德克以放牧为生。母子相依为命，过着草原游牧生活。

其实，十年前，沙德克家的生活状况不是这样的。沙德克年少活泼，无忧无虑，每天喜欢拿着马鞭子赶着家里的马群，骑在马背上信马由缰，快乐极了。

那时母亲没有失明。十三岁的沙德克不但有父母，还有两个姐姐、一个哥哥、一个妹妹，一家七口人，在蝶舞莺飞、草丰水美的布拉格草原放牧，生活富足，日子过得红红火火，非常幸福。那年夏天，沙德克与母亲去距布拉格草原三十公里的一个牧场看望舅舅和舅妈，父亲与姐姐、哥哥、妹妹留在草原放牧。

沙德克与母亲在舅舅家里待了三天，第四天回到布拉格草原时发现父亲不见了，两个姐姐、一个哥哥与一个妹妹不见了，五百只羊、八十头牛、三十匹马、十二峰骆驼不见了，就连三条牧羊犬也不见了。

沙德克与母亲坐在毡房里等了三天，父亲与其他亲人还是没有回来。于是，沙德克把母亲留在毡房，自己骑马到周边寻找。风餐露宿，跑了一百多公里仍没找到。

沙德克筋疲力尽地回到布拉格草原。走进毡房发现，母亲双眼哭瞎了，突然变得满头白发。他简直不敢相信自己的眼睛，抱着母亲号啕大哭。

此后，母子俩在舅舅的援助下重整旗鼓，继续在布拉格草原放牧。一晃过去十年时间，母子俩表面上不提曾经发生的不幸，可在心里，他们每天都希望自己的亲人突然回来。

这年夏天，沙德克与母亲吃完早饭，母亲在毡房休息，他骑马去放牧。沙德克把一百多只羊从栅栏里浩浩荡荡赶到草场边缘。羊群默默食草，沙德克平躺在草地上，突然听到一阵马蹄声。他像弹簧一样从草地上弹起来。

一匹黑马驮着一个人向他跑来。跑到他面前时，马背上的人掉下马来。这是一个二十岁出头的女子。沙德克发现女子还活着，赶紧把她抱到马背上，朝毡房奔去。

过了一天一夜，女子苏醒并逐渐恢复体力。沙德克才知道，这位女子名叫布亚娜，是距布拉格草原八十公里外一个乌孙部落的公主。由于部落发生内乱，她的家人被叛贼诛杀，她骑马逃走，来到布拉格草原。女子边说边哭，痛不欲生。

沙德克为安慰布亚娜，第一次当着母亲的面诉说了十年前他家的遭遇。布亚娜听了沙德克的话后，突然止住哭，问沙德克认不认识一个叫丹曲的女孩？沙德克与母亲听到这个名字，非常惊讶。沙德克告诉布亚娜，他有一个今年十九岁的妹妹名叫丹曲。布亚娜说，十年前，他们部落贩卖奴隶，从周边牧场抓了很多牧人。她听丹曲讲过，她与父亲、两个姐姐、一个哥哥，还有好多牲畜，都是从布拉格草原被抓来的。丹曲还说过，她的母亲及一个哥哥去了舅舅家。丹曲还说，她当时九岁。

听到这里，沙德克母亲哭成了泪人。布亚娜接着说，抓来的人，都被卖到很远的部落当奴隶了。她看到丹曲很漂亮，就哀求父亲把丹曲留下来做她的女仆。她比丹曲大两岁，两人每天一起玩，她吃什么，丹曲吃什么，情同姐妹。直到部落发生暴乱，她的家人被杀，她与丹曲逃跑时走散了。此前，丹曲曾多次想去布拉格草原寻找母亲与哥哥，可被卫士监视，无法逃走。现在，丹曲是死是活，她也不知道。

沙德克的母亲听了布亚娜的话，一时急火攻心，第二天早晨就去世了。沙德克把母亲安葬在布拉格草原南面的山坡上。这时布亚娜才知道，她身处的地方正是丹曲说过的布拉格草原。刚刚去世的老妈妈是丹曲的母亲，这个像大山一样伟岸的小伙子是丹曲的哥哥。

布亚娜想起她的父亲与部落族人十年前给这一家人带来的灾难，痛苦极了。她暗暗发誓，不但要找到沙德克的妹妹丹曲，还要联合没被叛贼诛杀的部落族人清除叛贼，重振父亲经营了多年的乌孙部落。

安葬完母亲这天晚上，沙德克发现布亚娜不见了。就像十年前他的父亲与所有亲人一样不见了，同时不见的还有布亚娜的黑骏马。沙德克每天守在母亲的墓前，他认为布亚娜一定是找他的妹妹丹曲去了。沙德克相信布亚娜与他的妹妹丹曲会回来，走失十年的父亲、两个姐姐、一个哥哥也会回来。

沙德克开始了茫茫无期的等待。即使等到地老天荒，他也要守在布拉格草原，等待被乌孙部落贩卖到远方的亲人回到布拉格草原的怀抱。如果真有那么一天，远在天堂的母亲，一定会看到。

可是，沙德克等了很久，他的亲人一个也没有回来。最后，他把自己等成了一尊石人。有一群因战乱而无家可归的牧人路过布拉格草原时，被沙德克的真情感动，愿意留在布拉格草原陪着沙德克一起等。最后，五十八个流亡的牧人把自己也等成了石人。从此，在风光秀美的布拉格草原上，沙德克和五十八个流亡牧人变成的石人，一边守护草原，一边继续等待沙德克的亲人归来。

蒙克达拉话音刚落，田莫和陈亮同时站起来鼓掌。蒙克达拉觉得自己没讲好，但看到大家用掌声和喝彩肯定自己时，他激动得热泪盈眶。

田莫副局长对蒙克达拉说:“蒙克老师，您讲得真好，不亚于专业的导游。关键是这些传说故事是您自己整理的，非常生动。如果以后讲给游客听，他们肯定会对布拉格草原石人着迷。”

蒙克达拉因激动而语无伦次，他说:“谢谢，谢谢局长鼓励！我觉得，觉得自己讲得不好，让您见笑了！”

田莫说:“像咱们布拉格村有特色和亮点的风光、历史遗址，您已经整理好的景点介绍文字和传说故事，有多少?”

蒙克达拉说:“布拉格村周围知名或有特色的景点故事，我已经整理了二十二个，重点整理好了八个。不过，还要查阅文献继续完善。”

站在一旁的陈亮总经理说:“太好了！等您把每一个景点的故事传说整理和完善以后，我们印刷成宣传册，让游客通过文字资料了解布拉格村独特的美。”

蒙克达拉非常激动，不停地点头。田莫副局长与陈亮总经理临走时，分别与蒙克达拉留了联系方式。

天快黑了，姜华留两位领导吃完农家饭后再走，可两人推说有事，直接回市里了。

送走两位领导，姜华让大家重新回到座位上。姜华说:“下一步不仅仅只修村子东西两边通往地里的六七公里路，而是要把村子通往各景点的路都修通。但是，又错过了一个秋收季节，给乡亲们增加了很多不便，我代表工作队向乡亲们道歉！”

姜华站起来给大家鞠躬的时候，何二水说:“姜书记，您太客气了！你们工作队队员舍家来布拉格村帮助我们，应该是我们感谢你们！”

何二水的话可以代表所有布拉格村的乡亲们。平时扮演刺头角色的何二水突然说出这番话，让姜华觉得鼻子酸酸的。他怀疑自己听错了，可这些话的的确确是何二水说的。

大家离开会议室时，天已经麻麻黑了。

今天的会议内容，对布拉格村人来说，是好消息。就像金阳种植枸杞和准备建绿色无公害蔬菜大棚一样，都是好消息。

第二十七章

周明给金阳联系的蔬菜大棚施工负责人冯老板按照约定时间来到金阳家后院。周明分别介绍金阳和冯老板。大家熟悉后，金阳拿出自己设计的方案。冯老板看过后院的面积和设计方案后，对方案提出修改建议。金阳觉得很合理，无论造价还是蔬菜大棚的造型，都在可以操作的范围之内。冯老板想知道九座蔬菜大棚只包工，还是包工包料。金阳想全包，但只有一个要求，就是施工时，除了技术人员，小工全部用布拉格村的人。至于每天干活时间的长短、怎么支付工钱，由冯老板决定。

金阳和冯老板商议各种细节时，周明坐在一旁抽烟，两人谈好口头协议后，周明提出签一份纸质协议，被冯老板拒绝了。冯老板笑着说:“周大哥，我们认识十几年，签字画押太别扭！大家用心打交道最牢靠。”

“那是，那是。”周明说，“金阳，冯老板不想签合同，你的想法？”

“周叔叔，冯老板是您介绍的，我听你们的。”金阳说，“冯老板，还有一件事，如果需要拉材料的车，就与何金联系。他前段时间发生车祸，伤了一条腿，现在腿好了，材料运输就用他的车，可以吗？”

“可以，拉材料，就用何金的车。”冯老板很爽快地答应了。他接着说：“明天买材料，先支付百分之三十的材料费，可以吗？”

金阳说：“可以，明天一定支付。”

周明把金阳拉到一旁说：“金阳，你再增加一座蔬菜大棚，建十座。”

“周叔叔，不是九座吗？”金阳有些奇怪，“后院只能建九座。如果建十座，活动空间太小了。”

“呵呵，你没有听明白。”周明笑着说，“把划给你何叔叔的那十五米院子也建上蔬菜大棚。”

金阳瞪大眼睛说：“周叔叔，您是不是搞错了？自从画出白线以后，那十五米院子已经归何叔叔家所有。”

周明说：“现在还是你们家的，我不想再说第二遍。”

金阳看到周明认真的样子，犹豫了片刻转过身，说：“冯老板，按前面九座蔬菜大棚的规格，再增加一座。因为空出的十五米院子也可以利用。”

“好，总共建十座。”对冯老板来说，蔬菜大棚建得越多越好。

商量好明天和后天准备建蔬菜大棚的材料，第三天动工。冯老板临走时，周明本想把冯老板带到何二水家，与何金面对面谈运费的事，可得知何金大清早出去拉货了，只好把何金的电话给了冯老板。

送走冯老板，周明准备回村委会，却被金阳拦住。金阳认真地说：“周叔叔，那十五米院子您能做主吗？”

周明没有说话，只是点了点头，骑上摩托车走了。

冯老板开车经过萧云林家的商店时，停下车，拨通何金的电话。电话铃声响了很久，何金才接电话："喂，你好！哪位？"

冯老板说："你好！你是何金吗？我是老冯，建蔬菜大棚的。"

"我是何金，请问冯老板有事吗？"何金说。

冯老板说："是这样的，我明天要运送给金阳家建蔬菜大棚的材料，想用你的车，可以吗？"

何金说："可以。冯老板，我在路上，过会儿给你打过去。"

"好。"挂断电话后，冯老板直接去市里联系材料。

金阳去枸杞地里的路上，自行车胎突然没气了。他索性把自行车放在路边步行。来到枸杞地，他像见到老朋友一样兴奋。大概用了一个小时，金阳查看完了栽种在地里五六天的枸杞苗木。枸杞苗木生长正常，没有一棵死苗，他非常高兴。他站在地头旁的最高处，拍了一张一百亩枸杞地的全貌照片，拍了一张一棵枸杞苗木的特写照片，然后发在朋友圈。

与前几次一样，他写了一段文字：

> 三万五千零五十棵枸杞苗木，像持枪的勇士方阵，守护着一百亩留下布拉格村乡亲们脚印和手温的土地，迎着毫无预警的风雨和严寒冰雪的考验。只要坚守到明年春暖花开时，布拉格村定会被万紫千红的灯笼照亮。

图片发出没有几分钟，很多人点赞。徐教授在评论区留言："金阳同学，你要三天观察一次，只要枸杞苗木半个月后没有发生枯萎现象，就说明第一个危险期已经度过了。"

金阳回复徐教授："感谢恩师！定会牢记。"

金阳坐在枸杞地边上，四周一片寂静。天空无云，阳光也收敛了前几天肆无忌惮的狂躁，回归平淡。在金阳看来，太阳也许是不忍对数万棵枸杞苗木下手，也许是被勇士一样顶天立地的数万棵枸杞苗木吓退。谁知道呢……

金阳发现，每一只鸟的出行都是有目的的。它们一辈子忙忙碌碌，其梦想很简单，就是觅食、寻找配偶、对付天敌。不像人类，吃饱肚子后，要干的事和要实现的梦想没完没了。刚收割完玉米和油葵的空地几乎被觅食的鸟儿占领。春播时节，它们将重新聚集在这片地里，既干些见不得人的事，又干些光明正大的事。对它们来说，见不得人的事情是偷食刚刚播种在地里的种子，而光明正大的事情是捕捉光天化日之下的各类昆虫，在填饱肚子后，进行短暂而激烈的爱情游戏。除了个别鸟类，大部分鸟类来到这个世界上，属于它们的时间太有限了。所以，它们不会浪费任何一点时间，直到走到生命最后一刻才会歇息。即使离开这个世界，它们也从来不会把自己深深埋葬在土里，也不会立碑或举行葬礼。它们不需要立什么遗体捐献的遗嘱，将遗体全部捐献给滋养过它们的辽阔大地。

金阳想着想着睡着了。这段时间，他几乎每天晚上睡觉都没有超过四个小时。累并充满希望地往前走，迈着沉重的步伐。他不能停下来，否则，十年寒窗，会像竹篮打水一场空。二十岁出头的男子汉，能顶天立地。他要把大学实验室里从一颗种子培育出十万百万颗种子的游戏，搬到布拉格村的土地上，搬到他的枸杞地里和蔬菜大棚里，让每一粒种子，成为父老乡亲走进全面小康社会的助推器。

金阳做了一个梦，梦见自己分身成两个人。一个自己，一边招呼布拉格村的乡亲们给他们家采摘既红又大的枸杞果，一边查看套种在一百亩枸杞地里的金南瓜的长势。而另一个自己，在母亲负责的绿色无公害蔬菜基地里，一边帮母亲采摘蔬菜大棚里的新鲜蔬菜，一边通过微信接蔬菜销售订单。

这是六月。梦中的金阳，开始收获了。

第二十八章

这年秋天，红红的枸杞挂满枝头。采摘完第二茬枸杞后，由于枸杞树是第一年挂果，所以未成熟的枸杞果所剩无几。金阳在枸杞地旁的荒滩上整理出一个晾晒场，雇了几个人专门晾晒枸杞果。

上午十二点左右，周明给金阳介绍的枸杞收购商来看枸杞。

枸杞收购商一个名叫马龙，大高个，中年模样，专门从事枸杞生意。另一个名叫马六，比马龙小几岁，专门做农副产品收购和销售生意，是陪马龙来布拉格村看枸杞的。他们是宁夏人，在市里都有各自的公司。金阳与马龙和马六分别握手后，对周明说："周叔叔，你们太快了！我刚接电话时，你们还在村里。"

周明说："金阳，全是咱们村的路修得攒劲。从市里到咱们布拉格村，再从咱们村到东面和西面的地里路畅通无阻，甚至连通往石头城景区、饮马泉景区、布拉格草原石人景区和七彩湖景区的公路都修得展展的。所以，从村里到你的枸杞地一脚油门就到了，你说快不快。"

马龙说："周会计，你一路上除了夸赞返乡大学生金阳有胆识、有眼光，如何把枸杞种得好和把蔬菜大棚种得好以外，就是夸你们村和景区的路修得好。你哪里是会计，简直就是布拉格村的宣传员。"

几个人边说边笑着来到枸杞晾晒场。马龙是行家，从晾晒场的塑料布上捡起几粒即将晾晒干的枸杞果估计了一下大小，然后放在嘴里嚼了一下，笑着说："金阳，在周会计老哥面前，咱们实话实说。你的枸杞是培育出的最新品种，个头大，品质好，目前，不要说在新疆，就是在宁夏，种植面积也很少。看来，你有贵人相助，竟然能购买到这么好的枸杞苗木。"

"谢谢马老板！"金阳说，"说实话，我沾了农科院徐教授的光了！"

"还是你面子大。"马老板说完，几个人大笑起来。

马老板等人站在彩钢房外面，金阳与周明抬出一袋子枸杞干果。金阳打开封口，马老板只瞄了一眼，就对金阳说："你的枸杞我全要了。价格嘛，由于你的枸杞品种比其他的好，这里没有外人，今年的枸杞价格你也知道，我在其他品种最高价的基础上上浮百分之十，你看行不行？"

"马老弟，价格肯定可以。"周明笑着说，"你给的价格，是特殊照顾金阳。"

金阳说："谢谢马老板！谢谢周叔叔！"

"谢谢金阳，让我们收购到这么好的枸杞！"马老板说，"我刚才看了，如果不下雨的话，你晾晒场上的枸杞再晾晒两天就可以装袋了。我准备三天以后找车来拉枸杞。"

金阳和周明不停地点头。马老板和马六准备上车时，马六突然停下来，转身来到枸杞地里，蹲下身子，从硕大的南瓜叶子下面捧起一个连着藤蔓有拳头大小的南瓜，仔细端详许久后，把金阳喊过去说：

"我看到你在枸杞地里套种了南瓜，这个品种是不是金南瓜？"

金阳点头说："没想到，马六老板还是行家。"

因为做农副产品生意，经过多年打拼，马六和马龙不但对传统农副产品了如指掌，而且对一些国外引进的新品种也了解一二。

金南瓜，也叫金瓜，是南瓜品种之一。它外表颜色金黄，像精美的艺术品，个头不大，肉质紧实。该品种试种成功后，由于外表圆而美观，可以雕刻成各种款式的造型，颇受星级酒店青睐。用金南瓜开发出的菜式五花八门，酒店饭桌上最常见的是用金南瓜、枸杞、小黄米等食材熬制的营养粥，还有用金南瓜、蜂蜜、淀粉等原料制作的南瓜金饼等菜式。金南瓜口感好，人体易吸收，有解毒功效，含有大量的天然果胶。食用以后，果胶可以把人体中的毒素吸附起来，排出体外。金南瓜对身体重金属和放射性物质也有同样的功效，而且还可以保护胃黏膜和帮助消化。经常食用金南瓜，会在胃部形成保护膜，减少其他食物对胃部的伤害。内含的有效成分可以增加人体胆汁的分泌量，对促进胃肠运动有明显作用，因此，金南瓜可以增强人体免疫力，是一种天然的保健食品。

马六慢慢放下未成熟的金南瓜，望着一百亩叶子绿油油的金南瓜藤蔓说："没想到，金阳老板玩的全是前沿尖端的农业品种呀！"

金阳说："老板不敢当，叫我名字就可以了。"

马龙走到马六面前，笑着说："六老板又发现商机了？"

"龙哥，这是意外的惊喜。"马六笑眯眯地说，"没想到，今天在这里发现了从国外引进的新品种金南瓜，而且数量还很多。"

周明说："有一百亩。"

马龙和马六耳语了几句后，马六说："金阳，今天让周会计做个见证，你的一百亩金南瓜我全部预订了，你不能一女许两家或多家了。至于价格，你是卖方，我是买方，咱们互赢。我回去先了解一下市场情况，等下次来时咱们再决定。当然，你也了解一下金南瓜的行情。”

金阳与马六紧紧握手。

他们走后，金阳突然想起来，他的十座绿色无公害蔬菜大棚里每天都有新鲜蔬菜出棚，既然马六是做农副产品生意的，要是可以与他长期合作该多好。但他又一想，刚刚与他们认识，谁知道与他们打交道是不是痛痛快快那种。再说，枸杞收购和一百亩金南瓜的销售现在只是纸上谈兵，八字还没有一撇呢，只能静观其后，再做打算。金阳突然想到，今天见到的两位老板都是周明介绍来的，他应该向周明说声谢谢。

金阳坐在他常坐的地方。他记得很清楚，去年第一次坐在这儿的时候，他的一百亩枸杞地里还是玉米和油葵。当时，他的银行卡上只有近两千元。一年时间，他不但种植成功了一百亩枸杞，套种了金南瓜，而且还建了十座绿色无公害蔬菜大棚，已经为他们家带来可观的经济收入。想到这一切，他哭了。他越哭越想念在天堂的父亲，他越哭越在心里感激给他卡上打八十万元的好心人。

还有徐教授、杨朵副教授、宁夏枸杞种植基地的负责人、玛纳斯蔬菜种植基地的总经理、市农业银行的副行长，以及村会计周明，何二水的大儿子何金，工作队的姜华、胡梅梅等，是他们成就了自己。

金阳大概估算了一下今年的经济收入，他想把父亲生前借乡亲们的二十一万五千元欠款和利息先还上。然后，金阳想还匿名好心人的钱，可是目前找不到人，暂时无法偿还。银行贷款还不到期限。另外，得把宁夏枸杞基地一半枸杞苗木的钱也还上。他还想给周明叔叔买一辆摩托车。

金阳现在最大的愿望是把布拉格村枸杞种植和鸡鸭鹅养殖合作社运作起来，争取今年秋季完成五千亩枸杞苗木栽种计划，保证布拉格村四十六户建档立卡贫困户每家最少二十亩枸杞。争取建成一百五十座绿色无公害蔬菜大棚，保证四十六户建档立卡贫困户每家有一座蔬菜大棚。金阳早已想好了，今年，他们家和另外三户建档立卡贫困户将会从布拉格村的贫困户名单中除名。因为，那三户贫困户有七个人被金阳安排在蔬菜大棚里干活，其中两户各安排了两个人，一户安排了三个人，另外有十一户贫困户各安排了一个人。还有十户贫困户各安排了一个人在枸杞地里干零活，每人每月可以拿到一千五百元左右的工资。

对金阳而言，布拉格村的四十六户建档立卡特贫户争取在两年后，也就是 2018 年底，不再依靠低保生活。2019 年底，让布拉格村每家每户都过上持续和稳定的小康生活。

金阳有时住在家里，有时住在枸杞地的彩钢房里。枸杞晾晒场有专人负责，金阳很少操心。在回家的路上，金阳百感交集。同样是这条路，去年他骑着自行车在坑坑洼洼的沙土路上颠簸；今年，他骑着崭新的摩托车，平平稳稳行驶在笔直的柏油路上。为了提高干活效率，他打算明年买一辆汽车，客货两用那种。突然，他看到前面公路上有一样东西，捡起来一看，原来是何吉祥的身份证。

金阳给何吉祥打电话，何吉祥根本不知道自己什么时候丢的身份证。打完电话，金阳看到妹妹金月给他的微信留言：“哥，生活费收到了，别太累了！照顾好咱妈。”

看到妹妹金月的微信，金阳觉得心里有愧。金月的高考分数很高，可他插了一杠子，让妹妹金月上了中央财经大学。金阳想让妹妹大学毕业后回家跟他一起干，在农村的舞台上，一样可以演奏出让人如痴如醉的交响乐。

第二十九章

这几天，周明忙坏了。

报名种植枸杞、建蔬菜大棚的村民，还有登记鸡鸭鹅养殖的村民络绎不绝，让周明既喜悦又劳累。喜悦的是成立布拉格村枸杞种植和鸡鸭鹅养殖合作社，劳累的是参加合作社的村民一窝蜂，忙得他没有一点空闲的时间。周明觉得累是累了点，但看到金阳像一包发酵粉，把整个布拉格村激活了，他真真切切地感受到金阳的能量，也看到了布拉格村通过发展旅游、枸杞和蔬菜大棚种植、鸡鸭鹅养殖，村民的日子一天天好起来了的未来。

金阳来到村委会，看到三五成群的村民出出进进。所有人见到金阳，像好久不见的亲人，问长问短。这与金阳刚刚回村时的情形，一个天上一个地下。当时，村民对金阳指指点点，认为金阳大学毕业回家种地没出息，还被女朋友一脚踹了，面子扫地。金阳一直想不通，大学毕业回家种地，乡亲们说说闲话可以理解，可他与女朋友秦玉分手的事，他没有告诉过任何人，却也被乡亲们拿来在茶余饭后消遣。

金阳转念又想，也许是村里人胡乱猜测而已。现在，看到乡亲们对自己的态度发生了三百六十度逆转，金阳还有些不习惯。

会计办公室门口有十几个排队登记的村民。他去二楼找姜华书记。刚上二楼楼梯，碰到工作队队员金花，她开玩笑说：“喂，金老板，给我送枸杞来了？你还亲自跑一趟？”

“金领导，你真幽默！需要枸杞，到地里随便拿，保证管够。”金阳笑着说。

金花瞪了一眼金阳，笑眯眯地说：“还挺乖，没架子，是盘好菜！”

“姜书记在吗？”金阳朝金花扮了一个鬼脸。

“你找姜书记有事吗？”金花说，“真不巧，姜书记与萧主任去市里为咱们村办枸杞种植的贷款手续去了。”

“太好了。”金阳突然拍了一下手，高兴地说，“我就为贷款的事来的，他们啥时间回来？”

“不一定。”金花一边摇头一边说，“金阳，你瘦了，也黑了！别太辛苦，注意身体。”

“谢谢！”金阳笑着说，“只要枸杞长得又胖又甜，我瘦了黑了，值得！”

金花捂着嘴笑，笑够了，说：“金阳，我带你去我们食堂吃饭，我闻到香味了。”

金阳说：“谢谢金花姐！改天，我请你到蒙克达拉叔叔家的农家乐吃烤肉。现在，我找周会计还有事，你去吃饭吧！”

两人同时走下楼。看到会计办公室门口排队的人走了，金阳心里夸赞周明办事效率真高。周明见金阳来了，赶快把他拉进办公室坐下，笑着说：“金阳，中午到我家吃饭去。刚才你阿姨打了六个电话，说她中午炒大盘鸡，让我快回家吃饭。”

"周叔叔，我还有事，谢谢！"金阳说，"我们快快说完事，您再去吃饭。"

"好，啥事？"周明歪着头问，"是不是村民参加合作社的事？"

"是。"金阳说，"周叔叔，我想知道现在的情况。"

周明翻开登记册说："九十八户种植枸杞，四十六户建蔬菜大棚，二十九户养殖鸡鸭鹅。"

"周叔叔，这些数字太绕了。"金阳听完，笑着说，"除了鸡鸭鹅养殖的农户，凡种植枸杞和建蔬菜大棚的农户，在后天下午四点钟之前报名，四点钟以后不要登记了。我与宁夏的枸杞种植基地约好了，最晚后天四点钟上报购买枸杞苗木的数量，他们按我们提供的数量发货。还要给蔬菜大棚施工老板上报建大棚的数量，他们准备材料。"

周明说："金阳，我现在就在大喇叭上通知。明天和后天上午再各通知一遍，你看行不行？"

"周叔叔，辛苦了！耽误您吃午饭了！"金阳说，"咱们村的扶贫贷款是不是全部批了？"

"姜书记与萧主任早上去市里了。听姜书记讲，手续办完就可以放款了。"周明激动地说。

"这是一个好消息。周叔叔，您通知完快回家吃饭，我先走了。"金阳边说边往外面走。

回家路上，金阳被停在路边的三辆车上的人叫住，一位中年模样的驾驶员放下车窗玻璃说："小兄弟好！请问你是这个村的人吗？"

"您好！我是。"金阳停下摩托车说，"你们找人吗？"

驾驶员说："我们找你们村的蔬菜大棚基地。"

"你们有什么事吗？"金阳边说边打量车上的人。三辆车上有七个人，三男三女和一个小孩，好像是来布拉格村自驾旅游的。

驾驶员说："听说你们村有一个返乡大学生，种的全是绿色无公害蔬菜，我们想买些回家吃。”

“呵呵，原来要买菜。”金阳笑着说，“请跟我来，我带你们去。”

金阳在前面骑着摩托车，三辆车子紧随其后，拐了两个巷子，就到了金阳家的蔬菜大棚前。

停好摩托车，金阳与车上下来的人依次握手，包括一个五岁的小女孩。金阳笑着说:“欢迎大家来到布拉格村旅游观光！也欢迎大家到绿色无公害蔬菜种植基地体验摘菜乐趣！希望能买到你们喜欢的蔬菜。”

突然，刚才问路的驾驶员说:“看到你这么热情，你是不是那个回乡的大学生？”

金阳笑着说:“我就是。大学毕业后，没有一个单位想要我，我只能回家种地。”

“原来你就是金阳，久闻大名。”另一位年轻人说，“你真了不起，连北京的工作都不想要，回家种枸杞和大棚蔬菜，替父亲还债，带领乡亲们脱贫致富，好样的！”

金阳有些不好意思地说:“惭愧，才刚刚起步。”

这时，一个看上去五十岁左右的女士说:“你们现在有几座蔬菜大棚，是个人的还是集体的？主要种植哪些蔬菜？”

“目前有十座大棚，去年九月开建，十二月蔬菜就上市了！全是我自己投资建的。”金阳笑着说，“目前，大棚主要种植辣子、茄子、西红柿、豇豆、芹菜、苦瓜、大葱、韭菜、黄瓜、蘑菇等二十多个品种，主要通过订单方式销售。因为我们的蔬菜是纯天然的绿色蔬菜，在价格上比同类产品高百分之三十。目前，这十座蔬菜大棚由我个人经营。我们村马上要建一百五十座大棚，估计春节前，蔬菜可以出棚上市。”

这时手机响了，金阳正要接电话，从蔬菜大棚里走出两个干活的人，金阳让她们把几位客人带进蔬菜大棚。

“您好，姜书记！”金阳看到是姜华的电话。

姜华在电话里说:“金阳，种植五千亩枸杞和建一百五十座蔬菜大棚的贷款手续全部办好了，最晚三天，贷款全部打到村委会的账户上。我给你打电话的意思是让你再联系一下宁夏的枸杞种植基地，我们最少订购五千亩地的枸杞苗木。辛苦了！”

“不辛苦，我马上联系。”

金阳开始担心鸡鸭鹅养殖的资金问题。前几天大家碰了头，种植枸杞和建蔬菜大棚的资金通过扶贫贷款项目解决，养殖项目的资金通过村民集资的方式解决。这个方案，颇受第一批二十八户开农家乐的农户的支持。因为自从布拉格村的旅游开发进行后，通过大半年时间运营，游客越来越多，同时，品尝农家饭的游客也剧增。目前，绿色无公害蔬菜有金阳家的十座大棚，无后顾之忧。而鸡鸭鹅只能通过个别农户散养来供货，缺口很大，如果合作社的鸡鸭鹅养殖项目马上投产，估计在春节前后，既可以满足农家乐的需求，又可以大量外销，收入非常可观。金阳担心，有些村民把几年甚至几十年积攒的钱宁愿放在银行里，也不愿投资搞种植或养殖。金阳心里明得像镜子，关于鸡鸭鹅的养殖，动手越早越好。合作社的总体经营模式是合作社加农户再加销售商，由农户自行种植或养殖，合作社负责技术和销售。这样的方式，农户或养殖户根本没有后顾之忧。

金阳想，接下来的路即使荆棘密布，也一定要蹚出一条通途。

第三十章

马龙按约定的时间，收购了金阳家的一百亩枸杞果。十天之后，马六也收购了金阳家的一百亩金南瓜。无论枸杞价格还是金南瓜价格，都高于金阳预想。

拿到卖枸杞和金南瓜的钱，金阳第一时间支付了去年欠宁夏枸杞种植基地的另一半款项。然后，挨家挨户归还了父亲生前的二十一万五千元欠债和利息。金阳还钱时，大家只收本金，不收利息。金阳在好说歹说无果的情况下，给还钱的人家每户买了两箱牛奶表示感谢。

除了何二水的三万元欠款外，金阳还清了父亲生前欠下的其他所有债务。

金阳和母亲一起去给父亲扫墓。母亲准备了很多祭品。这是父亲去世以来，母亲第一次这么慷慨。当堆在父亲墓地的祭品由母亲亲自点燃并化为灰烬以后，母亲如释重负。在她看来，父亲生前欠了别人二十多万元外债，而母亲欠了父亲一堆冥币和祭品。望着父亲干裂的木板墓碑，金阳对母亲说：“妈，我想给爸立一块大理石墓碑。”

母亲说：“儿子，我替你爸谢谢你！但是墓碑不能换。木头有生命、接地气，你爸喜欢。大理石虽好，可冷冰冰的，你爸不喜欢。”

金阳点点头，没有说话。在父亲墓地，母亲哭了很久，哭得非常伤心。金阳理解母亲，自从父亲去世以后，母亲一方面与病魔抗争，另一方面被家里的欠债压得喘不过气来。二十多万元在母亲的眼里，是一个天文数字。

通过金阳给乡亲们还家里的欠债这件事，布拉格村乡亲们的思想观念发生了很大变化。大家开始思考起来，为什么同样在布拉格村、同样的土地、同样的力气，而金阳的经济收入与他们不一样呢？在科学、观念、市场面前，大家是落伍了！好在现在醒悟，一切都还来得及。

接下来，金阳打算建鸡鸭鹅养殖场。他准备在他们家枸杞地旁边的荒漠上，修建一座可以容纳五万只鸡鸭鹅的养殖场。金阳之所以在这里建养殖场，主要考虑到在面积不小于两百平方公里的草木稀疏的荒漠上，可以阶段性采取散养的方式养殖。

九月下旬是布拉格村最忙的时节。五千亩枸杞苗木栽种、一百五十座蔬菜大棚动工。今年，乡亲们栽种的枸杞苗木与去年给金阳家栽种的枸杞苗木品种不一样。尽管金阳争取过，但由于育苗还没有规模化，只能种植另一个枸杞品种。好在正在种植的五千亩枸杞品种不像金阳去年种植的枸杞品种株距密，既节约人工，又降低了成本。而且枸杞苗木从宁夏运来后，一边栽种，一边对后面栽种的枸杞苗木的根须浇水，四天之内就能把所有枸杞苗木栽种完，不会对枸杞苗木的成活和生长造成影响。

在布拉格村，一边是数百人栽种枸杞苗木的壮观景象，一边是风风火火建蔬菜大棚的场面；还有一边是金阳等二十九户人家修建养殖场，一边是热热闹闹接待游客的农家乐。布拉格村的乡亲们无论在哪里忙碌，都是为了改变生活面貌，摘掉贫困的帽子，把日子过得红红火火。大家心往一处想，劲往一处使，打破每年只种植玉米和油葵的陈旧观念，通过枸杞、蔬菜大棚种植，鸡鸭鹅养殖，农家乐，个体客、货运输等多种种植和经营模式，让蜷缩多年的翅膀慢慢伸展开来，开始腾飞。

金阳思维超前。就在会计周明开始登记建蔬菜大棚的农户时，他已腾出三座大棚，一边开始蔬菜育苗，一边与玛纳斯县蔬菜大棚育苗基地联系蔬菜种子和菜苗。因为，一百五十座蔬菜大棚靠他的三座大棚培育的菜苗是杯水车薪。玛纳斯县的蔬菜大棚育种基地与金阳合作过。基地老总是金阳的学姐，她愿意以优惠的价格，大力支持金阳和布拉格村。

其实，金阳腾出三座大棚培育各种菜苗，想法很简单，就是为了帮助二十几户贫困户。他准备把培育出来的菜苗无偿提供给贫困户。至于其他种植大棚蔬菜的农户，由于数量太大，他只有通过联系玛纳斯蔬菜大棚种植基地购买品种好、价格低的蔬菜种子和蔬菜苗帮助乡亲们。好在他的学姐也是一个非常大气的企业家，对金阳的扶持力度很大。

经过日夜奋战，布拉格村五千亩枸杞苗木全部栽种完成，一百五十座蔬菜大棚和二十六个鸡鸭鹅养殖场全部竣工，乡亲们走起路来满面春风。

喜悦弥漫在整个布拉格村。金阳决定召开布拉格村枸杞、大棚蔬菜种植和鸡鸭鹅养殖合作社首次会议。参会人员有合作社社长金阳，副社长何金、何吉祥、巴特，合作社委员有周燕、萧云霞、金翠云、周虎、萧红、娜仁花、何平、蒙克达拉、刘月华。以上人员，除了何金是金阳家十座蔬菜大棚的负责人、蒙克达拉是市级优秀旅游宣传员、刘月华是市第一届道德模范以外，其他人是村民小组正副组长。合作社会计和文书分别由周明和周巧巧兼任。本来让周明担任副社长、周巧巧担任社委委员，由于他们是村干部，就没有考虑。会议还邀请了第一书记姜华、村支书周宝平、村主任萧云林参加。结果，村支书缺席，拿姜华和萧云林的话说，周宝平不便参加会议。参加会议的人都在心里打了一个问号，因为有好几天没有看到周宝平了。村里人有两种说法：一种是周宝平调到镇政府上班了，另一种是周宝平去省城探亲了。谁知道呢！

会议由金阳主持，内容有四项：其一，副社长工作分工；其二，枸杞地里套种金南瓜、小甜瓜和紫色萝卜的面积；其三，养殖场需要的鸡、鸭、鹅幼苗数量；其四，蔬菜大棚需要的蔬菜种子和菜苗的数量、品种等。会议开始后，金阳请第一书记姜华和村主任萧云林讲话，大概内容是祝贺合作社正式成立，希望在合作社的带头下，布拉格村由贫困走向富裕，工作队和村“两委”是合作社的坚强后盾等。

金阳开门见山地说：“刚才姜书记和萧主任给予合作社期望，希望副社长和社委委员拧成一股绳，抱着干成事、干大事的决心，为合作社广大社员服好务，用成绩给布拉格村交出一份完美的答卷。我个人最保守的想法是一年见成效，两年有结余，三年大翻身，四年布拉格村家家户户住楼房，五年跟着国家的节奏走向全面小康。”

“金阳，按照你今年讲的发展速度，我们村不需要五年，只需要三年就家家户户住楼房、过上小康生活了。”何吉祥满脸春色地说。

巴特听了何吉祥的话，开玩笑说：“何副社长，在这个场合，你不要直呼金阳的名字，应该叫金社长。”

所有人都笑起来。何吉祥说：“抱歉！下不为例。”

金阳知道大家在开玩笑，也没当回事。他接着说：“现在进行会议第一项内容。根据我了解的情况，我提议，由何金副社长总负责所有蔬菜大棚种植农户的联络和服务工作，由何吉祥副社长总负责所有枸杞种植农户的联络和服务工作，由巴特副社长总负责所有养殖农户的联络和服务工作。至于各位社委委员，由副社长自行搭建班子。大家觉得行不行？”

大家热烈鼓掌通过。金阳接着说：“第二项内容，由何吉祥副社长负责落实农户在枸杞地里套种金南瓜、小甜瓜和紫色萝卜的面积。这项工作虽然明年开春实施，但由于数量大，要提前预订。我们提前与供货商联系，在三天之内统计完，上报周会计或周巧巧文书都可以。何副社长，有没有问题？”

“没有问题。”何吉祥说，“如果一家人的枸杞地里套种两三种东西，可以吗？”

“这个自愿。你只要把套种农作物的面积统计出来就可以了。”金阳说，“会议第三项内容，养殖场农户需要鸡、鸭、鹅幼苗的数量，还有饲料数量，由巴特副社长负责统计。养殖场已经完工，这项工作时间紧、任务重。统计结果明天上午十点钟之前上报周会计。巴特副社长，有没有困难？”

巴特属很幽默的那种人，他大声说：“请金社长放心，保证完成任务！”

“辛苦了！”金阳边笑边摇头说，“第四项内容，是农户蔬菜大棚需要菜种子和菜苗的面积、品种，由何金副社长负责统计。这项工作也一样时间紧、任务重，明天上午十点钟之前上报周会计。我们把养殖数量汇总以后与奎屯养殖基地的供货商联系，让他们开始供货。如果时间赶得快的话，在春节前后，我们的第一批养殖产品就可以上市。何金副社长，可以吗？”

何金说：“金社长，明天十点钟之前，我一定把统计数字上报周会计。”

“我的任务是技术、采购和销售的组织协调。以上是今天会议的全部内容。”金阳说，“下面请姜书记和萧主任总结讲话！”

姜华跟萧云林对视了一下，萧云林摇了摇头表示不讲。姜华说：“今天列席金阳社长主持的会议。会议议程多，而解决问题的时间短，件件工作落实到位，人人肩上有担子，是我参加过的最高效的一次会议，非常敞亮。作为布拉格村的第一书记，我们工作队和村‘两委’会齐心协力做好合作社的后盾。希望大家以布拉格村的发展为中心，以服务广大农户为己任，在不影响自己发展种植和养殖业的同时，支持金阳社长的工作，尽早让布拉格村摘掉贫困帽子，让乡亲们过上幸福生活。”

在热烈的掌声中，合作社第一届第一次会议结束。

其他人离开了会议室，只有姜华和萧云林没走。金阳觉得，在姜华和萧云林身上一定发生了什么事。究竟是什么事，他也不知道。但是，金阳的直觉不会错。今天开会时，萧云林欲言又止和心事重重的表情一直挂在脸上。平时只要开会，萧云林不管重要的事还是八竿子打不着的闲谝，他不讲到口干舌燥是不会停下来的。还有姜华，每次开会讲话都滔滔不绝，甚至有重复讲话的现象。虽然姜华今天在会议的首尾都讲了话，可有急刹车的感觉，让人觉得蹊跷和不解。会议室里只有三个人，金阳本来想了解一下内幕，可姜华和萧云林以村委会的名义与金阳直接开始谈工作。

萧云林直截了当地说：“金阳，每年秋收以后，按照要求和惯例，咱们村筛查贫困户脱贫的工作又要开始了。根据我们村‘两委’

班子提议，经过认真核实后，又召开了一次村‘两委’班子会议，决定……”

“我们做这样的决定，的确有些仓促，但这也是按照规定做出的决定。”姜华打断萧云林的话。

金阳望望姜华，又看看萧云林，觉得丈二和尚摸不着头脑。他突然觉得，这两个人这么陌生。他们的样子，好像是金阳拿走了他们什么珍贵的东西，非要让金阳交出来不可似的。

片刻后，金阳从疑惑中回过神来，笑着说：“姜书记，您和萧主任到底要说什么？我能做什么，请两位领导直接吩咐就是了！”

萧云林不停揪着自己的耳朵，仿佛被小虫子咬了一口似的。姜华望着金阳说：“本来，你们家是建档立卡贫困户，今年不应该列入贫困户脱贫名单，取消你和你母亲及妹妹的低保。你看，你们家刚还清了债务，再加上你母亲身体刚刚恢复健康，你妹妹金月还在上大学，尽管你们家有一百亩枸杞和十座蔬菜大棚，可是，也刚刚起步……”

“金阳，姜书记的话你听明白了吧？”萧云林停住揪耳朵，对金阳说，“村委会把你们家和另外三户贫困户定性为脱贫户，取消家庭成员的低保，如果你有什么看法或诉求，请提出来。”

“说了半天，原来就为这事。”金阳笑着说，“其他三户贫困户怎么样我先不说，就我们家，不但要摘掉贫困户的帽子，而且要帮助其他贫困户脱贫，过上富裕的生活。村委会的决定我坚决拥护。取消我们家三个人的低保很及时，也很正确。”

“不愧是大学生，觉悟就是高。”萧云林说，“我们担心，就脱贫的事与你谈心谈话时，你会与其他三家贫困户一样想不通。

萧云林说话时，姜华在一旁不停地笑。看到他们如释重负，金阳觉得，刚才召开合作社首次会议时两个人情绪低迷和心不在焉的样子，并不只是因为要取消他和母亲及妹妹金月的低保这么简单，一定另有原因。但是金阳不知道，也不好意思去问。

对姜华和萧云林来说，表面上的喜悦并没有吹散心里的愁云。而金阳家终于摘掉了贫困户的帽子，他觉得值得庆贺。

第三十一章

一百五十座蔬菜大棚里二十余个蔬菜苗品种的栽种过程非常顺利。

蔬菜苗和蔬菜种子大部分由玛纳斯蔬菜种植基地提供，还有一部分蔬菜苗是金阳家的蔬菜大棚里培育的，金阳无偿提供给了贫困户。二十六家农户养殖场的鸡、鸭、鹅幼苗也投放到位，只是在运输过程中，有一百多只幼苗死亡，损失由供应商承担。

金阳接到村委会主任萧云林的电话，通知他去镇政府开会。金阳问什么会议，萧云林说会议内容不详。金阳骑着摩托车到镇政府才知道，镇党委书记刘凯找他谈话。

金阳听过小道消息，说刘凯被上级组织提拔到市政府工作，具体职务不详。刘凯三十岁出头，非常干练，布拉格村的旅游项目在匿名者通过书信呈现到职能部门以后，得到刘凯的大力支持，才有了现在红红火火的景象。

刘凯与金阳是第三次见面。第一次见面，是金阳返乡种植枸杞申请扶贫贷款和大学生创业贷款的时候。第二次见面，是金阳返乡种植枸杞的事传开后，在接受市电视台和报社记者采访的时候。

金阳的感觉很灵，他知道镇党委书记刘凯找他谈话，肯定是关于种植和养殖项目在全镇推广的事情。在金阳心里，大凡帮助过他的人，无论大忙还是小忙，都是他的恩人。可是，金阳与刘凯谈完话后发现，这次他的感觉短路了——他猜错了刘凯的用意。

在刘凯的办公室里，刘凯给金阳沏好茶，两个人坐下谈话。谈话的内容从表面上看很简单，一句话可以说清楚，可细品整个谈话过程，虽天马行空，却紧扣主题。

刘凯说:“金阳，最近你干得不错！村里五千亩枸杞苗木栽种了，一百五十座蔬菜大棚的蔬菜苗栽种了，所有养殖户的鸡、鸭、鹅幼苗全部到位，可喜可贺！”

“刘书记过奖了！只是尽一点绵薄之力而已。”金阳说话时，无意间发现刘凯的办公桌上放着两本《散文诗》杂志，是比巴掌大一点的小开本，非常精美。《散文诗》杂志金阳曾在大学图书馆看到过。

“年轻人谦虚是好事，可你真的做得很好！”刘凯的微笑有人情味，也有亲近感。

金阳说:“现在才起步，谈不上做得很好。但是，我相信在镇党委和政府、村委会的支持下，在布拉格村全体乡亲们的努力下，日子会一天比一天好。”

“我相信你说的话。”听了金阳的话，刘凯觉得像在表态。他想，如果把今天谈话的核心内容告诉金阳，金阳还能这样表态的话，会少去他很多顾虑。刘凯接着说:“其实，看到你，就像看到十年前的自己。当时，我大学毕业后家人让我在我们县团委上班，可我不想去单位上班，我想到戈壁滩上种葡萄，种红提葡萄。但经过与家里人斗争后，我投降了。”

“呵呵，刘书记的经历很有传奇色彩。”金阳说，“听说刘书记家不是咱们本市的，请问您家在？”

“我们家是玛纳斯县农村的。”刘凯说，“那几年，玛纳斯有一个乡的农民靠种葡萄，家家户户在县城买房子，让人非常羡慕。可惜我们家所在的村子只种植油葵，经济效益与种植葡萄相比，简直是一个天上一个地下。”

“哦，原来刘书记家是玛纳斯的。”金阳突然像想起什么似的，坐直身子说：“刘书记，你们玛纳斯县有一个蔬菜种植基地，您知道吗？”

“我知道，在距离县城五公里的一个乡。六年前，是当地一位返乡女大学生创业的项目。没想到经过五六年的发展，已经成为全乡规模化产业，影响很大。”刘凯说，“事实证明，只要放远眼光，科学选择创业项目，以市场为导向，会走得很远。”

“他们的蔬菜苗品种很齐全，而且成活率达百分之九十五以上，甚至更高。”金阳说起蔬菜大棚，像换了一个人似的，精神饱满。他接着说：“这次，我们布拉格村新建的一百五十座蔬菜大棚用的蔬菜苗和种子，百分之八十左右是玛纳斯蔬菜种植基地供的货。”

刘凯说：“你们村可以在适当的时间组织大棚蔬菜种植农户到玛纳斯蔬菜种植基地参观交流一下。尽管种植技术方面有你指导，没有什么问题，但让农户们开阔一下视野，很有必要。”

金阳发现刘凯是一个思路非常清晰的人。他在镇党委书记的岗位已经工作三年。看来，他是实打实干出来的。

金阳说：“刘书记说得好，就是得见世面、开眼界。”

刘凯说：“金阳，今天把你请来，主要想听听你的想法。我们镇党委和镇政府的几位主要领导经过开会研究，觉得你是最合适的人选。”

“刘书记，什么人选?”金阳不知道刘凯在说什么，不解地说：“刘书记，我没有听明白。”

看到金阳的的确确一无所知，刘凯觉得镇党委和镇政府干部的保密工作做得很好。刘凯接着说：“金阳，你真的什么都不知道?”

金阳说：“刘书记，我真的不知道，请刘书记明示!”

“哈哈……”刘凯笑着说，“金阳，经过镇党委研究决定，拟任命你为布拉格村党支部书记。相信你能挑起重担！你说说想法。”

“啊，让我?”金阳突然蒙圈了，惊讶又疑惑。望着刘凯，说：“刘书记，我们村的党支部书记是周宝平。他干得好好的，为什么让我担任?”

“这是人事变动。至于周宝平的事，咱们后面再说。”刘凯解释。

金阳犹豫了一会儿，摇头说：“首先，感谢刘书记！还有感谢组织对我的信任！能把布拉格村这么重的担子交给我，我感到非常荣幸，又感到诚惶诚恐。可是我担心自己干不好，有负布拉格村所有的乡亲！布拉格村再不能在原来的老路上走下去了。脱贫是摆在布拉格村乡亲们面前的首要任务，我担心自己的肩膀挑不起这副重担。”

刘凯盯着金阳，并没有马上说话，而是端起茶杯喝茶。刘凯使用的茶杯是透明的玻璃杯。金阳以为刘凯办公桌上放的玻璃茶杯是一个空杯子，等喝水的时候，金阳才发现并不是空的，而是装满了白开水。金阳觉得奇怪，刘凯的办公桌上放着四五种茶叶盒，但他只喝白开水。

看着刘凯的玻璃茶杯，金阳突然有了信心。他觉得，做人也好，做官也好，要是像玻璃茶杯一样透明，所做的每一件事让别人看得清清楚楚，那无论任何时候都不会错。想到这儿，金阳觉得，如果能为布拉格村的乡亲们服务，他不应该退缩，应该主动站出来，把担子担在肩上。

本来，金阳决定大学毕业后回家种枸杞，是为了自己家脱贫致富，也是为了布拉格村的所有父老乡亲都发家致富。土生土长在布拉格村的金阳不愿看到还有人靠吃低保生活。这不但是一件不光彩的事，而且会让更多的人养成等靠要的习惯。

刘凯把玻璃茶杯放到办公桌上，望着若有所思的金阳。

刘凯说：“本来，布拉格村党支部书记的人选我们考虑的是村委会主任萧云林。他是一个任劳任怨、勤勤恳恳的好干部，对待工作一丝不苟，可他缺乏超前眼光，思想比较保守，做事也瞻前顾后。在布拉格村的工作上，尽管没有发生过重大的事故和失误，可多少年过去了，布拉克村的变化不太大，全村一百四十三户人家还有四十多户贫困人家靠吃国家低保生活。如果继续让萧云林担任村党支部书记，布拉格村的发展还会原地踏步。所以，我们经过慎重研究，决定由你金阳担任布拉格村党支部书记，这是最适合的人选。你年轻，有文化、有知识、有胆量、有闯劲，对布拉格村经济发展滞后的顽症能对症下药。我相信，你担任村支书，布拉格村的发展前景不可限量。”

金阳一言不发地坐着。在刘凯看来，金阳正在权衡利弊。但刘凯还是相信金阳会挑起布拉格村的这副重担。因为布拉格村是他土生土长的地方，也是他祖辈长眠的地方。他热爱这片土地，也爱生活在这片土地上的乡亲们。刘凯肯定金阳不会拒绝。

看到金阳犹豫不决的样子，刘凯接着说：“金阳，请你自信一点，勇敢挑起布拉格村的这副担子，带领乡亲们往前走，朝着迈向小康的道路勇往直前。希望在你的带领下，布拉格村在三年之内整体脱贫，让四十多户贫困户彻底摘掉贫困的帽子，不再返贫。我们镇党委和政府相信你一定能够胜任工作。”

金阳认真地说：“刘书记，经过慎重思考，我服从组织的安排，愿意担任布拉格村党支部书记一职。但是，我有一个要求，根据人品考量和工作需要，我推荐一个年轻人作为布拉格村村委会主任的人选，请刘书记和组织考虑。”

刘凯笑着说：“金阳，是谁在你的眼里那么优秀？你简单介绍一下他的情况，我们会考虑你提出的意见的。”

金阳说：“他的名字叫何金，今年三十二岁，中共党员，高中毕业后一直在布拉格村种地。此后，他父亲何二水购买了三辆大卡车，由何金负责货运。何金曾经因为车祸伤了一条腿。经过治疗恢复健康，重新开着大货车跑运输。他的人品很好，在布拉格村的乡亲们心里威信很高。他们家的经济条件在布拉格村排名第二位。何金现在也是布拉格村枸杞、大棚蔬菜种植和鸡鸭鹅养殖合作社副社长，是布拉格村一百六十座蔬菜大棚的总负责人。之前，他在我们家十座蔬菜大棚里做兼职管理，从大半年的工作情况看，布拉格村村委会主任的人选，何金最适合。为了让布拉格村经济发展驶入快车道，我强烈推荐何金。”

听了金阳的话，刘凯站起来，走出办公室。可刚出去，又折回来了。他拿起办公桌上的手机对金阳说：“你先喝茶，我出去一会儿，马上回来。”

金阳说：“好的。”

刘凯来到隔壁的大会议室里，拨通了布拉格村第一书记姜华的电话。姜华在电话那头说：“刘书记好！”

刘凯说：“姜书记好！说话方便吗？”

“方便，请刘书记指示！”姜华笑着说。

刘凯说：“没有什么指示，我给你出一道填空题，请你马上回答我。”

“刘书记，什么填空题？”姜华愣了一下，接着说：“只要我知道答案，一定回答。”

“你听好了。”刘凯说，“如让你推荐一位布拉格村年轻的新村委会主任，你推荐谁？别考虑了，凭你的第一感觉。”

姜华有些不解，甚至有些惊讶，说：“刘书记，怎么了？”

“你不要问那么多。”刘凯说，“你只说推荐的人选是谁，就可以了。”

姜华脱口而出：“刘书记，我推荐的人选除了金阳，就是何金。”

“好，我知道了。”挂断电话，刘凯重新回到办公室。

刘凯笑着对金阳说：“你提议的村主任人选，我同意。为了让布拉格村新的‘两委’班子快速投入工作，我们镇党委和镇人民政府随后开会研究具体办法。同时，布拉格村提前选举村民委员会委员和村委会主任。你回去后，直接找姜华书记，协助萧云林主任做好村委会换届工作。”

金阳说：“敢问刘书记，现任布拉格村村委会主任萧云林怎么安排？”

刘凯笑了一下，说：“金阳，既然你问了，我就告诉你，布拉格村的现任村主任萧云林同志，我们决定先调到镇政府农牧水利办工作。至于布拉格村党支部书记周宝平同志的去向，暂时保密，请谅解！”

第三十二章

经过推荐和选举，镇党委书记刘凯带领部分镇领导，来布拉格村宣布金阳担任村党支部书记。宣布形式不同以往，这次是当着布拉格村全体乡亲们的面宣布。

布拉格村大会议室里坐满了村民。会议室外面也站着村民，通过大喇叭聆听。对金阳任职的宣布会隆重又简单，金阳的表态发言让乡亲们感动。

布拉格村的乡亲们认可金阳担任村支书，也在猜测老书记周宝平的去处。乡亲们的猜测有两种：其一是周宝平因贪污扶贫款被抓起来了，其二是周宝平畏罪潜逃。因为将近半个月时间，谁也没有看见过周宝平。

宣布完金阳任职村党支部书记后，接着进行村主任选举，何金当选布拉格村村主任。这个结果是金阳希望的，也是全体村民希望的。此后，何金的任职表态发言和萧云林的离职发言同样让乡亲们感动。何金为布拉格村接下来的发展走向画了一个大饼。乡亲们心里有杆秤，何金不是画饼充饥，那张散发着麦子芬芳的大饼乡亲们都有份。萧云林的道歉乡亲们不但接受，而且对他有了新的认识。在乡亲们的眼里，萧云林像一个突然长大的孩子，终于懂事了。当听到萧云林去镇政府工作的消息后，大家一致认为，既然组织这样安排，肯定有这样安排的道理。

经过调整和选举，布拉格村新的“两委”班子成员分别是村党支部书记金阳，村党支部副书记、村委会主任何金，村委会副主任周明、何吉祥、巴特，村委会会计兼村团委书记周巧巧，村委会文书蒙克达拉，村委会妇联主任斯琴，村委会治保主任何彬，第一村民小组组长何二水、副组长萧云花，第二村民小组组长巴图、副组长周小英，第三村民小组组长刘月华、副组长那日苏，第四村民小组组长周燕、副组长何军，第五村民小组组长萧云霞、副组长萧大壮，村民监督委员周山等十人，村民代表何家仁等三十人。村委会新旧领导班子顺利完成交接，正式投入工作。

布拉格村新的“两委”班子组成以后召开了第一次会议。除了第一村民小组组长何二水因为身体原因没参加，其他村干部全部参会。会议由新任村党支部书记金阳主持。

会议内容有两项：第一项是村“两委”班子成员工作分工，第二项是全面整治布拉格村的村容村貌。

金阳说：“欢迎大家加入新的村‘两委’班子，为咱们村的父老乡亲们服务！首先进行第一项内容，村‘两委’班子成员进行工作分工。根据布拉格村村委会工作情况，我和何金主任经过研究，对今后的工作做了安排。下面请何金主任向大家宣读和说明，请大家提出意见，尤其请十位监督委员和三十位村民代表发表自己的看法。”

布拉格村“两委”班子成员的工作分工如下：村党支部书记金阳

负责全局工作，村党支部副书记、村委会主任何金协助村党支部书记，负责完成各项工作，村委会副主任周明负责财务、组织、人事、纪检、社保、信访及村委会办公室的一切事务，副主任何吉祥负责科技、农林牧生产工作，副主任巴特负责养殖、基建工作，村会计周巧巧负责财务、团员工作，村文书蒙克达拉负责宣传、旅游、文化、精神文明等工作，村妇联主任斯琴负责妇女儿童、劳务、卫生、环保工作，村治保主任何彬负责安全、征兵、村容村貌工作。五个村民小组正、副组长还按以前的工作模式为村民服务，三十位村民代表参与村委会针对布拉格村发展项目决策进行表决，十位监督委员对村“两委”班子的工作情况和班子成员的作风进行监督。

三十位村民代表和十位监督委员精神振奋。对他们来说，参与村委会工作既是一种荣誉，也是一种责任——是对全体布拉格村父老乡亲们的责任。他们突然感觉，一股清新而和煦的春风扑面而来，让人既兴奋，又非常感动。

第二项会议内容像在一片静静的湖面扔了一块石头，在所有人的心里激起层层涟漪。大家觉得，整治村容村貌早该提出来并实施。可是，前任村“两委”班子无动于衷，使村里的环境卫生每况愈下，造成脏乱差现象。村里要搞旅游和农家乐，环境卫生整治势在必行。

其实，参加会议的人都知道，布拉格村在全市十五个贫困村中，经济状况排列倒数第一。如何摘掉贫困帽子，就看大家的努力了。但是，摆在眼前的脏乱差问题，只要伸出双手就可以解决。大家都发现，村里垃圾乱扔，没有一条巷道是干净的。只要遇到刮大风的天气，垃圾满天飞。还有，大部分村民在自家门口或公共场地上乱搭乱建，直接影响村容村貌。

这样的情况不是没有人发现，而是大家在环境卫生方面没有形成良好的习惯。金阳大学毕业回家种植枸杞和大棚蔬菜成功以后，乡亲们突然开窍了，觉得再这样过日子，不仅仅是贫困的问题，而是可耻的事情。于是，几乎所有人都在反省，布拉格村不但要通过种植、养殖、乡村旅游等项目大力发展经济，想方设法增加经济收入，尽早摘掉贫困帽子，而且要把村容村貌整治提到村委会工作的议事日程中来。布拉格村的贫穷，也许是由于自然条件限制所致，也许是思想观念上的原因，但是村容村貌差，环境卫生没有搞好，这是人为因素造成的。

大家一致认为，从现在开始，每家每户都要行动起来打扫卫生，整治村容村貌。不但要打扫自己家里的卫生，还要打扫公共卫生，一个地方都不能漏掉，争取用最短的时间清理完村里每个巷道的垃圾，拆除每一处乱搭乱建的小棚子，把干净、整洁、舒适的布拉格村呈现到每一位来布拉格村观光旅游的游客面前，让每一位游客心情愉快，成为布拉格村的义务宣传员。

针对布拉格村村容村貌整治工作，金阳说：“也许大家都有对村容村貌整治的看法和好建议，请大家畅所欲言。好的建议我们全部采纳，并表示感谢！”

村民代表何家仁说：“金书记，村容村貌的整治能够提到村委会会议的议事日程中，对布拉格村的全体村民来说，是一件大好事，我们举双手拥护，并马上行动起来。我有一个建议，目前，我们村没有垃圾箱，也没有专门的垃圾处理场地和保洁员，请村委会研究解决。”

何金说：“何叔叔的建议非常好！在村里设置大小垃圾箱是势在必行的事。我告诉大家，前几天，经过与工作队协商，我们村的大小垃圾箱由工作队解决。借此，我代表布拉格村所有乡亲对工作队表示感谢！至于垃圾处理场的事，我们也反反复复论证过，就设在村西边的戈壁滩上。通过填埋处理，尽可能避免再次污染环境。处理垃圾的所有后续工作，我们已经有了解决方案，只等着实施。”

村民代表萧志远接着说：“我建议，村委会配两名专职保洁员，负责村里日常的卫生工作。同时，号召所有村民做打扫卫生、保护环境的志愿者。只有通过这样的方式，我们村整治以后的良好村容村貌才会保持下去。”

“我也建议配置两名专职保洁员。至于保洁员的人选，就安排咱们村建档立卡贫困户。”村监委会委员巴图说。

听了村民代表和监督委员的话，参加会议的人开始交头接耳议论起来。大家心里都明白，如果没有专门配置的保洁员，各家打扫自己家的卫生都难以保证，更别说日常打扫公共卫生了。当然，除了勤快而爱干净的人家。大家认为，监委会委员巴图的建议很好，从建档立卡贫困户里选两人从事村里的保洁工作，一方面可以保证村里的环境卫生，另一方面给贫困户增加了经济收入，是两全其美的事情。布拉格村面积大，人口多，配置两名保洁员，平时可以忙得过来。如果遇到下雪天，由村委会组织村民统一扫雪，形成合力，既整治了卫生，又促进了民族团结，也可以对布拉格村的精神文明建设起到锦上添花的作用，是非常有意义的事情。

起初听到要整治村容村貌时，一些在公共场所乱盖棚子的人心里有些抵触，但明白了整治村容村貌带来的好处后，他们心理发生了逆转，坚决支持村委会的决定。整治村容村貌、持续保持环境卫生整洁，不但村子美观，而且游客会越来越多，布拉格村的经济收入也越来越高，是一件一举多得的大好事，也是造福子孙后代的大好事。

何吉祥说：“如果村委会要设置专职保洁员，我推荐周石大叔。他家是建档立卡贫困户，七口人，上有八十五岁的老母亲，下有儿子儿媳和两个孙子。大家都知道，周石大叔的儿媳是聋哑人，一个孙子智障。而且，他的老母亲和老伴儿长期患病，家里靠四十多亩地生活。如果给他们家安排一个人当保洁员，虽然工资不高，但有固定的经济收入，可以补贴家用。”

何吉祥话音刚落，妇联主任斯琴说：“我也推荐一个人做保洁员。她是蒙古族大妈莎茹，今年五十岁，家里三口人。由于她的丈夫五年前发生车祸，一条腿轻度残疾，不能干太重的活。她没有儿子，只有两个女儿。大女儿嫁人了，十四岁的小女儿是小儿麻痹症患者，生活靠人照顾。家里除了二十多亩地，再没有其他经济收入。我建议给莎茹大妈家分一个保洁员名额。这样的话，莎茹大妈既可以在村里打扫卫生，又可以照顾她的小女儿，农忙时还可以帮老伴儿干农活。”

听了斯琴的话，金阳说：“斯琴大姐，如果你还有合适的人选，再推荐一个当咱们村的保洁员。因为我准备把莎茹大妈安排到我们家的蔬菜大棚里干活。相比较的话，在蔬菜大棚里干活，挣钱比保洁员多一些。工钱高了，家里的日子自然会得到改善。同时，她在蔬菜大棚里干活的时候可以带着小女儿，能做到两不误。下一批建蔬菜大棚的时候，我打算给他们家也建一座，让莎茹大妈和老伴儿一起经营，估计在两年后就能摘掉贫困户帽子，过上好日子。感谢斯琴大姐对莎茹大妈一家人的关心！”

斯琴重新考虑保洁员人选时，第三村民小组组长刘月华说：“我建议给萧月霞家一个保洁员名额。萧月霞家里四口人，孩子上初中，她的公公和丈夫不能下地干重活，可当保洁员还是可以的，请大家考虑一下。”

大家认为何吉祥推荐的周石大叔家和刘月华推荐的萧月霞家都是合适人选，就通过举手表决的方式确定了两位保洁员，第二天开始上班。

散会时大家觉得，这次村委会的会议与之前开会不一样，都有未尽兴的感觉。

布拉格村正在悄无声息地发生着变化。从贫穷往富裕变，从旧观念往新思维变，从等靠要往主动作为变，从一朵朵枸杞花开往累累硕果的芳香变。

这一切，都是因为村里来了一个回家种地的大学生。

第三十三章

又一年。连续一个星期，布拉格村来了成千上万的各地来客。不但农家乐连轴转，而且每家每户炊烟袅袅，忙得不亦乐乎。

来布拉格村的人群分为四种。第一种人三五成群，来自天南海北，是纯属旅游的游客。第二种人成群结队，是采摘枸杞的打工者，女性占百分之八十以上，她们既有来自全国各地的，也有本地的剩余劳动力。第三种人三三两两，是找商机的投资者。第四种人只有两个人，他们是枸杞收购商马龙和鸡鸭鹅、农副产品收购商马六。

五千一百亩枸杞采摘过半时，马龙和马六来到布拉格村。尽管订单早已签订，可两个人生怕中途会出现什么变数。从去年的销售情况看，布拉格村种植的一百亩枸杞个大味美，供不应求。尽管是第一年挂果，产量不是很高，但产品的声誉已经名扬周边市场。当布拉格村规模化新种植的五千亩枸杞苗木栽种完成后，马龙第一时间来到布拉格村，通过金阳与村合作社统一签订了枸杞销售订单。马龙的要求很简单，布拉格村的枸杞产品没有经过他的授权，不得销售给第二个购买商。至于枸杞的价格，随行就市。

其实，马六的想法与马龙一样。去年，他作为金阳一百亩金南瓜的销售商，合作非常愉快，绿色无公害的金南瓜销路很好。今年春播结束后，他来到布拉格村考察农产品品种和种植面积，根据统计情况开发新的市场渠道。而布拉格村的养殖产品，马六早在春节前后已通过金阳与村合作社签订了长期购销订单。对马六和马龙来说，金阳是他们的财神爷，布拉格村是他们财源广进的宝地。而在金阳看来，马龙和马六是布拉格村的福星，也是他的贵人。在健康的市场环境下，双赢是市场经济持续发展的条件。以金阳为代表的布拉格村，在健康的市场环境中小试牛刀后，正大规模驶入健康市场的快车道。

此次与马龙和马六会面，金阳有两个身份：一是布拉格村合作社的社长，二是布拉格村党支部书记。

马龙与金阳握手时笑着说："我真的拿不准，现在应该称呼你金社长还是金书记？总而言之，恭喜你！"

"谢谢马老板！"金阳说，"叫我名字最好。欢迎二位财神！"

马六说："恭喜金书记！像你这样的人才，平台越大，为老百姓谋的幸福越多，希望我们的合作领域越来越大。"

金阳说着谢谢，坐上马龙和马六的车，先去布拉格村枸杞地。路上，三人透过车子的玻璃窗，看见人们正在枸杞地里忙碌。

来到枸杞地里，马龙发现，这里汇聚了世间让人眼花缭乱的巧手。一双双巧手在枸杞树的枝条上自由舞蹈，如鱼得水。一颗颗红玛瑙般的枸杞红果，像一个个听话的孩子，等待一双双巧手呵护，等待从一个空间向另外一个空间迁徙。那些被红色点亮的灵物在马龙看来，是土地滋养出的圣物。

而马六关注的是五千亩枸杞地里套种的金南瓜、甜瓜等农作物，因为这是他来布拉格村的最终目的。望着长势良好的套种农作物，马六激情澎湃。他对金阳说："金书记，在阿拉套山脚下，有这么一片让人如痴如醉的生动景观，我觉得如同梦境般美好。"

金阳笑着说："马六老板，你说话好诗意！听你这么说，我也觉得，我们布拉格村的枸杞基地映衬着皑皑雪山，像一幅充满诗意的美丽画卷，让人热爱，让人情愿留下来千年相守。"

马龙说："我的眼里全是枸杞红果！经马六这么一说，放眼望去，五千余亩枸杞基地坐落在阿拉套山脚下，高处是蓝天白云，远处是连绵的雪山，近处是挂满枝头的枸杞果及套种的绿色农作物，还有枸杞基地西边环保措施到位的几十个养殖场里鸡、鸭、鹅茁壮成长。这就是我心里最理想的人间。"

"哈哈……"马六笑着说，"没想到，马哥来到布拉格村，突然从一个生意人变成诗人了。我也说不准是枸杞的作用，还是套种农作物的神奇魅力。"

马龙轻轻推了一下马六，笑着说："可能两种情况都有。我们两个人每天的生活是在讨价还价中度过。仰望蓝天白云，会瞬间忘记金银铜臭，回到校园时的纯真。想起来，都是很美好的事情。但是，已经不可能了。想一想，都是一种奢侈。"

马六说："我知道，马哥曾经是文艺青年，在各种报纸杂志发表了不少文学作品。自从沾上了金银铜臭味以后，从心怀诗和远方的大才子变成了一个俗人。不过，偶然从铜臭味里回过神，向往一下诗和远方，也是一种心灵的放逐和精神上的疗伤。"

"真没看出来，两位老板都是文艺青年。"金阳说，"其实，我跟你们一样，曾经的文学梦，现在像阿拉套山上的冰雪，可以看得见，却无法触摸。这可能是一辈子的情结，也是精神上的一片自留地。看来，只有留在心里，什么时候能带着干干净净的心灵重新走进去？可能要到猴年马月了！"

马龙说:“金书记，我还真没看出来，你也曾经是文学的守望者。无论诗和远方也好，枸杞和农作物也罢，只要好好干，另一种诗和远方正在等着你们。”

听了马龙的赞美之词和鞭策的话，金阳和马六同时笑了。三个人说说笑笑离开枸杞种植基地，来到金阳的枸杞晾晒场。这些红色的枸杞果，这些红得令人目眩的枸杞果，铺天盖地，像红色的海洋。一个个晾晒枸杞红果的农人，在红色的枸杞晾晒场上，在蓝天白云之下，仿佛正弹奏欢天喜地的丰收曲调。

马龙弯下腰，抓起几粒枸杞果放进嘴里，闭上眼睛慢慢嚼。过了片刻，他睁开眼睛，在手心里比画着枸杞红果大小。他觉得，无论枸杞的品质和大小，都与去年的一模一样，甚至比去年的更好。

对马龙来说，他太熟悉这些枸杞红果了。因为去年种植在这一百亩地里的枸杞红果，让他在枸杞市场上过足了话语权的瘾。在马龙的生意经里，产品品质就等于话语权。他回过头，笑着说:“金书记，目前咱们布拉格村枸杞种植基地有几个品种的枸杞?”

“只有两种。”金阳笑着说，“一种是我种植的一百亩枸杞品种;另外一个枸杞品种，是去年新种植的枸杞品种。”

马龙点着头说:“咱们去那边，看看去年种植的另外一个品种的枸杞个头怎么样。”

三人到了另外一个枸杞品种的晾晒场。马龙用同样的方式对枸杞红果测试后，突然有些惊喜。看来，在今年的枸杞市场上，他会有更多的话语权。不但有枸杞品质上的话语权，而且还有枸杞产品数量上的话语权。尽管这五千亩枸杞品种没有金阳种植的一百亩枸杞品种好，可在枸杞市场上依然是上等货。于是，他跟金阳说:“由于是两个枸杞品种，从价位上说，你种植的一百亩枸杞的价格比这五千亩枸杞的价格要高出百分之十，但五千亩枸杞的品质也属上等产品。”

马六笑着说：“看来，今年马大哥不只挖到一桶金，而是可以挖到很多桶金。也祝贺金书记迎来第二次开门红。”

金阳笑着说：“全托两位老板的福！”

“应该感谢自己。”马龙说。

马六说：“今年不但金南瓜的品相非常好，小甜瓜也很棒，再过一段时间就可以收购了。”

“马六兄弟，今年够你忙的了。”马龙说。

马六笑着说：“只不过是加大人力和物力的事，一点问题都没有。”

三个人说着话，朝养殖场走去。

他们先来到金阳家的养殖场。自从养殖场投入生产以来，一年时间，已经出售了两批鸡、鸭、鹅养殖产品。第一批产品除了小部分销售给村里的农家乐，绝大部分被马六收购。第二批出场的养殖产品全部由马六收购。目前是第三批产品，估计不到两个月就可以销售了。

布拉格村的养殖基地，不管是金阳家的养殖场，还是村里其他养殖户的养殖场，全部建在枸杞基地旁边的戈壁滩。由于地盘大、空间足，所以养殖场的养殖环境特别好。养殖方法采用露天放养和暖棚饲养相结合的方式，一切举措以鸡、鸭、鹅为中心和出发点，坚持做到把绿色、卫生、健康的养殖产品销售到市场上去。

参观完金阳家的养殖场，马龙对金阳说：“金书记，你家养殖的方式很科学，值得推广。无论养殖的饲料和养殖的空间，以及环境卫生的管理，都是生产优质养殖产品的好样板。”

马六说：“上次我来的时候参观了其他养殖户的养殖环境，大部分养殖户还是注重养殖环境卫生的，少数几户的养殖环境有些差。当时我还提醒过他们，如果再不把环境卫生整改好，下次我就不收购他们的养殖产品了。但愿这一次能看到他们整改以后的养殖环境。”

自从上次马六来养殖基地提出环境整改意见以后，合作社专门召开会议，对少数养殖环境差的农户提出整改要求，而且对环境比较好的养殖户的养殖饲料的质量进行了监督。合作社副社长巴特专门负责养殖场的环境卫生整治工作。从养殖场的整改情况来看，效果非常好。

金阳说：“接下来，我们随便抽查三四个养殖场的环境卫生情况，请两位老板提出宝贵意见，以便我们今后做得更好。”

“金书记，你客气了！”马龙说，“从你的养殖场的养殖环境可以看出来，其他养殖场的养殖环境肯定错不到哪儿去。”

马六说：“我也相信金书记。不过，我们还是随便选两家养殖场看看吧。”

三个人一起参观了两家养殖场的养殖环境。马六看到，上次他提到的养殖环境的整改全部达到要求了。回到村里，金阳请两位老板到农家乐吃饭，被他们拒绝了。

临走时，马龙说：“枸杞晾晒结束后，你给我打电话，我来收购。在这之前，我可能不来你们村了，因为还有很多业务要处理。”

“我知道。”金阳说，“今年的枸杞干果还是装大袋吗？”

马龙说：“和去年一样，装大袋，你们省事，我也好运输。”

马六说：“金书记，我看到其他养殖场的养殖产品在春节前后上市。你的养殖产品早一些，估计啥时候上市，我提前做好准备。”

金阳笑着说：“我的第三批养殖产品，甚至包括我们村的所有枸杞地里套种的农副产品，最晚十月上旬全部销售完。”

马六笑着说：“金书记，再见！”

“两位老板路上慢一点，再见！”金阳挥手与两人道别。

第三十四章

送走马龙和马六，金阳接到村主任何金的电话。何金说:“金书记，您在哪里？方便接电话吗？”

“何主任，我方便接电话。”金阳说，“有事请讲！”

何金说:“因工作变动，姜华书记后天交接完村里的工作后，要到新的单位报到了。今天晚上，我想在蒙克达拉的农家乐给姜书记送行，也感谢一下工作队的四位干部，你一定要参加。”

“几点钟？”金阳问，“除了姜书记和工作队的四位同志，还有谁？”

“今晚八点钟。”何金说，“还有周明、周巧巧、何吉祥、巴特、斯琴、何彬，大概十三四个人。”

“好的。”金阳突然像想起什么似的，犹豫了片刻，接着说:“何主任，再增加两个人，可以吗？”

“是谁？”何金笑着说，“我打电话通知。”

金阳说:“一个是村小学的周校长，另一个人是村卫生室的萧医生。”

“好的，晚上见。”何金挂断电话。

金阳仰头看嬉戏的两只鸽子，自言自语:“姜书记要离开了——我把这事给忘了！”

晚上八点，通知过的人全部来了。这是一个可以坐二十个人、具有蒙古族特色的大包厢，在布拉格村所有农家乐中可以排前三名。蒙克达拉提前张罗好饭菜，就等着大家到来。

第一个到农家乐的人是何吉祥。接着，陆陆续续有人来。蒙克达拉破例当起了服务员。工作队队员胡梅梅第一次看到村文书蒙克达拉穿着蒙古族服装，感到非常新奇，开玩笑说:“蒙克大叔，您穿上这身衣服太有范儿了。”

何金说:“有什么范儿？今天晚上，他是咱们的服务员。”

蒙克达拉很少穿本民族的服装，即使亲朋好友家里举办喜宴或丧事，他也只知道默默干活，很少正儿八经地穿一次蒙古族服装。这一两年，他只穿过两次蒙古族服装：一次是市里评选他为先进旅游宣传员，参加表彰会时穿过；第二次穿蒙古族服饰就是今天晚上。

菜、饮料和奶茶等上齐了。何金站起来，扫视着一个个同事，发现所有人像换了一个人似的，衣着得体，容光焕发，仿佛有什么喜事一样。尤其是何吉祥，平时忙枸杞地和蔬菜大棚的事，每天灰头土脸的。而今天晚上，头发梳得油光发亮，身着白衬衫和灰西装。平时不讲究穿着的巴特，自从担任村委会副主任以后，特别注意自己的形象。拿巴特自己的话说，以前只代表个人，窝囊一点也没什么大不了的，可现在代表村委会的形象。

周明看到何金欲言又止的样子，开玩笑说:“何主任，是不是讲话稿忘了？让蒙克达拉再给你起草一份。”

“周叔叔好眼力，怎么看得这么准确！”何金笑着说，“确实，在座的各位领导的儒雅和端庄形象，让我的开场白卡壳了！”

听了大家的话，站在一旁的蒙克达拉对何金说：“何主任，现在可以开席了，菜凉了不好吃！”

何金止住笑，咳了两下说：“欢迎大家参加今天晚上的聚会！现在虽然是枸杞采摘的大忙季节，但今天晚上必须聚餐。因为后天，为我们布拉格村呕心沥血近两年时间的姜华书记另有高就，要离开我们村了。说来，时间不算长，但也不算短，向姜书记说声感谢！同时，也向工作队所有新老队员表示感谢！为了布拉格村，你们辛苦了！请大家举起奶茶，向姜华书记和工作队全体干部致敬！”

“我这是抛砖引玉。”第一杯茶喝完后，何金说：“下面，请金阳书记给大家说几句。”

“首先感谢何金主任的安排！”金阳在大家的掌声中站起来，端起茶杯说：“布拉格村是全市最偏远和最贫困的村子，工作队进驻几年来，不但修通了通往外界和地里的路，还修好了通往景区的公路，为村里开通了宽带。更让乡亲们受益的，是工作队给布拉格村带来了新的思维和观念。从传统的农作物种植往特色经济农作物种植转变的同时，加大拓宽乡亲们脱贫致富的路子，把只靠种玉米和油葵的布拉格村打造成枸杞种植基地、蔬菜大棚种植基地和鸡、鸭、鹅养殖基地，让全村百分之三十四的贫困户下降到目前的百分之二十八。而且，到今年年底，我们村的贫困户会下降到百分之十五左右。预计，在2018年，最迟在2019年底，布拉格村将彻底摘掉贫困帽子，全面实现小康。我们村取得目前喜人的成绩，要感谢工作队的助力！预祝姜书记在新的工作岗位上一切顺利！祝愿依然留在布拉格村的工作队干部工作顺心！”

姜华站起来，向后退了一步，拍着金阳的肩膀意味深长地说：“作为一名大学生，你风华正茂，青春正当时。作为布拉格村的党支部书记，你思路清晰，眼光高远，有想法、有魄力，更加难能可贵的是你对布拉格村有感情。自从你返乡以后，布拉格村无论种植、养殖、村容村貌，还是乡亲们的思想观念，都发生了翻天覆地的变化。感谢金阳！感谢在座的所有村‘两委’班子成员！感谢布拉格村的乡亲们对我本人和工作队的大力支持！我希望布拉格村在年轻的村党支部书记金阳和村委会主任何金的带领下，阔步走向小康生活。为了布拉格村的发展和富裕，请同志们端起奶茶，我们一起干杯！”

姜华之所以马上站起来说话，原因很简单，因为金阳说的话让他受之有愧。自从工作队进驻布拉格村以来，上一任第一书记、工作队队长的工作业绩他无权评价，但是在他进驻布拉格村的两年里，他觉得没有给村子带来明显的变化。也许，一方面是资金问题，另一方面可能是工作思维跟不上时代的步伐，只能让布拉格村保持原地踏步的状态。布拉格村之所以能够取得翻天覆地的变化，关键是注入了金阳的新思维和新观念，通过种植、养殖、旅游等项目，走活了布拉格村经济发展的这盘棋。所以，当听到金阳对他冠以赞美之词后，他只能站起来以解愧疚之情。

茶过三遍，蒙克达拉用镀金盘端着银碗、何金双手捧着洁白的哈达，一前一后走进包厢。

金阳虽然年轻，在别人的眼里仍是一个乳臭未干的毛头小子，但这样的场合，他也不是第一次经历。他站起来说：“敬茶歌唱起来，哈达举起来，我们祝福姜书记在新的岗位上大展宏图。”

话音刚落，村妇联主任斯琴从蒙克达拉端着的金盘子里端起斟满奶茶的银碗，一边唱祝茶歌，一边向姜华靠近。何金双手捧着哈达，跟在斯琴身后。

斯琴唱道：

雄鹰一样勇敢的朋友
从遥远的地方来到我的家乡
六月的风儿啊
长了轻盈的翅膀
可以翻山越岭
可以直冲云天
阿拉套山多么高远
你的翅膀
可以抚摸雪莲的芬芳

啊，雄鹰一样勇敢的朋友
你来到我的家乡
带来喜悦
带来吉祥
请你喝下这碗奶茶
永远走进我的心房

大家提议姜华致辞总结，而姜华让胡梅梅给大家说几句话。大家觉得不妥，因为作总结的人必须是餐桌上的主角，或者是年长者。胡梅梅作为工作队队员，年近三十岁，由她总结致辞显然不妥。姜华却笑着说："今天晚上让我终生难忘，难忘每一个人脸上洋溢的笑容。这是布拉格村走向小康生活的笑容，也是我们大家刻骨铭心的友情的笑容。但我为什么要让胡梅梅作总结呢？"

巴特站起来，说："姜书记，我们一起共事快两年了，我实话实说，您提议让胡梅梅作总结，我以为您真弄错了。"

“哈哈，我哪能弄错，巴特大哥开玩笑。”姜华笑着说。

何吉祥说:“姜书记，我很想知道，您提议让胡梅梅作总结，究竟为什么?”

姜华说:“吉祥老弟，我就等着你问这句话。”

姜华把目光投向胡梅梅，胡梅梅笑了一下，摆摆手，示意姜华不要说。

姜华说:“大家想不想知道，我走以后，谁来接任咱们布拉格村的第一书记和‘访惠聚’工作队队长?请大家猜猜看。”

听了姜华的话，所有人的目光聚焦在他的脸上。这时胡梅梅端起茶杯说:“我相信，布拉格村会越来越好!”

一句话的总结意味深长。大家都在琢磨姜华的秘密，可谁也琢磨不出个子丑寅卯。

第三十五章

姜华离开布拉格村的当天，胡梅梅接任布拉格村第一书记和“访惠聚”工作队队长。这就是在蒙克达拉家的农家乐吃饭时姜华要说的秘密。

对于布拉格村来说，人事有变动，但好事连连。前段时间，村“两委”班子更换，新的班子成员年轻化、知识化、思想观念超前。接着，村第一书记换人，金阳被市人民政府评选为扶贫先进个人，同时被市团委评选为优秀创业青年。还有，一直默默助力贫困村民、践行基层党员义务的何二水，被市委组织部评为基层优秀党员，蒙克达拉被市旅游局第二次评为优秀旅游宣传员。

在金阳看来，布拉格村最大的好消息是一百五十座蔬菜大棚试种成功，蔬菜产品供不应求。金阳家的一百亩枸杞的产量比去年高出两倍。村里新种植的五千亩枸杞虽然第一年挂果，但枸杞产量非常喜人。不算套种在五千亩枸杞地里的农作物的收入，光是五千亩枸杞的亩产收入，就比种植玉米和油葵高出近一倍。几十个养殖场的产品订单也让养殖户吃了定心丸，大家养殖的情绪越来越高涨。

接下来，动员更多农户建养殖场，新增蔬菜大棚五十座，增加种植枸杞三千亩，这是胡梅梅担任村第一书记、工作队队长后烧的第一把火。这与金阳担任村党支部书记后的想法不谋而合。

在农村广阔的田野上搞发展，靠的不仅仅是力气，还要有先进的思想观念、高瞻远瞩的眼光、对市场行情的了解，以及通过合作社加农户加订单的模式，只有通过这样的方式，脱贫致富的速度才会越来越快。对于布拉格村来说，或许对金阳来说，马龙和马六两个人是布拉格村枸杞产品、养殖产品和套种的农副产品走向市场的桥梁。认识这两个人是金阳的幸运，也是布拉格村的幸运。

其实，金阳了解马龙和马六的雄心壮志，布拉格村的种植和养殖产品只是小菜一碟。但是，在他们的生意菜单上，布拉格村养殖和种植产品的营养价值越高，给他们带来的利益也越多。所以，他们愿意与布拉格村打交道，更愿意同金阳这样的年轻人一起开拓农村的广阔市场。

梦想，从脚踏实地开始。梦想成真那一天就在眼前，就在脚下。

胡梅梅上任第三天，主持召开了布拉格村种植、养殖分析会。会议内容是扩大枸杞种植面积，加大鸡、鸭、鹅养殖规模。还有，随着布拉格村旅游的不断升温及景区知名度提高，游客越来越多，农家乐也要扩建。

胡梅梅建议更多的农户创办农家乐。每家每户要通过种植、养殖或经营农家乐等多种方式发展经济，让发家致富的步子更快一点。如果需要优秀人才，布拉格村可以引进。本村的优秀人才需要培训，也毫不犹豫走出去。只要有促进布拉格村经济发展的可行性项目，就请进来。要采取多管齐下的发展模式，让布拉格村的每一寸土地脉动起来。

胡梅梅的第一把火与金阳的第一把火燃在一起，火焰让布拉格村亮亮堂堂。

胡梅梅的第二把火，是改善布拉格村的整体住房条件。一句话，建设干净整洁和窗明几净的新房子，让布拉格村的乡亲们住上和城里人一样的房子。在此基础上，胡梅梅还提出建老年公寓、幼儿园、村文化活动室和文化广场。

对村“两委”班子成员、五个村民小组正副组长、工作队队员来说，听了胡梅梅烧第二把火的想法，都不相信自己的耳朵。金阳觉得，胡梅梅的思维比他的思维和对布拉格村的设想更快、更准、更有操作性。

2017 年九月下旬，布拉格村秋收结束的第四天，全村轰轰烈烈地投入到扩种三千亩地枸杞苗木的栽种热潮中。同时，新增的五十座蔬菜大棚也开始建设，扩建的十五个养殖场也与新开发的两处旅游景点同时建设。因为有了前面建一百五十座蔬菜大棚的经验，新增的五十座蔬菜大棚的建设水到渠成，施工进展非常顺利。而新增的三千亩枸杞苗木的栽种进展，由于枸杞苗木栽种有时间上的限制，四五天之内全部完成栽种任务，比五十座蔬菜大棚的建设提前了十天。到 10 月 17 日下午，布拉格村新建的五十座蔬菜大棚、新种植的三千亩枸杞、新建的十五个养殖场，以及新开发的两处旅游景点全部完成。

新建的五十座蔬菜大棚的苗木栽种也在紧锣密鼓中完成。那天黄昏，胡梅梅和金阳站在新建成的五十座蔬菜大棚外面，心情激动。夕阳下，他们的影子被映照在洁白的蔬菜大棚塑料布上，既像两个远征的战士，又像胜利归来的英雄。

这时，金阳接到何金的电话。

何金说：“金书记，今天晚上，为庆祝新开张的十五个农家乐，蒙克达拉请大家在他新开张的小康农家乐聚会。因为是临时决定的，所以通知有些晚。今晚八点半不见不散，可以吗？”

金阳说：“可以，这样的庆祝非常有意义，我一定参加。”

何金说：“那好，金书记，我先挂了，我还要给胡梅梅书记打电话。”

“何主任，你先不要挂电话。”金阳说，“胡书记就在我面前，你直接说。”

胡梅梅接过电话笑着说：“好，我一定参加。”

挂完电话，胡梅梅对金阳说：“小康农家乐，这个名字的寓意好。小康，就是明年咱们布拉格村的目标。蒙克达拉给农家乐取这样一个名字，很不错呀！”

“胡书记，我也觉得这个名字吉祥。”金阳说，“不过，据我所知，这个小康农家乐的名字是何二水叔叔的杰作。”

“真没看出来，何二水叔叔是一个怪才。作为全市的优秀党员，七八年前靠运输和养殖发家致富，而且还默默无闻资助过很多贫困家庭孩子的学费，是一个让人敬佩的人。”胡梅梅与金阳说着话，朝蒙克达拉的农家乐走去。

金阳没有接胡梅梅的话，仿佛何二水这个人或何二水做过的好事与他没有任何关系。胡梅梅以为自己什么地方说错了。突然，她想起来了，金阳大学毕业回家准备种枸杞的时候，何二水一直找麻烦，甚至以强欺弱，用三万元强行划走了金阳家一块院子。尽管这院子不知道为什么又还给金阳家了，可听人说何二水在金阳动员乡亲们栽种枸杞的那段时间，煽动乡亲们不要听一个乳臭未干的小子胡说八道，布拉格村的土地根本种不活枸杞。胡梅梅到现在也不相信何二水是那种人。至于金阳相不相信，她不知道。

因为金阳不说话，胡梅梅以为她提到何二水并且夸赞了几句，金阳听了不高兴，便说：“金书记，你在想什么？咋不说话？”

金阳说：“噢，不好意思！你刚才说何二水的事情时我一直在想，何二水为什么与前村支书周宝平是死对头？在很多场合，何二水明确表态，周宝平不配担任村党支部书记，否则，不要说发展，让村里的贫困户脱贫，恐怕村里的贫困户会越来越多。这个问题到现在我都没想通。”

“是不是两个人以前有矛盾？”胡梅梅说，“我刚进驻咱们村不久，就听别人讲过，何二水与周宝平都是针尖对麦芒的狠角色。有些人说，是何二水想当村党支部书记，结果被周宝平截了道，所以，何二水对周宝平怀恨在心。但是，这些话是极少数与周宝平走得很近的人讲的。还有人说，当然是大多数人说，何二水之所以对周宝平不感冒，是周宝平不但当村支书不称职，而且贪得无厌，所以两个人是死对头。”

金阳突然停下脚步说：“你觉得，为什么何二水总想把周宝平赶下台？”

“很难说。”胡梅梅犹豫了一下说，“工作队刚进驻布拉格村，只注重入户走访、维护稳定，对村里的财务问题不太过问，我们的第一书记对村委会的财务都插不上手，别说我们队员了。自从换了姜华担任队长和第一书记以后，对村委会的财务也经常过问，但是也只能在表面上，没有发现关于周宝平在经济上有什么见不得人的问题。”

金阳说：“周宝平的去向，直到现在仍然是一个谜。”

“一些人说，周宝平去省城看病去了。一些人说，周宝平去省党校学习去了。反正没有一个人知道他的去向。”胡梅梅说。

“啊，你的上上任，也是去省城住院，还是去省党校学习了？”

金阳有些好奇。

“没有答案。”胡梅梅说，“金书记，我们到了。”

两个人走进蒙克达拉新开张的小康农家乐。包厢里坐着近二十个人。金阳和胡梅梅落座后，小康农家乐开张庆贺宴会开始了。

第三十六章

村民大会上，蒙古族大妈莎茹发言时突然哭了起来，她说："我要感谢共产党！感谢咱们的村支书金阳对我们家无微不至的关心！金阳书记不但帮我们家建了一座蔬菜大棚，还安排我到他们家的蔬菜大棚干活，让我每月拿到两千元的工钱。现在，我们家的生活越来越好了，靠蔬菜大棚发家致富，明年就能彻底摘掉贫困的帽子。我们家三口人会彻底告别靠国家低保维持生活的情况，过上小康生活。"

对布拉格村的村民来说，返乡大学生、村支书金阳尊重科学、实事求是、洞察市场的新思想和新观念，给布拉格村的经济发展带来看得见摸得着的活力，让乡亲们得到了实实在在的收益。这种通过新思想、新观念激活布拉格村经济发展活力的举措像春天的煦风，吹拂在布拉格村的每一寸土地上。而生活在这片土地上的乡亲们，从最初的观望和看金阳的笑话，到慢慢接受金阳的农业发展理念和模式，最终实现热火朝天发家致富奔小康。

同样的土地和力气、汗水和时间，收获却天壤之别。在布拉格村，乡村旅游和农家乐让乡亲们尝到了坐在家里挣钱的甜头，绿色无公害大棚蔬菜种植让他们分享到现代农业带来的喜悦，枸杞种植和经济作物套种让他们收获比种植传统农作物高出三四倍、甚至五倍的效益。还有，规模化鸡、鸭、鹅养殖让他们打破小打小闹散养的模式，尤其是订单养殖，让乡亲们如鱼得水，收获满满。

这是布拉格村高速高效的经济发展时期，通过合作社加农户加订单加市场的模式，让一直被贫穷笼罩的村子恢复活力和动力，从贫穷的沙土路走上发家致富的快车道。

科学而先进的思想观念不会害人，只有事半功倍的惊喜。尤其是在脱贫攻坚、新农村建设和乡村振兴的这篇大文章中，是可圈可点的亮色。布拉格村在新任村党支部书记金阳和村主任何金的带领下，在以胡梅梅为村第一书记的驻村工作队助力下，走向高光时刻。布拉格村，正在迈向小康之路。

在村会议室里，在乡亲们经久不息的掌声中，无论村“两委”班子成员还是工作队队员和乡亲们，在已经搭建好舞台的布拉格村，人人摩拳擦掌，准备撸起袖子大干一场。

布拉格村东面的土地种植了八千一百亩枸杞，这是促进布拉格村经济发展的第一个园区。乡亲们如今已经知道如何整合土地、如何配套种植。

在八千多亩枸杞种植基地以西的广阔戈壁滩上，坐落着四十余个鸡、鸭、鹅养殖场。它们通过每年两到三次养殖产品上市，成为布拉格村经济发展的第二园区。而在村子西边的土地上，是一百五十座绿色无公害大棚蔬菜种植基地，剩下的土地全部种植鸡、鸭、鹅养殖饲料，是布拉格村经济发展的第三园区。

在布拉格村东面的枸杞基地以北，以及村子西面大棚蔬菜基地的东北方向，是布拉格村融历史文化和原生态风光为一体的旅游景点，也是布拉格村旅游发展的第四园区。通过民居打造融餐饮、购物和住宿为一体的农家乐，成为布拉格村旅游服务和经济发展的第五园区。

通过五大经济园区的支撑，布拉格村的经济发展像建高楼大厦一样层层叠加，一天比一天高。当然，接下来要引进和创办融枸杞、蔬菜、养殖产品为一体的加工企业，创办布拉格村第六大经济园区。

无论是脱贫致富还是乡村振兴，发展是硬道理。牢牢抓住特色产业，让布拉格村的经济增长点不断翻番，大力改善人居环境，让布拉格村旧貌换新颜，从全市倒数第一的贫穷村，发展成为全市新农村建设的第一富裕村。

这是布拉格村“两委”班子和工作队共同的思路，也是正在实施和发展的目标。布拉格村新农村建设方案经过上级部门分析、论证和研究后，获得批准。同时，补助资金也到位了。

当初春的最后一片雪化为乌有，布拉格村新农村建设项目在各级政府的大力支持下正式启动。与其他村新农村建设不同的是，布拉格村作为以“绿水青山就是金山银山”为发展理念的新农村，建筑风格也成为旅游观光的景点之一。建筑全部采用与大自然融为一体的两层小别墅，每家每户独门独院，既宜居，又有特色。

布拉格村人居环境工程项目的实施，让乡亲们既高兴又犹豫。高兴的是可以住上窗明几净、宽敞卫生的新房子，犹豫的是舍不得老房子和村子原来的模样。

蒙克达拉家有三个农家乐，其中两个农家乐在村西面，另一个农家乐在村东头。布拉格村百分之八十的村民住在村子东面。从蒙克达拉父亲的爷爷那一辈开始到他的孙子这一代，算起来，他们家六代人在布拉格村生活了一百二十余年了。可他们盼星星盼月亮盼来的新农村建设，竟然让他这个第四代人心情复杂，喜忧参半。

布拉格村整体走向经济发展和小康生活的快车道，作为布拉格村村委会文书的蒙克达拉必须忍痛割爱，不能做新农村建设的绊脚石，不能拖快速发展的后腿。于是，蒙克达拉第一个提出先拆他家的房子。

对布拉格村来说，这是一次巨大的蜕变。对布拉格村的村民来说，这是过上小康生活的机遇。几乎没有人需要做思想工作，布拉格村东面百分之八十的村民集体在房屋拆迁合同上签上名字，按下手印。而村子以西百分之二十村民的房子，由于暂时不在布拉格村新农村建设用地的范围之内，这些老房子将作为布拉格村民居的历史见证，成为又一个新的旅游景点，供游人参观。当然，也包括金阳和何金家的房子。而金阳家的十座绿色无公害蔬菜大棚，拿金阳的话说，在布拉格村新农村建设和人居环境建设竣工以后，所有村民住上干净明亮的房子的时候，他还可以在村里的景区里种植大棚蔬菜。

无论老房子被拆掉的村民，还是作为历史见证而保留下老房子的村民，他们都把眼前的乡愁永远留在心里。对布拉格村而言，这是一次彻底消灭贫穷的战斗，这也是一次伟大的胜利。全体村民拧成一股绳，劲往一处使，向贫穷宣战，向落后宣战。

在新农村建设方案被上级部门批准的第一时间，金阳、何金、胡梅梅一致认为，在布拉格村新农村建设项目中，最大的拦路虎是拆老房子。在中国几千年的传统文化和习俗中，“金窝银窝不如自己的狗窝”的观念在老百姓心里根深蒂固。在农村生活的人，一边是美好和幸福的生活环境，一边是传统习俗的约束，他们的选择往往是痛苦的，是有时间性的。但是，在历史的发展进程中，这一切都不是问题。就像布拉格村为了新农村建设，在拆老房子时每个村民表现出的从容和有序一样，这是人类文明的进步。

三个领头人的担心是多余的。他们低估了布拉格村父老乡亲的胸襟。他们不会把短暂的痛苦建立在持续的幸福生活之上。他们遇到大是大非的时候，有快刀斩乱麻的气概。一个虽然贫穷，但给几代人留下美好回忆的村庄，在推土机和挖掘机弹奏的交响乐中成为所有村民的记忆。但是，当他们抬起头的时候，他们是幸福的守望者，他们也是这个时代名副其实的赢家。

布拉格村东面百分之八十村民房子的拆迁一帆风顺。可是，拆迁巴特家的房子时曾出现了戏剧性的一幕。

施工队拆巴特家的房子时，巴特的情绪一直不稳定，房子扒到一半的时候，他的双手有些抖动，心里矛盾极了。作为布拉格村副主任，巴特应该积极支持新农村建设。但是，在巴特家前院的房子拆完，挖掘机正要扒后院的蒙古包时，他再也忍不住了，蹲在地上失声痛哭。

巴特家后院的蒙古包建于上世纪五十年代，是巴特的爷爷亲手修建的。蒙古包的结构按照通常蒙古包结构设计，但用料不是蒙古包传统的木头和毛毡等材料，而是土木材料。尽管这座蒙古包在巴特家的后院里已存在六十多年，无论蒙古包里面还是外面，随着时间的推移和数次维修不停发生着变化，但不论怎么维修和变化，在巴特心里，永远不变的是对蒙古包的浓浓情意，对爷爷奶奶和父母亲深深的思念。而且，每当他坐在蒙古包里喝茶的时候，爷爷奶奶和父母亲的音容笑貌瞬间就会浮现在脑海里。尤其是他英年早逝的父亲，每一次想起来都使巴特潸然泪下。

挖掘机的铁抓手即将触摸到蒙古包顶端时，蹲在地上抱头痛哭的巴特突然站起来，扑向即将被挖掘机拆掉的蒙古包。他伸开双臂，紧紧抱住蒙古包。这时，有几位村民准备上前劝他，却被站在一旁的金阳和胡梅梅拦住。站在旁边的人，用手机不停给巴特和即将消失的蒙古包拍照。

金阳说：“就让他和蒙古包再待一会儿，让他再哭一会儿。他哭的不是蒙古包被拆，而是对爷爷奶奶和父母亲的思念。我们给他时间，我们理解他的感受。从这一点可以看出来，巴特是一个有情有义的人。”

还没等金阳说完话，巴特突然收回双臂，仰面朝天大哭起来。过了片刻，他擦干泪水，深深地给乡亲们鞠躬，然后逃跑一样离开了蒙古包。

挖掘机拆蒙古包的过程中，站在远处的巴特始终背对着蒙古包。他的内心和所有房子被扒掉的村民一样，既忧伤又高兴。因为，布拉格村的好日子即将到来，布拉格村乡亲们的幸福生活就在眼前。

一座蒙古包，一段朴素的情感，一个普通人的记忆，给正在轰轰烈烈蜕变中的布拉格村赋予了更加迷人的色彩。

第三十七章

落雪前，布拉格村一百一十五户村民按预定的时间搬进了一百一十五栋独门独院的小二楼。

村文化中心、村卫生服务中心、村小学、村幼儿园建设全部完工。为了完善布拉格村旅游配套服务功能，村委会在村西头原有农家乐园区的基础上，又在村东面专门为从事农家乐经营的村民规划出一个区域。同时，还建了一个快递收发中转站，主要为了游客和村民网购、网销方便。今后，布拉格村的枸杞等产品也可通过快递的方式销往全国各地。

布拉格村新农村建设项目和各配套工程施工期间，村委会做了明确分工。由村委会主任何金，副主任何吉祥、巴特三人协调负责所有工程项目。由村党支部书记金阳，村党支部第一书记、工作队队长胡梅梅，村委会副主任周明三人负责枸杞深加工企业的招商工作。金阳对引进实力雄厚的枸杞产品开发企业非常有信心。胡梅梅和周明作为这次招商的顾问和执行成员也一样充满信心。他们通过各种方式招商，最终锁定总部设在乌鲁木齐市、在南北疆有数家分公司的实力雄厚的金果果集团。

为了引进枸杞深加工企业，深度开发布拉格村品牌的枸杞系列产品，作为布拉格村党支部书记、种植和养殖合作社社长的金阳，打算改变销售方式。以前，每年把枸杞果采摘、晾晒完后，直接销售给收购商，比如马龙老板。这样的销售方式虽然省事，却难以实现枸杞产品产值的最大化，让农户的收入缩水。

金阳之所以有这样的想法，一方面是为了增加枸杞果的附加值，另一方面是因为与布拉格村打了三年交道的马龙今年初春发生车祸，不幸离世，通过马龙为布拉格村销售枸杞产品的通道暂时中断了。金阳综合各方面因素，为了今后布拉格村枸杞种植和销售持续稳定发展，他决定引进枸杞系列产品加工企业，通过枸杞原产品深加工，让布拉格村种植的枸杞果价值升高。

根据金阳的想法，经过村“两委”班子商议，在布拉格村新农村建设的同时，配套建设枸杞深加工厂房。村“两委”班子和工作队有两个方案：第一个方案，由村委会直接控股创办枸杞深加工企业；第二个方案，引进先进的枸杞深加工企业。如果采用第一种方式，布拉格村创办枸杞产品深加工企业的投资和效益全部属于布拉格村。如果引进先进的枸杞深加工企业，就得实行公司加合作社加农户的模式，给布拉格村的枸杞种植户增加收入。最后，经过村“两委”四次会议研究决定，引进实力雄厚的枸杞产品加工企业，与村合作社一起进行枸杞系列产品开发。

成功属于有准备的人。枸杞系列产品开发项目一旦谈成，马上可以投入生产。因为厂房是现成的，枸杞产品原材料也是现成的。为了创办枸杞系列产品加工企业，金阳和村“两委”决定，把今年所有的枸杞果全部贮存在村合作社的仓库里，不再对外销售。

村“两委”班子经过论证以后，决定在洽谈的两家枸杞系列产品加工企业中，引进金果果集团旗下的金果果枸杞系列产品开发公司入驻布拉格村，并成为布拉格村第一家引进的企业，枸杞系列产品的品牌使用“布拉格”商标。金阳在种植枸杞的第一年，已把布拉格村种植的枸杞产品、鸡鸭鹅养殖产品和绿色无公害蔬菜产品，在市工商局注册了统一的“布拉格”商标，因此布拉格村枸杞产品的名称就是“布拉格枸杞”。

金果果集团的董事长名叫金果果，而金果果集团旗下的金果果枸杞系列产品开发公司的负责人，也就是布拉格村枸杞系列产品开发公司的负责人，是金果果集团董事长金果果的女婿陈之水。在签约仪式上，村“两委”班子作为见证者，由新的加盟商金果果枸杞系列产品开发公司总经理陈之水和布拉格村党支部书记、合作社社长金阳签订枸杞系列产品开发协议。

金果果集团不愧是新疆知名企业，从与布拉格村签订枸杞系列产品开发协议到设备安装再到派出技术人员，只用了半个月就投产。布拉格村种植的八千余亩优质枸杞果色泽鲜红、颗粒大、肉丰厚、味甘美，而且富含蛋白质、碳水化合物，枸杞多糖，含有多种矿物质、维生素，还有甜菜碱、胡萝卜素、膳食纤维、氨基酸等成分，深受广大消费者欢迎。布拉格村除了八千余亩枸杞种植基地、二百一十座绿色无公害蔬菜大棚种植基地、四十三个鸡鸭鹅养殖基地、三十六家农家乐旅游服务园区外，首家枸杞系列产品开发企业也正式投产。接下来，金阳和胡梅梅着手养殖产品和农副产品深加工企业引进工作，力争让布拉格村的种植和养殖产品不出村子深加工，然后通过“布拉格”品牌销售。

金果果枸杞产品开发公司开发的枸杞系列第一批产品，在入冬后下第一场雪的时候陆续上市。金果果枸杞产品开发公司在枸杞产品的包装上，特别注重和体现布拉格村旅游景点特色，既销售产品，又推介布拉格村的旅游景点。通过产品销售，提升了布拉格村的知名度。金果果枸杞产品开发公司入驻布拉格村以后，除了给布拉格村的枸杞种植户带来更高的收益外，还为乡亲们带来一个好消息——实施开发枸杞茶叶产品。布拉格村的枸杞种植户不但能通过种植枸杞红果果获得经济收入，而且通过枸杞叶子也可以增加经济收入。由枸杞种植户提供枸杞叶子，金果果枸杞产品开发公司负责收购，再经过加工制成枸杞茶叶产品向市场销售。金果果枸杞产品开发公司收购枸杞叶子的公告一出，布拉格村枸杞种植户欢欣鼓舞。参照收购价格，单凭销售枸杞叶子，每亩地可以增收一千元左右，所有枸杞种植户得到了实实在在的好处。

枸杞树突然成了摇钱树。

布拉格村变了，变得让多年在外打工的游子不认识了，甚至找不到原来的家门。当他们来到独门独院的小二楼时，以为自己走错了地方。由于布拉格村的飞速发展，以及新农村建设带来魔术般的奇迹，乡亲们的腰包越来越鼓。而且，在 2018 年底，布拉格村整体脱贫，摘掉了全市倒数第一贫困村的帽子。实现这一载入布拉格村甚至全镇和全市史册的荣光，以金阳为代表的布拉格村用了五年时间。

从居住在下雨漏雨的土块和砖混平房，到住上独门独院的二层小楼，好多家庭还购买了私家车。看到现在不需要出门打工，在村里也可以挣钱，年轻人的思想转变了。以前年轻人觉得留在村里没有奔头，也没有多大出息，留在村里只有穷路一条。于是，他们每一次离开村子到外面打工的时候，就像一场逃离。

现在，布拉格村变样了。布拉格村变得热闹非凡了，布拉格村的马路宽了，村文化休闲广场大了，灯比以前亮了，经济收入既高也稳定了，打工的年轻人一个个都回家了。有些年轻人回来的时候，还带着男朋友和女朋友。他们准备在布拉格村扎根，无论搞种植、养殖业，开农家乐，还是进枸杞加工企业打工，都愿意留下来，与村民们一起耕耘和收获，一起微笑和享受幸福生活。

又一个春节到了。

布拉格村又下了一场厚雪。据村里八九十岁的老年人讲，这是他们有生以来见到的最厚的一场雪。厚厚的雪，对于布拉格村的八千余亩枸杞树来说，像一床暖被。而对蔬菜大棚来说，如果不及时处理，纷纷扬扬的雪就是一场灾难。几乎在同一时间，种植大棚蔬菜的村民、没有种植大棚蔬菜的村民都拿着扫雪的工具，出现在大棚蔬菜种植基地。不管谁家的大棚，雪就是他们清扫的目标。这次清扫蔬菜大棚上的积雪没有任何人组织，也没有任何人动员，没有任何人通知。

望着男男女女、老老少少的村民在火急火燎地清理蔬菜大棚上的积雪，金阳突然想起四年前栽种枸杞苗木时的情景。还是眼前的这些乡亲，在他的枸杞苗木即将干枯的时候，是他们给他送来温暖和力量，给他增加了种植枸杞的信心。一幕幕感动过他的情景，让他终生难忘。

突如其来的大雪检验了布拉格村各民族团结互助、亲如一家的兄弟姐妹情。也是这场大雪，检验了布拉格村人脱贫致富后的人性光芒。仅仅半天时间，布拉格村蔬菜大棚上的雪被清扫一空，蔬菜大棚完好无损。布拉格村的每一条巷道，包括村文化广场的雪也被清扫得干干净净。

在扫雪过程中，金阳看到金果果枸杞产品开发公司的员工也和乡亲们一起清扫蔬菜大棚上的雪，还清扫布拉格村每条巷子和村文化广场上的雪。悄悄降临的一场大雪，风风火火扫雪的乡亲们，温暖和感动在布拉格村弥漫。

布拉格村的村民富了，民风更加淳朴，村民的人生观、价值观也不断提升。村里各民族之间的情谊越来越深厚。如果说布拉格村富了，乡亲们住上了小二楼，腰包有钱了，精神状态也好了，这只是表面上的富有，也是表面上的蜕变。而一场大雪的降临给乡亲们出了一份问卷。大家在困难来临时，心往一处想，劲往一处使，拧成一股绳，共同解决困难，用人性光芒交出了一份满意的答卷。这是每个人内在的蜕变，也是做人的最高境界。

布拉格村的乡亲让金阳感动，也让在布拉格村摸爬滚打了四年的胡梅梅再次感受到朴素、高贵、温暖的人性光辉。

胡梅梅在今年年底完成两次延期“访惠聚”驻村工作后，要回到她的原单位了。四年的时光，胡梅梅亲眼看到一个个贫困户家庭的不容易，看到一双双期待过上幸福生活的眼睛。面朝黄土背朝天的一个个身影，一次次伤感，一次次欢笑，从全市贫困村倒数第一到全市小康新农村建设示范村，胡梅梅是亲身经历者。她付出了很多。作为一个三十岁出头的工作队成员，她放弃了很多，把四年的青春时光和守望全给了布拉格村，给了布拉格村的乡亲们，也给了布拉格村的新农村建设。

本来，看到布拉格村的乡亲们都富了，她可以毫无牵挂地离开，给自己的驻村生活画上圆满的句号，但是一场雪，一场突如其来的大雪让她彻底改变了想法。她想继续留下来为布拉格村的乡亲们服务，继续为布拉格村的乡村振兴付出更大的力量。胡梅梅觉得，布拉格村需要她，她也舍不得离开布拉格村。

胡梅梅突然发现，她越来越离不开布拉格村的原因是布拉格村像一个大熔炉，让她每天在淬炼中成长。在布拉格村蜕变的同时，她发现自己也在变化。她变得不像以前那么世俗，变得不像以前那样安于舒适圈。从小到大，从大学到走向工作单位，胡梅梅几乎是一路绿灯，顺风顺水。对她来说，活了三十岁，经历的最大考验是那天接到参加“访惠聚”工作队进驻布拉格村的通知。

接到这个通知的时候，胡梅梅心里非常抵触。这种抵触的情绪，一直从单位延伸到布拉格村。在布拉格村的日子里，有一段时间她是在郁闷中度过的。可四年时间过去了，等她回头看的时候，突然发现，当初她认为让她的人生迭入低谷的布拉格村，是她在人世间三十年中让她感到最幸福和踏实的地方。

胡梅梅觉得自己成长了，自己与布拉格村一起蜕变了。

第三十八章

市委组织部下发了在基层优秀村干部中招录公务员的文件，金阳经过层层考核，以全市第一名的成绩被录取。

得知金阳被录取为国家公务员的消息后，金阳的母亲和妹妹金月做了一桌丰盛的饭菜祝贺，本来金月想到蒙克达拉的小康农家乐为哥哥祝贺，但母亲坚持要在家里做菜，认为在家里做菜意义不同。

晚上七点半，却一直不见金阳回家。金月打了两次电话没人接。

母亲一边摇着头，一边自言自语："这个娃娃，只知道工作，连饭都顾不上吃。不过，吃饭早一点晚一点倒也没有啥，最让人操心的大事是这个娃娃大学毕业都四五年时间了，还不见他找对象。如果再不找对象结婚，就老了。哎，真让人操心。我的命真苦，啥时操心才能操出头。"

金月笑着说："妈，您在说什么？我哥才二十六岁，您就说他老了。要结婚，也是三十岁以后的事。我哥心里有数，您就不用操心了。"

“你也不是个省油的灯。”母亲接着唠叨，“你也大学毕业这么久了，就知道守在蔬菜大棚里面捣鼓蔬菜呀、花卉呀什么的，都二十三四岁的大姑娘了，也不考虑自己的终身大事！不知道你们这些娃娃一天到晚咋想的！”

母亲唠唠叨叨的时候，金月突然想起哥哥在大学时的女朋友秦玉。金月虽然没见过秦玉，但在哥哥的手机上见过秦玉的照片。那是个个头高高、长相漂亮的大美女。当时，她还夸哥哥有眼光。金月心想，如果能有像秦玉这样漂亮的嫂子，那是他们金家的祖坟冒青烟了。但是，自从哥哥毕业回家以后，哥哥再没有让她看过秦玉的照片，也从来没有提起过秦玉的情况。

有几次，母亲在吃饭的时候问过金阳秦玉的近况，金阳只是笑笑，也不说话。母亲以为金阳和秦玉只不过是闹别扭，很快会和好。而敏感的金月却不这样想，她觉得哥哥和秦玉早掰了。但是，这样的事如果哥哥没有亲口说出来，她和母亲的猜测永远只是猜测而已。

金阳 2015 年大学毕业后回到布拉格村，一直没有找过秦玉，秦玉也没有来过布拉格村找金阳。金阳对这件事从没有正面回应过，所以乡亲们只是在茶余饭后偷偷说说而已。当着金阳的面，从来不提此事。

在乡亲们眼里，金阳作为大学毕业后第一个返乡种地的小娃娃，四五年时间就变成了为布拉格村带来幸福的男子汉。一个二十多岁的农村娃娃，不知从哪儿来的大能量，让布拉格村从全市倒数第一的贫困村变成全市新农村建设示范村。文化中心设有图书阅览室、种植养殖培训学校、健身房、歌舞厅、棋牌室、书画室等，几乎家家户户都买了小汽车。

布拉格村在提升村民生活水平的基础上非常注重环保，无论村里的绿化，还是村里的卫生环境，都有专人负责。村里富了，村民的文化生活和健康水平也不断提升，村小学和村卫生中心的软硬件设施不断提升。由于村里种植、养殖、农家乐都是规模化，还有各种产品深加工企业进驻，来布拉格村打工的外地人越来越多。据村委会外来人口登记台账统计，最近两年，前来布拉格村打工的外来人口占布拉格村总人口的百分之三十左右。布拉格村成为了一个名副其实的富裕村。

晚上八点左右，金月终于打通哥哥的电话。金阳说:“金月，我准备晚上带十四个人回家吃饭，有没有饭吃?”

“呵呵，哥，你这是搞突然袭击。”金月说，“没有问题，带二十个人也可以。”

金阳笑着说:“好。”

对于母亲来说，这是家里最奢侈的一顿晚饭。三年前，通过金阳栽种枸杞和种植大棚蔬菜，还清了金阳父亲生前所有的欠债，不但脱贫了，还在布拉格村属富裕户。但贫穷了大半辈子的母亲一直保持着勤俭节约、艰苦朴素的优良传统，一日三餐简简单单，从不铺张浪费。有一次，金阳给来家里串门的几个乡亲开玩笑:“我妈做的饭非常好吃，就是太清淡。”

晚上八点半左右，金阳果然带了十个人回家吃晚饭。本来，金阳约了十四个人，可有几个人太忙，来不了。

大家入座后，金阳给大家介绍在座的人。他们分别是金果果枸杞产品开发公司总经理陈之水，村第一书记、工作队队长胡梅梅，工作队队员吴丹，村委会主任何金，副主任周明、巴特、何吉祥，村会计周巧巧，村小学校长周霞，村卫生中心主任萧殷殷。金阳站在母亲和妹妹金月中间说:“这是我的母亲，瘫痪八年。父亲生前带着母亲四处求医，欠了一大笔债。四年前，母亲恢复了健康，一直在蔬菜大棚忙碌。”

妹妹金月不停流泪。金阳搂着金月的肩头说:“这位美女是我的妹妹金月，大学毕业后成为村合作社负责人。”

金阳给大家敬茶:“感谢大家来我们家做客！今天晚上没有别的意思，主要是母亲看到我平时工作忙，吃了上顿没有下顿，都是在座的各位照顾我，所以，母亲和妹妹请大家在百忙中一起吃饭，非常感谢！”

巴特打断金阳的话:“金书记，今天晚上不是让我们一起吃晚饭这么简单吧？肯定有什么好消息宣布。”

金阳笑了笑说:“巴特叔叔，对我来说，最大的好消息就是咱们布拉格村富了，布拉格村的乡亲们都过上了幸福的日子。我们村能有今天，要感谢在座的每一个人，为布拉格村的发展默默无闻奉献。请大家端起茶杯，为了布拉格村明天更加美好，也为了这个美好的夜晚，干杯！”

餐桌上的气氛活跃起来。有些人说说笑笑，有些人吃菜喝茶，有些人抽烟。金阳给胡梅梅敬茶，胡梅梅赶快端着茶杯站起来。金阳说:“我们布拉格村有今天的变化，要感谢工作队的每一位同志！是你们舍小家，顾大局，为村里的发展变化呕心沥血，让人感动！借此机会，我代表村‘两委’班子和全村父老乡亲谢谢您！也谢谢所有工作队的同志！”

胡梅梅看到金阳说话时眼含泪水非常激动，为金阳对工作队工作的认可感到欣慰。

第三杯茶，要敬给一直帮助他的周明。

金阳说:“大家可能不知道，周明叔叔是我的大恩人。四五年前，我开始种植枸杞的时候，由于种种原因找不到栽种枸杞苗木的人，是周叔叔给我找来了干活的人，仅用四天时间栽种完所有枸杞苗木。还有我们家与何二水叔叔家因为三万元借款和十五米院子的事闹得不可开交，还是周叔叔出面。我们家还清了所有欠债，只有何叔叔家的三万元我一直留着。

“金书记，是不是你父亲生前真的把何二水叔叔家的三万元还清了，只是你父亲忘记画掉记的账目了？”何吉祥插话。

金阳说：“我们家不可能还何叔叔家的钱。因为直到我父亲去世前，我们家一直在向别人借钱。”

“我听父亲讲过，我们家的三万元你父亲真的还了。”何金对金阳说，“可能你父亲真的忘记画掉记的账目了。”

“不可能。我们家根本没有还那三万元钱。”金阳说，“还有更加奇怪的事情！在我种植枸杞和建蔬菜大棚的过程中，有人匿名先后三次给我的银行卡上打过十五万元、十五万元、五十万元——共计八十万元。已经过去四五年了，我一直找不到给我打钱的好心人。起初，我以为是周明叔叔，但周明叔叔没有承认。总而言之，一路走来，如果没有大恩人周叔叔和匿名者的帮助，就没有我现在的发展。谢谢周叔叔！”

听了金阳的话，周明觉得非常惭愧。其实，在为金阳帮忙的过程中，他只是跑跑腿而已。真正帮助金阳的人是别人，但是他现在不能讲，因为他答应过那个一直帮助金阳的人。

胡梅梅本来不想马上给金阳敬茶，但是她必须把一个好消息通过给金阳敬茶的方式告诉大家。这个消息没几个人知道。胡梅梅端起茶杯说：“我把这杯茶，敬给我的年轻有为、开明大度的好搭档金书记！感谢的话我就不说了，我当着大家的面，祝贺金书记被市委组织部正式录用为公务员！我先干为敬。”

所有人站起来热烈鼓掌，向金阳表示祝贺，只有金阳母亲坐在旁边哭。大家都知道，她是为金阳高兴，谁也没有劝。

陈之水端起茶杯说：“我借花献佛，敬所有人一杯茶。首先祝贺金书记，祝大家一切安好！也祝布拉格村的明天更加美好！请大家干杯！”

陈之水又端起茶杯说：“恕我冒昧，端起第二杯茶，我要说的是，非常感谢大家对我个人和我们金果果集团的支持。由于我们又要拓展新的市场，集团董事会研究决定，让我离开布拉格村去别的地方工作。无论我走到哪儿，都会把布拉格村当我的第二故乡。”

巴特说：“陈总，是不是你们的公司要从我们村撤走？”

陈之水笑了笑说：“巴特主任，公司不撤走，只有我一个人回去。我走之后，我们金果果集团会派比我更优秀的管理者接任我的职务。无论派谁来，只有一个宗旨，就是研发出更多枸杞产品，让布拉格村的枸杞产品增加更大的附加值。在这里，我代表我个人，也代表我们金果果集团感谢布拉格村所有的乡亲们！”

金阳听了陈之水的话，突然清醒了。在他心里，陈之水是一个好人，一个非常朴实的、能干大事的人。虽然陈之水大他七岁，但金阳觉得，他与陈之水之间已经是无话不谈的好朋友、好兄弟。陈之水来到布拉格村，不但在经济上给布拉格村带来实实在在的效益，而且在思想观念和对市场经济的认知上，让金阳的思路更加开阔，从而对布拉格村持续、健康发展有了更加科学和更加广阔的参照。金阳对陈之水关于市场前景把控的敏锐度更是刮目相看。

当他听到陈之水要离开布拉格村时，心里不好受。送大家出家门后，已经是凌晨一点钟。金阳把母亲叫到客厅。有件事憋在他心里好长时间了，他想问问母亲。

第三十九章

金阳母亲也一直想找金阳好好谈谈，但一直抓不住金阳这个人。

这件事一直是母亲的心病。母亲以为金阳叫她来到客厅，就是为了治疗她心病的，非常高兴。四年前，她心里只想一件事，就是还清家里的外债。金阳种植枸杞和大棚蔬菜挣钱还清了家里所有的外债以后，另一件事又让她寝食难安。她觉得，再没有比这更大的事了。

这件事，就是她想抱孙子。金阳的母亲每天在心里盘算着，金阳今年都二十六岁了，连个女朋友的影子都见不到。尽管金阳上大学的时候谈过一个叫秦玉的对象，可四年时间过去了，从未见他们之间有过联系。母亲是个明白人，金阳和秦玉之间早黄了，这是公开的秘密，只不过大家不摆在桌面上说而已。

要说，母亲的命很苦。经历贫穷，经历病魔的折磨，经历欠外债的心神不宁，经历四十多岁失去丈夫的痛苦……现在，虽然日子好过了，可时时刻刻都得为金阳的婚事操心。

其实，金阳也不傻，母亲每一个阶段的担心和经受的心理折磨他都能看出来，只是不说而已。他只有默默通过实际行动，让母亲绷紧的心放松下来。

金阳非常爱前女友秦玉，他能感到秦玉也非常爱他。可由于生活所迫和地域的差别，金阳和秦玉不得不分道扬镳。如果家里没有欠下那么多外债，如果他的家里没有那么贫穷，也许他的生活是另外一个样子。与秦玉分手后，金阳还闪现过这样的念头：除了秦玉，终身不娶。至于秦玉心里怎么想，只有老天爷知道。

金阳拉着母亲的手坐在沙发上后，母亲说："儿子，你是不是想通了？是不是有合适的人选了？你有这样的想法，妈为你感到高兴！"

金阳说："妈，您在说啥？什么想通和人选？"

母亲突然止住笑，双眼瞪着金阳说："我想抱大孙子，你现在知道了？还在装糊涂？都多大的人了！"

"哈哈……原来妈说的是这事。"金阳说，"妈，这事咱们先不着急，等后面再说吧！"

"还等着，等到啥时间？再等，妈就入土了！想抱孙子也抱不上，只能是下一辈子的事了！"母亲叹了一口气说，"儿子，那个胡梅梅对你有意思，你知不知道？"

金阳皱着眉头说："妈，您在说啥？胡梅梅人家早有对象了，今年年底就要结婚了，您听谁瞎说？"

"瞎说，谁瞎说？我背地里问过胡梅梅新来的同事吴丹，胡梅梅根本没有对象。"母亲神神秘秘地说，"虽然胡梅梅比你大三岁，可女大三，抱金砖。我不在乎我的儿媳妇比儿子大三岁。胡梅梅可是好丫头，如果你不抓住机会，后悔都来不及。"

金阳摇着头说："妈，您不要再说了，这是根本不可能的事。我是有重要的事问您。”

母亲看到金阳无动于衷的样子，大声说：“你这个娃娃咋不听话？其他事情都放到一边，先解决你的婚姻大事。我听金月说，你还惦记着那个秦玉。我的傻儿子啊，你们四年都不联系了，还想她干啥？说不定，人家的娃娃都上幼儿园了。”

金阳长舒一口气，半蹲在母亲面前，拉着母亲的手笑着说：“妈，我的婚姻大事我一定要办，一定要解决。但是，这不是今天晚上可以解决的事。我现在只想问您，我父亲去世前，是不是把我何二水叔叔家的三万块钱还了？是不是我爸忘记把记账本上何叔叔的名字画掉了？我特别想知道这件事的真实情况，因为这件事对于我接下来要做的事非常重要。”

母亲看到金阳认真的样子，愣了一下说：“我真的不知道你爸是不是给你何叔叔还了三万元钱。我只知道，当时，你爸觉得自己不行了，临走时，把欠别人钱的账本交给了我，千叮咛万嘱咐，即使砸锅卖铁，也一定要把欠人家的钱还清！我只知道这么多。”

金阳摇了摇头，随后又点了点头。

这天晚上，金阳梦见父亲。他看见父亲坐在枸杞地边的最高处。金阳走过去，坐在父亲身旁，问父亲：“爸，我种的枸杞您尝了没有？”

父亲笑着说：“儿子，你种的枸杞颗粒很大，也很甜。”

金阳正要说话，父亲接着说：“儿子，你何二水叔叔是一个知恩图报的人。以后，你对待何二水叔叔就像对待我一样。你一定要记住！”

“爸，我记住了。”金阳话音未落，父亲不见了。

“爸，爸。”金阳一边喊着父亲，一边猛然坐起来。金阳发现，天已经大亮了。

金阳跳下床，觉得头有些晕，在卫生间用凉水洗了一把脸，准备去上班。母亲赶快把熬好的粥、煮的鸡蛋和两盘菜端到饭桌上，叫金阳吃饭。

金阳哪顾得上吃饭，跑出大门，直接去了村委会。

路上，金阳突然接到镇党委书记雷旭的电话。金阳做事雷厉风行，所以不但上一任镇党委书记刘凯很器重他，现任镇党委书记雷旭也对他刮目相看。

雷旭说:“金书记，今天下午四点钟以后，即将上任的市委书记要到布拉格村视察工作。我给你打电话的意思是，其他工作我很放心，只是你们村的河道整治工作，你再落实一下。”

“雷书记，新的市委书记不是还没有上任吗，怎么会来布拉格村视察工作?”金阳反问雷旭。

雷旭笑着说:“万一来你们村，有准备比没有准备好。”

金阳说:“好，请雷书记放心!”

金阳知道，现在实行河长负责制，上到市委书记，下到村党支部书记，全市大大小小的河流都由河长负责。金阳是布拉格河的河长。布拉格河由西向东奔流，五六公里的河道经过布拉格村地界。一个星期前，村“两委”组织将近两百人清理和整治布拉格河河道和河两岸。由于责任到位，清理工作很顺利。经过村委会验收，布拉格河河道清理工作达到要求。

连续一个星期，镇党委和镇政府的领导几乎每天都说市里的领导要来检查工作，但一直没有来。金阳想，即将上任的市委书记还没有上任，他跑到布拉格村干什么?但布拉格村之前是全市新农村建设示范村，现在是全市乡村振兴示范村，说不定，即将上任的市委书记真的要来布拉格村看看呢!

想到这些，金阳打电话给何金，想让他再组织一些村民到布拉格河两岸查漏补缺。没想到何金在电话那头说:“金书记，有事吗?我今天大清早到市医院看我父亲。这几天，一直是我媳妇和弟媳妇两个轮流陪护我父亲。”

金阳说：“何大哥，何叔叔的身体咋样？有没有好转？代我问候何叔叔。”

“不太乐观。”何金说，“谢谢金书记！”

何金的父亲何二水在市医院住院一个月了，金阳前后看望过两次。金阳想，等忙完市里的工作检查之后，再去医院看望何二水。

村主任何金不在村里，金阳又给村委会副主任何吉祥打电话。

何吉祥说：“金书记，我现在马上组织人过去，就当我们自己主动查漏补缺。”

“辛苦了！”金阳挂断电话，正准备去村委会，巴特打来电话：“金书记，村委会来了三个陌生人，一个瘦高个中年女性和两个小伙子。”

金阳说：“是不是市里的督查组？”

巴特说：“可能是的。”

“我知道了。”金阳刚挂断电话，又接到养殖大户周大军的电话。

周大军说：“金书记，半个小时前，养殖基地来了三个人，两男一女。那个女的问我村‘两委’班子的情况，还问我对村党支部书记和村‘两委’班子有什么评价，也问了养殖产品的销售情况。我问他们是干啥的，他们说他们是养殖产品收购商。他们问完话，拍完照后开车走了。我打电话的意思是给你把情况说一下，你心里有个数。究竟他们是干啥的，我也说不清楚。反正看上去像检查工作的人，也像收购养殖产品的大老板。”

金阳说：“谢谢大军叔叔！我知道了。”

接下来，金阳连续接到蔬菜大棚种植基地、养殖产品加工厂、蔬菜产品加工厂、枸杞产品开发公司、村小学及文化中心的电话，内容都是两男一女问村“两委”班子和村党支部书记对村民服务的情况，以及村民的收入情况。金阳觉得，这三人绝对不是什么收购商，肯定是上级领导正在对布拉格村“微服私访”。

这时，何吉祥打来电话：“金书记，我组织人在布拉格河道两岸查漏补缺时，来了三个人，其中一个女的问我，河道叫什么名字？我说是布拉格河。她问这条河的河长叫什么名字？我说河长名叫金阳，是我们村的党支部书记。她还问我，你们村对河道的治理和管理是每周一次，每月一次，还是一个季度一次，还是半年或一年一次？是不是在每次整治河道时由河长带队？她问了我一大串问题。我告诉她，我们对河道治理的周期是每个星期一次。河道治理时，没有特殊情况，村‘两委’班子成员全部参加每一次河道整治，由河长金阳带队。听了我的话，他们拍了照片开车走了。我们的河道没有发现任何漏洞。现在我们回去了，跟你说一声。”

金阳说：“何主任辛苦了！”

周明对金阳说：“无论是哪一级的督查组，对我们布拉格村‘两委’来说都一样。我们为了布拉格村的发展、为了布拉格村的乡亲们过上好日子，除了一条心，就是加油干！金阳，我希望中央或者自治区的督查组来到咱们布拉格村好好看看，在你的带领下，在胡梅梅第一书记和工作队的助力下，咱们村无论在脱贫攻坚工作，还是乡村振兴建设中，工作成果都看得见摸得着，你说对不对？”

“周叔叔，您说得对！”金阳笑了。

第四十章

陈之水走后，金果果枸杞产品开发公司驻布拉格村新的负责人一直没有到位。

金阳和村“两委”班子成员送走陈之水的第三天，第一书记胡梅梅因提拔到另一个单位就职，也要离开布拉格村。

胡梅梅以工作队队员的身份进驻布拉格村，一干就是近五年时间，担任村第一书记、工作队队长也有三年多时间了。

接替胡梅梅的人名叫侯东，四十多岁，是单位某科的科长。交接完工作后，胡梅梅到新的岗位报到。临走时，胡梅梅与每一个人拥抱辞别。与金阳拥抱时，胡梅梅哭了。

从胡梅梅的眼泪中，几乎所有人都看到了胡梅梅对金阳从未表白的真情，只有金阳蒙在鼓里。因为，金阳的情感之门被秦玉堵得严严实实。说白了，就是与秦玉分手后，他的情感之门彻底关闭了。多少次，胡梅梅想敲开这扇门，但由于太过矜持，一天拖一天，时间就过去了。胡梅梅留在布拉格村，如果说前面的时间是工作安排的话，那后面的时间，纯粹是为了金阳。就因为她比金阳大三岁的原因，她把爱藏了起来。

胡梅梅抱着金阳哭过后，觉得有些失态，赶紧松开。

在金阳眼里，胡梅梅是一个踏踏实实、落落大方的女孩，工作上更不用说。由于心里有秦玉，金阳对胡梅梅的喜欢只停留在欣赏上而已，没有延伸。

在布拉格村“两委”班子和乡亲们的目光中，胡梅梅被单位派来的车子接走了。

好多人心里空落落的，尤其是金阳。

一个星期后，金阳参加市委先进基层党务工作者表彰大会才知道，前段时间，去布拉格村的两男一女中的女同志，是新上任的市党委书记曲艳。因为在表彰大会上，曲艳书记对他们一行三人在布拉格村的调研过程的描述，与那天很多人在电话里的描述百分百吻合。

布拉格村脱贫攻坚成果与巩固脱贫攻坚成果、科学有续实施乡村振兴战略的经验，在全市成为典范。作为典范引领者的金阳，从一个身无分文、背负债务而创业的大学生，经过五年的摸爬滚打，已成为乡村振兴战略中优秀的基层党务工作者。

在这次表彰大会上，金阳得知，原布拉格村党支部书记周宝平因长年贪污村里的扶贫款和渎职等，受到党纪国法的制裁。在周宝平担任布拉格村村支书的几年里，他在市里买了两套住房，在市里最繁华的步行街买了两个门面房。事发前，两套住房和两个门面房租给别人，周宝平坐收房租费。

一个村子的贫穷有很多种因素，最大的因素并不是地理环境差，而是人为造成的。从布拉格村这四五年的发展，可以直接说明问题。同样的土地，同样的自然条件，同样的力气，而结果天壤之别。

参加完表彰大会，金阳到市医院看望了何二水。听医生讲，何二水的病情很严重，要想恢复健康，除非出现奇迹。医生的话，大家当然明白。何金继续留在医院陪父亲，村里的工作由其他人暂时负责。

金阳回到村里的第一件事，是组织村农副产品展示和体验馆扩建竣工剪彩活动。布拉格村的农副产品展示和体验馆，主要面向游客、销售商和散客，而扩建工程竣工以后，又有短视频拍客和直播者进驻。针对五花八门的农副产品线上和线下的全方位推介，不但提升了农副产品的宣传力度，而且提升了布拉格村的知名度。

布拉格村的旅游不分旺季和淡季，因为旅游项目主要是游玩原生态历史遗迹，农副产品养殖、种植基地体验，最后的落脚点，就是到农家乐品尝美食。无论春夏或秋冬，客源一直保持在稳定状态。

最近一段时间，布拉格村发生了很多喜悦和忧伤的事情。

喜悦之事，是布拉格村作为全市乡村振兴的典范，各项事业蒸蒸日上，毕业后的大学生返乡创业，各地青年人才也纷纷来到布拉格村实现自我价值。忧伤之事，比如陈之水、胡梅梅因工作需要先后离开布拉格村。又比如过去两年以后，大家才知道原村支书周宝平触碰党纪国法底线而自食其果，原村主任萧云林及两任第一书记、工作队队长，因负连带责任受处分等。接下来发生的事，更让金阳肝肠寸断。

2019 年冬天的第一场雪染白布拉格村的第二天，何二水病逝，享年六十一岁。何二水的追思会设在布拉格村文化中心礼堂。除了本村乡亲们，还来了很多外村人。这些人并不是何家邀请来的，而是自发而来。由于参加葬礼的人数超过了预料，金阳与村“两委”班子成员协商，将何二水的葬礼活动从文化中心礼堂移到村文化广场。何金作为村党支部副书记、村主任，在父亲何二水的葬礼上不收礼金、不摆酒席。除了吊唁花圈、村里花卉大棚里采摘的白黄两色鲜花以外，十八面白底黑字的锦旗特别耀眼。透过这些锦旗，乡亲们了解了一直与前村支书周宝平对着干的何二水是一个什么样的人。

十八面锦旗是布拉格村内外已毕业及正在上大学的学生家长送来的。原来，何二水生前资助过很多贫困家庭的大学生。面对十八面白底黑字锦旗，聆听敬献锦旗者声泪俱下的诉说，所有参加葬礼的人潸然泪下。

在布拉格村，被何二水资助过的贫困大学生有十四人。外村资助过的大学生，目前大家知道的有四人。每资助一个贫困家庭的大学生，何二水唯一的要求是不能给别人讲。如果何二水没有去世，他资助过贫困家庭大学生的事不会有人知道。通过十八面锦旗，无论本村还是外村的乡亲们都知道，作为布拉格村首富的何二水，靠规模化鸡鸭鹅养殖、购买大卡车搞货运、业余搞古玩买卖发家致富后，还不忘资助贫困家庭孩子上学。何二水的想法很简单，资助贫困家庭考上大学的孩子是造血，而不是输血。孩子学业有成、回馈社会的时候，家里的贫穷自然会迎刃而解。

何二水做到了。至少有十八个大学生的家庭，在他无私助力下发生了翻天覆地的变化。经过电视台、报纸和网络传播后，何二水的善举在全市及全疆家喻户晓，那是以后的事。

由于参加追悼会的人太多，追悼会从上午十时一直持续到十二时。其间，布拉格村文书蒙克达拉读了他花一天一夜时间为何二水写的悼词：

上苍施善，福寿共赐。即使拂缕煦风，亦为众生安平。即使洒点雨露，亦为万物康乐。即使生者安生，皆为抚护。即使亡者魂走，亦为眷爱。今有苍天之下、黄土之上布拉格村人氏何二水，告别尘世，归位天堂。祈愿上苍惠手相扶，早日轮回尘世，享恩人间福祉。今众乡邻集会，为善德并举之士何二水老先生祷告，并向上苍致其六十一载人间行事之德。迢迢天庭，恩德赐于魂灵，告慰仙逝之灵。何氏二水先生，降世于公元一九五八年农历二月六日丑时陕西何家坪村，公元一九七九年农历三月二日随父母迁移新疆布拉格村。其父何章、其母李氏夫人。忆往昔，何二水处世之德行，即使婴孩之时，哀乐喜忧，皆为人率真，任期自然，不凶不邪。年年日日，食五谷，浴神阳。步入少年，行事聪慧，孝道长辈，疼爱手足，一木一瓦，皆能做到惜爱如眼。心正品高，颇受乡邻赞誉。自行成人之举，娶妻邵氏，生两子一女。长子何金、次子何银、长女何凤。夫妻恩爱有加，疼子爱妻，皆能兼备。每日一茶一饭，知恩图报。即使穷寒日子，宁愿自己空腹，亦为妻儿充饥。宁愿自己衣衫破旧，亦为家人衣着添新。一春一秋，双手劳作，正经营生，养家糊口。为人谦和，乐于助力乡邻，口碑皆知。短短六十一载光阴，长长一昼夜奔波，皆为家室，冬暖夏凉，亦为妻儿衣食无忧，奔波之苦，千双鞋底磨穿之佳话。不疼不疲，从来咬牙挺过。一米一盐，皆能餍餮充裕。行事乡里，不欺不祸，不恶不嫌，朴素之心，分享乡里。在世六十一载，无于人脸红，无于人口舌，无于人恶名。不以劣行，不以邪念，不以祸端。身正影正，一生默默无闻，身心洁净。今日雪天，撰其文，愿何氏二水老先生之后人以父榜样，行事诚心，为人坦荡。不鸡鸣狗盗，不自私自利，不邪心祸人，不恶于乡里。何氏二水老先生含笑九泉，不枉人世六十一载矣。生时辛苦而快乐，死后含笑而知足。

以上祭文，以悼念何二水老先生亡灵。

二零一九年农历十月九日

蒙克达拉读悼词的时候，很多人在抽泣。

追悼会结束后，逝者入土为安。悲伤的气氛弥漫在何二水的墓地。乡亲们送给何二水的各种祭祀礼品，包括十八面锦旗，在乡亲们和何二水亲人的哭声中，化为无尽的思念。

葬礼结束后，参加葬礼的人陆陆续续散去。雪越下越大，仿佛为何二水的去世而哀泣。

人们陆续离开墓地，包括要回家招呼亲朋好友的何金。在大雪纷纷扬扬的墓地上，只有金阳和周明没有走，站在何二水的墓碑前默哀。

金阳静静地注视着何二水的墓碑。何二水的墓碑与金阳父亲的墓碑一样，是用木头做的。因为他们生前都认为，木头做的墓碑有温度和生命力。

周明站在何二水墓前的雪地上。他怕打扰了安息的何二水，轻轻地对金阳说："金阳，跪下，先给你何叔叔磕三个头。"

金阳迟疑了一下，双膝跪在雪地上，默默地对着何二水的墓碑磕了三个头。

周明说："金阳，你知不知道，我为什么让你给你何叔叔磕三个头？"

金阳没说话，只是轻轻摇头。落在金阳头上还没有站稳脚跟的雪花落到了地上。周明给金阳讲了一个故事。金阳听后，一边哭，一边给何二水磕头。

原来，金阳刚毕业回家准备种植枸杞的时候，何二水找上门来讨要金阳父亲生前欠他的三万块钱。在金阳家拿不出钱的情况下，何二水提出用金阳家的院子抵债。其实，这是何二水故意这么做的。一方面，他要看看金阳面对逆境时的应变能力；另一方面，他要给金阳施加压力。因为何二水知道，一个人压力越大，动力就越大。何二水考验金阳的最后结果，让他很满意。他觉得金阳这个娃娃了不起，是一个干大事的料。于是，何二水决定暗地里帮助金阳。他分两次往金阳的银行卡上打了三十万元，帮助金阳购买枸杞苗木和建蔬菜大棚。

还有，金阳家欠了乡亲们很多钱，栽种枸杞苗木时，找不到干活的人。因为，一方面大家都知道，前面欠的钱都还不上，给金阳家干活等于白干，根本拿不到工钱；另一方面，当时的村党支部书记周宝平背地里使绊儿，金阳在本村很难找到干活的人。连续两个晚上，何二水通过他的交情联系了栽种枸杞苗木的人，然后让他的结拜兄弟周明出面与金阳对接。最后，金阳的枸杞苗木在预期内全部栽完。金阳建蔬菜大棚时的工程队，包工头是何二水的朋友。金阳家建十座蔬菜大棚的时候，不但建设费用最低，而且还可以欠工钱。这一切，都是何二水让周明帮助金阳。十座蔬菜大棚建好后，需要在蔬菜大棚干活的人及在枸杞地里套种金南瓜的人，都是何二水给金阳找的，由周明与金阳对接。

还有，大学生创业项目贷款和扶贫项目贷款，都是通过何二水和市农业银行副行长的交情才快速拿到的。何二水为什么要帮金阳？因为何二水和金阳的父亲及周明三个是结拜兄弟。而且，金阳的父亲还是何二水的救命恩人。

当年，周明、何二水和金阳父亲还没有结婚。有一年夏天，三个人去河里抓鱼，何二水不小心掉进了河里。何二水和周明不会游泳，只有金阳父亲会狗刨。说时迟那时快，金阳父亲一边喊着何二水的名字，一边跳进河里。周明用最快的速度找到一根树杆，把树杆伸向金阳父亲。当金阳父亲把何二水救上河岸的时候，由于何二水喝了很多水，看上去快不行了。经过及时抢救，何二水脱离了生命危险。后来，三个人结为兄弟。在何二水的心里，金阳父亲就是他的救命恩人。

多年以后，三个人都娶妻生子，有了各自的生活。但三人当中，金阳的父亲过得最艰难。因为金阳父亲和金阳母亲都生病，几年的求医问药，再加上金阳和金月上学，让家里一贫如洗，还欠下二十余万元的外债。而何二水已经是村里最富的几家人之一。一天晚上，何二水给金阳父亲拿来十五万元现金，却遭到了拒绝。因为金阳父亲不忍心连累他的结拜兄弟。最后，在何二水好说歹说下，金阳父亲只拿了三万块钱，还给何二水打了一张三万元的欠条，但欠条被何二水撕掉了。

何二水临走时，金阳父亲知道他在做古玩买卖，便把自家的一个青铜佛像送给了何二水。起初，何二水死活不要，后来还是收下了。何二水对金阳父亲说，他的三万块钱不要了，就拿这尊青铜佛像抵。金阳父亲说："三万元钱是我借何大哥的，这尊青铜佛像是我送给何大哥的。"

其实，何二水知道，那尊青铜佛像是周明和金阳父亲赶集时，花两百元买回来的。金阳父亲去世后，何二水看到青铜佛像，见物思人，心里非常难受。于是，他把青铜佛像拿到古玩市场，想转手卖给其他古玩玩家。虽然何二水也懂一些古玩知识，但只懂一些皮毛，纯属似懂非懂那种。何二水的想法很简单，他只是把这尊青铜佛像转让出去，至于价格，金阳父亲花两百元买的，他的底价还是两百元。只要有人想请回去这尊佛像，他立即出手。

可何二水做梦都没有想到，他刚拿出那尊青铜佛像，就有几个老玩家一边鉴定佛像的年代，一边给佛像估价。最后，有人出价二十万元。何二水以为这几个古玩收购商在开玩笑。当他看见有三个古玩收购商都想收购佛像时才知道，金阳父亲和周明那次赶集时，在古玩市场捡了个漏。最后，经过几个收购商讨价还价，何二水以三十万零六百元的价格出让了这尊佛像。

当时，金阳还在上大学，何二水只好把这笔钱暂时存下来。之后，看到金阳大学毕业回家种植枸杞缺资金，他便通过匿名汇款的方式，分两次往金阳的银行卡上转了三十万元。

周明讲完故事，金阳跪在何二水的墓碑前哭泣。

周明从地上站起来，觉得两条腿酸酸的。他扶起金阳，轻轻拍了拍落在金阳头发上的雪说："我们回去给何金帮忙。这会儿，他最忙。"

金阳边走边想，既然何二水叔叔往他的银行卡先后转过三十万元，那还有五十万元是谁转的？因为，他的银行卡上共收到八十万元。这仍然是个谜。

第四十一章

2020年元旦前一天，由村委会副主任何吉祥牵头，村委会副主任蒙克达拉、村会计周巧巧、村妇联主任斯琴等人发起的布拉格村迎新年文艺晚会，经过半个多月如火如荼的排练后，下午进行节目审查，接着公开演出。金阳作为文艺晚会节目的审查组组长，下午四点前必须要赶到村文化中心看每个节目。

这天上午，金阳一直在忙。忙安全生产检查，还检查村委会门口悬挂大红灯笼、悬挂“庆祝元旦”布标的情况。

有人请金阳吃午饭，他拒绝了。这天中午，他母亲和妹妹金月在家里包饺子，说好了要提前吃一顿新年团圆饭。母亲和妹妹金月知道，晚上吃新年团圆饭是不可能的，因为连金阳的人都找不到。

吃过饺子，金阳陪着母亲和妹妹聊天时睡着了。看到金阳坐在沙发上睡着的样子，母女俩因心疼金阳而流下了泪。

金阳醒来时，已经下午五点半了。他拿起手机看，手机关机。他以为手机没电，自动关机了。但打开手机时，手机的电量显示百分之七十。金阳发现，有三十多个未接电话。正在他寻找手机关机原因时，何吉祥打来电话说："金书记，晚会晚上七点钟开始。因为联系不上你，只能请你一边观赏节目，一边审查节目了！"

金阳说："何主任，抱歉！中午出了一点点意外。"

金阳用凉水洗脸以后，步行去村文化中心。

金阳刚到通往村文化中心的公路上，迎面开过来一辆红色奔驰汽车，他赶快躲到路边让路。这时，红色奔驰车停在金阳的身边。一位长发、戴着墨镜、嘴和下巴被一条红色丝巾遮住、头戴红色帽子、身穿红色羽绒服的女孩儿放下车窗玻璃，笑着说："金书记请上车，我找你有事。"

金阳并没有上车，而是犹豫在一旁。戴墨镜的女孩儿接着说："原来，金书记胆子这么小！怕我绑架你，连车都不敢上？"

金阳没说话，慢慢打开后车门上车。刚坐下，戴墨镜的女孩突然踩一下油门，车子飞一般朝枸杞种植基地奔去。一路上，谁也没有说话。过了几分钟，戴墨镜的女孩把车子稳稳当当停到布拉格村八千亩枸杞种植基地大门口。

看到戴墨镜的女孩从车子前座下车，金阳也从后座下车。金阳发现，满天大雪飞扬。他有些纳闷，刚才并没有下雪，他只坐了几分钟的车，天上就开始下大雪了。金阳看到，戴墨镜、穿着红色羽绒服的女孩站在枸杞种植基地大门前，与红色奔驰车、挂在大门和枸杞树上的大红灯笼已融为一体。

戴墨镜的女孩迎着飘飘扬扬的雪花，一边往枸杞地里跑，一边大声说："我的金书记，快追我，我要看看你种植的枸杞树。"

金阳觉得这个声音非常熟悉。正在他琢磨戴墨镜女孩声音的时候，手机铃声响了。

金阳掏出手机，原来是陈之水打来的电话。金阳说："之水兄好！

你离开布拉格村有一段时间了，还好吗？”

陈之水笑着说：“金阳兄弟，新年快乐！我最近有些忙，你可好？”

“除了忙，一切尚好。”金阳说，“谢谢之水兄挂念！”

陈之水说：“金阳兄弟，我告诉你一件事，你要有思想准备。”

金阳笑着说：“什么事？我可以扛住。”

“呵呵，我相信你！”陈之水笑了笑，接着说：“金阳兄弟，我是在离开布拉格村的前一天，从我老婆嘴里得知你和我小姨子秦玉的事。本来，我想第一时间找你证实，可我老婆不让我说。我现在告诉你，我的小姨子心里一直有你。她大学毕业后，考上了研究生。毕业后，去南疆支教两年。回到乌鲁木齐市不到一个星期，她向我岳母——她的母亲，就是金果果集团的董事长主动请缨，要去布拉格村金果果枸杞产品开发公司接我的班。今天凌晨六点钟，她开车去你们村了。乌鲁木齐到布拉格村有五百多公里路程，我估计她已经到布拉格村了。你见到她没有？”

金阳整个人愣住了。

“喂，金阳兄弟，你在听我说话吗？”陈之水接着说，“金阳，我再告诉你一件事。在我给你打电话之前，我老婆告诉我，五年前，我小姨子骗我岳母，说她不考研了，她要独自创业。我岳母信以为真，给她五十万元创业基金。结果，拿到钱的第二天，她告诉我岳母，说她的五十万元在网上被人骗走了。她说自己创业不够格，还是等考研、读研以后再创业。我岳母直到现在还相信，那五十万元真的被骗子骗走了。金阳兄弟，你相信吗？”

“我相信！我非常相信！谢谢之水兄！”金阳挂掉电话。

雪，越下越大。

金阳远远看见，戴墨镜的女孩摘下墨镜，一边向他招手，一边放开嗓门喊:“金阳，我是五年前的秦玉，我回来了……”

金阳站在原地，一动不动。

他透过双眼涌动的泪光，看见站在枸杞地里向他挥手和呼喊的秦玉，仿佛一位身着红裙子的枸杞仙子，在飘飘扬扬的雪絮中翩翩起舞。

金阳突然觉得，又一个生机勃勃、鸟语花香的春天越过寒冬，提前来到布拉格村。而藏在他心灵深处五年的枸杞花香，依然那么芬芳。

此时，村子的方向传来阵阵歌声和鞭炮声。

布拉格村迎接 2020 年元旦文艺晚会开始了。